———————— 每本书都是一座传送门

次元书馆

原罪之战：天命之力

[美]理查德·A. 纳克 著
千之贺 译

新 星 出 版 社　NEW STAR PRESS

序 章

昔时，凡世诞生未久，知其名为"庇护之地"者寥寥无几。天使与恶魔的存在，乃至庇护之地盖由他们中的一些所创造的事实，更鲜有人知。那些强大而令人胆寒的名字——伊纳瑞斯、迪亚波罗、拉斯玛、墨菲斯托、巴尔——尚未流传于凡人的口耳之间。

当此质朴时代，凡人生老病死，文明盛衰荣枯；对于高阶天堂与烈焰地狱之间万世不止的"永恒之战"，他们一无所知。对于即将来临的无妄之灾，他们更是无从知晓——人类的潜能将会被交战双方那些不朽的存在觊觎，从而引发一场绵延数世纪的冲突。

绝大多数凡人都对庇护之地未来的恐怖命运浑然不知，而其中乌迪贤·乌·狄俄墨得——乌迪贤·狄俄墨得斯之子——堪称最蒙昧无知者。但即便如此，他终将陷入被后世的世界秘史学者称为"原罪之战"的风暴中，置身于旋涡中心。

原罪之战并非寻常意义上的战争——尽管它的确包含了普通层面的战斗——而是对灵魂的考验、试练甚至掠夺。这场战争将永久抹除庇护之地及其居民"无染原罪"的纯净性,甚至在他们不察之间,一切就这么改变了。

是役,与战者既胜且败。

摘自《卡兰之书》
第一卷,第二页

第一章

一道阴影落在乌迪贤·乌·狄俄墨得的桌上,盖住了大半个桌面,和他手里还没喝完的麦芽酒。用不着抬头,这位棕发农夫就知道是谁打断了他一日辛劳后的短暂休息。他已经听到了那个外来人在野猪头酒馆——塞拉姆这个偏僻的村庄里唯一的酒馆中跟其他人的对话,并暗自祈祷那人千万别来自己这桌。

可惜,陌生人并没有如狄俄墨得斯之子祈祷的那样马上离开,反而停在桌旁等着乌迪贤抬头。这个外来人是一位来自圣光大教堂的传教士,他身上那华丽的银白色领袍光辉耀眼——只是塞拉姆的尘灰与淤泥让袍子的下摆看上去有些狼狈。乌迪贤的众多同乡显然对他心生敬畏,然而,他的出现却只唤起了乌迪贤痛苦的回忆。此刻,农夫怒不可遏,努力将视线集中在手中的酒杯上。

"你可曾见过光明,我的兄弟?"意识到他的潜在传教对象打算继续无视自己,这个身影终于发问。"伟大先知的福音可曾触动你的灵魂?"

"找别人去吧。"乌迪贤咕哝着,空出的手不由自主地紧握成拳。他最后灌下一大口酒,希望能终止这场毫无意义的谈话。然而,传教士并没有轻易放弃。

这个面色苍白的年轻人把手按在农夫的手臂上——令乌迪贤无法再将酒端至唇边——说道:"你若非孑然一身,就想想你爱的人吧!难道你愿抛弃他们的灵魂而——"

传教士还没说完,农夫便咆哮起来,脸色因胸中无法遏制的愤怒而涨得通红。他一跃而起,一把抓住惊慌失措的传教士的衣领。桌子被掀翻在地,酒杯随之滚落,麦芽酒溅到了木质地板上,但乌迪贤此刻无暇顾及这些。酒馆里的其他主顾,包括几个少见的过路旅人,都饶有兴致地观看着这场冲突……当然,他们依照经验,明智地选择了置身事外。一些了解狄俄墨得斯之子的当地人交头接耳,不时为这外来者选错了布道对象而摇头叹息。

传教士比乌迪贤高出一掌,但乌迪贤也不是小个子,他身高六尺有余,加之一身因常年在农田劳作和照看牲口而练就的强健筋骨,让肌肉虬结的农夫看上去比传教士要强壮一半。乌迪贤宽厚的下巴上留着络腮胡,有着凯基安西部人民典型的粗犷外貌——这座伟大的城邦被誉为东方世界的明珠。他凶狠地瞪着那个面无血色且出奇年轻的圣光教派传教士,深褐色的瞳仁中翻涌着怒火。

"我绝大多数亲人的灵魂都用不着你的先知操心,修士!他们死了快十年了,都死于瘟疫!"

"让、让我来为、为他们祈祷——"

这些话越发激怒了乌迪贤。在他的父母、哥哥和两个妹妹饱受病痛折磨的几个月里,乌迪贤夜以继日、不眠不休,从未停止过为他们祈祷。起初,他向任何能够保佑他们的力量——无论祂是何方神明——祈求家人康复,然而希望日益渺茫,他只能企盼他们可以早日安详地离去。

可是就连这个祈求也没能得到回应。乌迪贤眼睁睁地看着亲人们在痛苦中接连死去，他束手无策，悲痛欲绝。最后幸存的只有他和他最年幼的弟弟孟德恩，他们安葬了所有亲人。

他刚痛失亲人，便有传教士登门骚扰。不同教派的传教士们纷纷鼓吹如何能令他亲人的灵魂安息，而且他们全部声称自己那独一无二的教派无所不能。更有甚者居然向乌迪贤承诺，如果他追随该教派的指引，就能从失去至亲的苦海中找到平静。

而乌迪贤，这个曾经无比虔诚的信徒，毫不留情地痛斥了每一个教派的每一个传教士。他们的高谈阔论无非是些空虚言辞。后来，随着教派如同农场里的四季更迭般接连消亡，更加印证了乌迪贤的拒绝似乎颇有远见。

但并非所有教派都如此。圣光大教堂虽创立不久，却好像比它的大多数前辈都强大得多。事实上，它和稍早创立的三神教似乎正迅速成为凯基安地区占据统治地位的两大宗教势力。在乌迪贤看来，这两派对于争取新教徒乐此不疲的激烈角逐，与他们所宣扬的信仰背道而驰。

这也是乌迪贤拒绝入教的又一个理由。

"为你自己祈祷吧，我和我的家人用不着！"他揪着传教士的领子吼道，年轻人被轻而易举地扯离地面，双眼被勒得充血凸出。

一个秃顶的矮胖男人从吧台后钻出，试图平息这场冲突。比乌迪贤年长几岁的提比翁根本不是乌迪贤的对手，但作为老狄俄墨得斯的好友，他的话对这个暴怒的农夫还算有用。"乌迪贤！就算你不在乎自己，能不能小心点儿我的店？"

乌迪贤闻言停下了手，酒馆老板的话让他暂时抑制住了悲愤。他看了一眼圆脸的提比翁，复又转向面色苍白的传教士。

农夫脸上还挂着未散的怒气，他懊恼地松开了手中的衣领，传教士随即狼狈地瘫倒在地。

"我说乌迪贤啊——"提比翁开口说道。

但老狄俄墨得斯的儿子并不打算听下去。他双手颤抖着大步走出了野猪头酒馆，沉重的破皮靴在老旧的木质地板上留下刺耳的咔嗒声。外面清爽的空气使乌迪贤冷静了不少，他几乎立刻开始后悔起自己刚才的行为来。他倒不是后悔自己教训了那个家伙，而是懊恼自己在众多乡邻面前表现得如此失态……而这已经不是第一次了。

虽然如此，圣光教派的辅祭出现在塞拉姆村一事还是令他感到愤怒。如今的乌迪贤只相信自己的亲眼所见和亲手所及。用双眼，他能够根据天色来判断自己该匆忙赶工还是有条不紊地安排农活。用双手，他将汗水扎根结果，养活了自己和他人。这些是他可以相信的、实实在在的东西，而不是那些牧师和教士自欺欺人的虚假幻想。

塞拉姆村大约有两百个居民，与其他聚居地相比，只能算是个小村落。乌迪贤从村头走到村尾也用不了多久。他的农场在村子以北两里处，每周他都要去村里采购一次必需品，顺便到酒馆吃喝一番，犒劳一下自己。现在他饭也吃完了，酒也洒光了，完成采买任务就可以离开了。

除了同时充当旅馆的野猪头酒馆外，塞拉姆村还有四座重要的建筑——会议厅、贸易站、警卫营和铁匠铺。它们和村里所有建筑的设计一样，凸起的屋顶铺满茅草，框架上搭建木板构成主体，几层石头和黏土筑成地基。正如大多数受到凯基安建筑风格影响的地区一样，这里的房屋每侧也都开了三扇顶部呈拱形的窗户。实话说，这些建筑从远处几乎难以区分。

乌迪贤一路走来，靴子上沾满了泥。塞拉姆太落后了，以至于村里连条像样的石子路都没有，更别提铺砌好的大路了。他的对面有条不太泥泞的小路，但此刻他实在不愿舍近求远，更何况他是个农夫，早就习惯与泥土为伴。

贸易站坐落在塞拉姆村的最东面——村落最接近凯基安的位置。这里是全村除了酒馆外最热闹的地方。当地人在这里用他们带来的货物换取其他必需品，或是卖给过路的商人。每当有新货进仓，贸易站的大门上方就会拉起蓝色的条幅。乌迪贤来到这里时，赛勒斯的女儿塞兰西娅正在悬挂条幅。赛勒斯家族经营这个贸易站已有四代之久，是村里最显赫的家族之一，但他们的穿着打扮却并不比其他人精致多少。这位商人从不会轻视他的顾客，何况这些顾客大都是他的邻居。塞兰西娅穿着一条朴素的棕色连衣裙，束胸裁剪得十分合体，裙摆刚好垂在脚踝上方。和大多数村民一样，她也穿着朴实耐用的靴子，这种靴子既适合骑马又方便在街上的泥泞车辙中穿行。

"有什么好东西吗？"他向塞兰西娅喊道，试图借此转移注意力，好忘掉刚才发生的不愉快和被唤醒的旧日记忆。

听到他的声音，赛勒斯的女儿转过身来，浓密的长发随之飘舞。她蓝色的眼眸明亮动人，肌肤白如象牙，双唇不点而朱。乌迪贤敢断言，只要再配一件得体的礼服，她绝对能跟凯基安城最美的贵族女性一竞高下。她身上朴素的连衣裙没能遮盖其曼妙的曲线，也没有削弱其举手投足间散发出的优雅气质。看起来，她并不像当地人。

"乌迪贤！你一整天都在这儿吗？"

她的语气让农夫忍俊不禁。塞兰西娅比乌迪贤小了十来岁，他一路看着她从稚嫩幼童长成窈窕淑女。对他来说，塞兰西娅就像他曾经失去的妹妹一样。可在塞兰西娅眼里，他却不仅仅是兄长。她已经拒绝了好几个比乌迪贤更年轻富有的农场主的追求，更别提那些过路的商人对她的殷勤示好。除了乌迪贤以外，唯一能让她提起兴趣的男人叫阿奇里奥斯，此人是乌迪贤的好友，塞拉姆村最杰出的猎人。不过很难说塞兰西娅的这点好感是不是源于猎人和乌迪贤的交情。

"我今天一大早就来了。"乌迪贤答道。他靠近时，瞥见赛勒斯的贸易站后面停了几辆马车。"这种规模的车队对塞拉姆来说可不一般。发生了什么？"

塞兰西娅挂好横幅，拴紧绳子。她转头注视着车队说道："他们其实是迷路了。这些人原本要走通向图利萨姆的那条路。"

图利萨姆是离塞拉姆村最近的镇子，至少有五个塞拉姆那么大。由凯基安去往几个主要的海港便要途经此地。

乌迪贤嘀咕着："领头的肯定是个新手。"

"好吧，不管他们怎么来的，他们打算顺便做点儿买卖再走。我父亲偷着乐了好久呢，他们带了不少漂亮玩意儿，乌迪贤！"

在狄俄墨得斯之子眼里，漂亮玩意儿大抵是些牢靠的工具或是健康的新生牛犊。他刚要接话，突然注意到有人从货车旁走过。

那人的装扮俨然属于凯基安贵族的一员——据说贵族们最近正为了平息两大教派间的斗争而忙得焦头烂额。她一头浓密的金发被一条银色发带束在脑后，露出象牙般白皙的高贵脸庞。她打量着塞拉姆东部的景致，晶莹的绿瞳仿若秋水，微张的薄唇完美无瑕。皮草覆在她飘逸的祖母绿长袍的肩部，礼服的束胸紧紧包裹着她。统治阶级典型的庄重服饰丝毫掩盖不住她的万种风情。

那个迷人的女子四下环顾，朝乌迪贤这边望来时，塞兰西娅突然抓住他的胳膊说道："你该进来亲眼瞧瞧，乌迪贤。"

说着她便将农夫拉向贸易站的双开木门，乌迪贤又匆匆回望了一眼，却已经不见那贵族女子的身影。若非知道自己的幻想不可能如此精致，他几乎要以为那女子只是自己的幻觉。

塞兰西娅几乎是拖着他进了屋内,接着重重地关上了身后的门。屋子里,她的父亲闻声停下了与戴兜帽的商人的交谈,抬头看了一眼。这两个上了年纪的商人似乎正在为一捆在乌迪贤看来相当奢华的紫色布料讨价还价。

"啊!我亲爱的乌迪贤!"这个商人总会亲切地称呼大家,而这总能让乌迪贤嘴角上扬。赛勒斯似乎并未察觉农夫的心理变化,继续问道:"你和你弟弟都还好吧?"

"我们……我们很好,赛勒斯老爷。"

"那就好,那就好。"商人说完便继续谈起了生意。赛勒斯光秃的头顶挂着一圈稀疏的银发,眼里透着睿智,乌迪贤倒觉得比起那些长袍加身的教士,赛勒斯反倒更像个神职者。事实上,乌迪贤曾多次聆听这位商人远比神职者们更加理性而智慧的言辞。他非常敬重赛勒斯,因为赛勒斯是全村最有学问的人,而且对他的弟弟孟德恩关爱有加。

想到自己那极喜欢在这里消磨时间的弟弟,乌迪贤四下环顾。尽管孟德恩的打扮和哥哥没什么两样——束腰外衣、短褶裙,再配一双靴子,还长着极像哥哥的眼睛和阔鼻子,但是任何初次见到他的人都不会认为他是个农夫。事实上,虽然孟德恩的确也帮忙打理农场,但务农显然不是他的爱好所在。他更热衷于研究万物,从地上打洞的虫子,到赛勒斯借给他的羊皮纸上的文字。

乌迪贤也能读会写,并以此为荣,但他在乎的只有这一技能的实用性。譬如,签订契约的时候,必须要白纸黑字写明条款,并确保其内容毫无歧义。这便是乌迪贤对读写的理解。但仅仅为了读而读,单单为了学去学,为了那些对生活毫无用处的东西……他可没有那样的闲情逸致。

他没找到早上乘马车同来的弟弟,却被另一个身影吸去了目光,让他想起了方才野猪头酒馆中的不虞和由其引发的痛苦记忆。起初,他以为自己看到了在酒馆搭话的传教士的同伴,但那个年轻女子转过身时,他发现她身上的长袍跟传教士的并不一样。那是深蓝色的长袍,胸前刺有长着巨大弯角的金色公羊标志,公羊下方镂着一个色彩斑斓的三角形,三角形的顶角对着羊蹄。

她齐肩的长发沿着圆圆的脸庞披落下来,青春洋溢,充满魅力。然而乌迪贤却觉得她少了些什么,令自己提不起任何欲望。她更像是具空壳,而不是个活生生的人。

他以前似乎见过这个女人,这是一个狂热的信徒,对自己的信仰坚定不移。他应该也见过这身长袍,而她独自一人的情况让他满腹疑虑地再次环视整个房间。他们从不单独行动,通常都是三人同行。每支教团分别派一个人……

塞兰西娅正兴致勃勃地向他展示一些女性饰物,而乌迪贤此刻完全心不在焉。他正盘算着如何离开这个房间。

这时,一个体格强健且气度非凡的中年男子走到了那个年轻女子身旁。他有一双浓眉和极富贵族气质的棱角分明的下巴,显然很受异性欢迎。他身上金色的束领长袍上同样镂着一个三角形,但三角形上方绣的是一片绿叶。

虽然不见他们的第三个同伴,但乌迪贤知道那人应该就在不远处。因为三神教的教徒从来不会分开太久。圣光大教堂的传教士通常独来独往,而三神教的辅祭们更倾向于结伴同行。他们宣扬的是三神之道,据称其三大神灵——巴拉、迪亚隆、和墨菲斯——犹如慈爱的父母或和蔼的导师般守护着凡人。迪亚隆是决断之神,故以倔强的公羊为标志;巴拉代表创造,以绿叶象征;而墨菲斯则代表了爱——祂的仆从尚未出现——标志是一个红色的圆圈,它在凯基安的传统中象征着心脏。

乌迪贤以前听过三神教布道，不愿让酒馆的冲突再次上演，于是往阴影中挪去。塞兰西娅终于发现乌迪贤早就没在听自己说话，于是双手叉腰，拿出小时候逼他就范的架势瞪着他。

"乌迪贤！我还以为你想看——"

他打断了她："塞莉，我恐怕得走了。你哥哥弄好我之前要的东西了吗？"

她噘起嘴努力回忆着。乌迪贤端详着那两个传教士，他们正专注地交谈，似乎是有什么事出了纰漏，二人都神色彷徨，不知所措。

"蒂尔没和我说过，不然我早就知道你会来村里了。我去找他问问。"

"我和你一起去。"他无论如何也要避开三神教的那些走狗。三神教的创立早于圣光大教堂数年，但现在二者的影响力几乎不相上下。相传凯基安地区的最高治安官如今已皈依前者，而凯基安守卫军的统领据说是后者的信徒。法师部族间的争斗造成的混乱状态——近来更是剑拔弩张，几欲开战——已令民众纷纷投身这两大教派，以寻求精神慰藉。

可塞兰西娅他们还没来得及走向后院，赛勒斯就叫住了女儿。她抱歉地看了乌迪贤一眼。

"在这儿等我一下，我不会太久的。"

"我还是自己去找蒂尔吧。"他建议道。

塞兰西娅一定注意到了他对传教士们的过分关注，她的语气中流露出责备之意。"乌迪贤，别再乱来了。"

"塞莉——"

"乌迪贤，那些人是神圣教团的使徒！他们对你没有恶意！你可否敞开心扉聆听他们！我不是要劝说你加入其中之一，不过你应该听听他们宣扬的教义。"

前不久她刚这样责备过他。上次三神教的传教士布完教刚离开，乌迪贤就站了出来，在酒馆里进行了一番慷慨激昂的演讲，说平民百姓的日常生活根本不需要任何教士。那些辅祭有主动提出过帮忙剪羊毛或收庄稼吗？他们帮着清洗沾满泥渍的衣服，还是搭把手修补篱笆了？都没有。乌迪贤一如既往，当场指出这些人所做的无非是动动嘴皮子蛊惑人心，鼓吹自己的教派比其他人的更加优越。而这一套对于那些连天使和魔鬼的概念几乎都理解不了的老百姓而言，无疑是白费口舌。

"那些家伙尽可以夸夸其谈，塞莉，但在我看来，他们不过在彼此角力，凭骗到傻瓜的多少来决定胜负。"

"塞兰西娅！"赛勒斯再次喊道，"快过来，小姑娘！"

"父亲需要我帮忙，"她露出沮丧的表情说道，"我马上就回来。算我求你了，乌迪贤，千万别冲动。"

农夫看着她匆匆离去，试着把注意力转到贸易站里的商品上。这儿有农场里能用到的各种工具，包括锄头、铲子和各式锤子。乌迪贤抚过一把新制镰刀的铁刃，此等工艺在塞拉姆这种地方可谓上乘。不过他听说在凯基安附近的一些大农庄里，少数庄园领主已经给工人们换上了带钢刃的镰刀。这种消息对乌迪贤的吸引力远胜于任何关于神明或灵魂的说辞。

忽然，一个身影快步经过他身边，径直走向后院。他瞥见那人束起的金发和一闪而过的微笑，狄俄墨得斯之子敢发誓，那抹微笑是对着他的。

乌迪贤不由自主地跟了上去。那位贵族女子穿过后门消失了，仿佛贸易站是她自己家一样。

稍顿片刻，他也跟了出去……起初他并未看到那女子的身影，只看到自己的马车已经载满货物。蒂尔还是不见踪影，不过这倒没什么稀奇的。塞兰西娅的大哥大概去忙其他活儿了。

钱款早已经付过了，乌迪贤径直走向自己的马车。而他靠近时，突然看见一道绿影从那匹马旁一闪而过。

是她！那个贵族女子正站在马的另一侧，用纤细修长的手轻抚着马的鼻口，对它轻声呢喃着什么。乌迪贤的马似乎被她迷住了，像一尊雕塑般一动不动。这匹年迈的公马脾气相当暴躁，不熟悉的人接近它总免不了被咬上一口。而女子的此番举动简直让农夫刮目相看。

她注意到农夫的到来，露出了一丝微笑。乌迪贤觉得，她的眼睛仿佛闪耀着光芒。

"恕我冒昧……这匹马是你的吗？"

"是的，女士……而且你很走运，并未因此受伤，这家伙很喜欢咬人。"

她继续抚摸着那匹马，然而老马依旧纹丝不动。"哦，它不会咬我的。"说着她亲昵地将脸贴近马鼻，"你说是吧？"

乌迪贤几欲冲过去阻止她，生怕她出意外。所幸，糟糕的事情并没有发生。

"我曾经也养过一匹马，和它长得很像，"她继续说，"我好想它。"

乌迪贤忽然意识到他们身处何地，急忙说道："小姐，你不该来这儿。你得跟车队待在一起。"有些时候，旅人会跟随商队同行，借助商队的护卫力量来保障旅途的顺利。他只能猜测她也是如此，尽管目前看来她似乎没有任何护卫。就算是有车队保驾护航，年轻女子独自出行也相当冒险。"你可别被他们落下。"

"可我并没有跟车队同行，"贵族女子细声道，"我哪儿也不去。"

他几乎不敢相信自己的耳朵。"女士，你一定在说笑吧！塞拉姆这种穷乡僻壤可没什么你想要的……"

"其他任何地方也都一样……既然如此，为什么不能留在塞拉姆呢？"她唇角微微扬起，挤出一丝迟疑的微笑。"还有，你不用一直叫我'女士'或'小姐'，你可以叫我莉莉娅……"

乌迪贤刚要开口回答，只听到身后的门被推开，传来塞兰西娅的喊声："原来你在这儿！你找到蒂尔了吗？"

他回头看向塞兰西娅答道："没有，不过我要的东西都备齐了，塞莉。"

他的马突然打起响鼻，想要躲开它的主人。乌迪贤抓住马嚼子，竭尽全力安抚着这头暴躁的牲口。老马双眼怒瞪，鼻孔大张，看起来惊恐不安。但这毫无道理，因为它平日喜欢塞兰西娅要多过乌迪贤。至于那个贵族女子，她——

她已经不见踪影了。乌迪贤暗自扫视着四周，对她悄无声息的消失万分不解。他望向视野开阔的远处，也只看到几辆马车。除非她爬进了其中某辆被遮盖严实的车里，否则农夫无论如何都想不明白她究竟是如何凭空消失的。

塞兰西娅有些好奇地走到他面前问："你在找什么？少了什么货吗？"

他回了回神答道："没有……就像刚才说的，东西都齐了。"

这时，一个熟悉——但并不受欢迎的身影从门口探出来。这个传教士四下巡视着，像是在找什么特别的人或东西。

"怎么了，阿提勒斯修士？"塞兰西娅问道。

"我在找卡里吉奥修士。他不在这儿吗？"

"不在，修士，这儿只有我们俩。"

阿提勒斯修士审视着乌迪贤。不同于其他修士，他的眼神中并未流露出农夫司空见惯的那种宗教狂热，反而包含了些许……

疑虑？

阿提勒斯对塞兰西娅鞠了一躬便离开了。塞兰西娅重新将注意力转向乌迪贤，问道："你这么快就要走了吗？我知道你在阿提勒斯他们那些修士身边会不大自在，可是……你就不能再陪我待一会儿吗？"

不知为何，乌迪贤的心头涌起一股莫名的烦躁。"不……还是不了，我得赶快回去。说起找人，你有看到孟德恩吗？我还以为他会和你父亲在一起。"

"哦，我早该和你说的！阿奇里奥斯刚才停留了一小会儿，说是有东西要给孟德恩看，然后他俩就往西边的森林里去了。"

乌迪贤叹了口气。孟德恩答应他，会按时跟他一起乘车回家。他弟弟一向言而有信，但这次阿奇里奥斯一定是碰到了什么稀罕东西。孟德恩最大的弱点就是他无穷无尽的好奇心，而他的猎人朋友就不该继续鼓动孟德恩。一旦开始自己的研究，狄俄墨得斯家的小儿子就会完全将时间抛诸脑后。

虽说乌迪贤不会丢下他这唯一的兄弟，但他也绝不想再继续待在三神教信徒的身边。"我不能再待着了。我要驾着马车去森林那边，但愿能找到他们。要是我没遇上孟德恩，他应该还会回到这里——"

"我会告诉他你在哪儿等他，放心吧。"塞兰西娅不再掩饰自己的失落。

农夫显然对这种情况也感到十分不自在，他给了女孩一个礼节性的简短拥抱，然后跨上了马车。乌迪贤开始驱策那匹老马，塞兰西娅随之退到一旁。

马车前行的时候，乌迪贤回头朝塞兰西娅的方向望去，他热切的神情让塞兰西娅的脸上重焕光彩。但乌迪贤完全没留意到她的反应，他的心思并不在这个头发乌黑的商人之女身上。

不，烙在他心里的面容属于另一个女子，那个一头金色长发的女子。

一个身份阶层远在普通农民之上的女子。

第二章

孟德恩很清楚哥哥会为此生气，但此刻他已经完全被好奇心支配。何况这一切都是阿奇里奥斯的错，确实，阿奇里奥斯本该料想到后果。

老狄俄墨得斯幸存的两个儿子相差有九岁之多，甚至有时会让人认为他们并非兄弟。乌迪贤往往表现得更像是孟德恩的叔叔，或者确切地说，像他们的父亲。事实上，根据孟德恩自己对亡父的依稀记忆，再结合这些年来赛勒斯、提比翁等几位长辈讲述给他的往事，他甚至可以得出结论——乌迪贤的相貌举止几乎都和父亲一模一样。

孟德恩也继承了父亲的几分样貌，不过身高比乌迪贤矮了十来厘米，尽管他同样由于农场生活的必要劳作而变得身强体壮，但远不如他哥哥那么孔武有力。他的脸形要更瘦长一些——听说是从母亲那边遗传来的，双眼如黑宝石般炯炯有神。村里没人能说清他那双眼睛究竟遗传自谁，不过孟德恩很早就发现，如果自己用这双目光如炬的眼睛盯着谁看，对方定会感到不安，只有哥哥和现在同行的这位猎人除外。

"你对这东西怎么看?"阿奇里奥斯在他身后轻声问道。

孟德恩强迫自己从猎人那令人着迷的发现上移开视线。阿奇里奥斯一头金发,体形瘦削,身高和乌迪贤相近。与孟德恩不同——除了上衣底纹颜色更深,少年的衣着几乎与自己的哥哥相差无几——阿奇里奥斯身着一套棕绿相间的短上衣和短裤,这套装束能让他完美融入周围的环境,柔软的皮靴则让他能够如同野兽般悄然穿行于树林中。他修长的身形显露出他的敏捷,却也掩盖了他的力量。孟德恩曾数次试着拉开猎人引以为傲的巨弓射箭,结果均以失败告终。这个面如鹰隼的弓箭手不光在塞拉姆一带技艺绝伦,而且——至少孟德恩估计——在其他任何地方的众多猎人中也数一数二。孟德恩曾多次目睹阿奇里奥斯同途经的商队中身经百战的护卫切磋箭术,从没见他输过。

"它……看上去很古老。"孟德恩终于憋出了这个答复。他感到有些窘迫,毕竟这一点猎人也能看出来。

但猎人还是点着头回应,如同在聆听圣贤的箴言。尽管阿奇里奥斯比孟德恩年长五岁有余,他却将狄俄墨得斯家的小儿子视为世间万般知识的源泉。这是阿奇里奥斯与乌迪贤之间为数不多的分歧之一,他的好友认为自己弟弟的大部分研究几乎都没什么实际用途,不过至少也没多加干涉。

"问题是……"猎人的一只手捋过他那如狮鬃般浓密的秀发,"这一带我来过很多次,我发誓这东西之前还不在这儿!"

孟德恩只点了点头,便将注意力再次集中在同伴的发现上。孟德恩对阿奇里奥斯的好眼力羡慕不已,而他自己时常不得不贴近羊皮纸细瞧,才能看清那些他珍爱的典籍。

至于眼前这个特别的物件,他得格外仔细地端详。在穷年累月的风吹雨打之后,它表面铭刻的符号大多几乎被磨平了痕迹。还有一些符号，就算他把鼻子贴上去细细查看也无法辨认。很显然，此物之前饱经风霜，可阿奇里奥斯宣称它刚出现不久，这又该如何解释呢？

孟德恩跪在它前面估量着尺寸——它方形底座的边长与他的脚长差不多，高度大约比他的膝盖矮上一掌，平滑的顶面大小约为底座的一半。单论尺寸，这座石碑应该不可能被忽略。

他摸着石碑前方的地面问道："最近周围没什么变化吧？"

"没有。"

孟德恩近乎虔诚地用手指临摹着一些还算清晰的符号。所谓清晰，也不过是肉眼能够看清，但根本无从解读。其中一个突起的符文的线条层层环绕相通，周而复始，无穷无尽。孟德恩触碰它的瞬间，感受到了无可估量的岁月沧桑。

不，他下意识地摇了摇头。不是沧桑，孟德恩突然意识到，是不朽。

孟德恩的思绪被这个突如其来的念头打断，他以前从没设想过这个概念。亘古不朽。世间怎么会有如此的存在？

石碑通体呈黑色，但上面的记号闪耀着银光。这也同样令他着迷不已，因为它们看起来并不像是人工绘制的。它精湛的制作工艺绝非塞拉姆乃至整个西部地区大小城镇的匠师所能达到的。

孟德恩愣了好一阵，才意识到阿奇里奥斯正在晃动自己的肩膀。他疑惑地问道："怎么了？"

猎人小心翼翼地俯身靠向他，眉头因担心而紧锁。"你一碰到它，整个人就定住了！眼也不眨一下，我敢说你连呼吸都停止了！"

"我……我没留意。"孟德恩不禁想再碰一下石碑，急于求证同样的情况是否会再次发生。不过，他想阿奇里奥斯一定不会赞成。"你之前碰过它吗？"

阿奇里奥斯明显迟疑了一下，然后答道："碰过。"

"但你没发生这种情况，对吗？"

阿奇里奥斯似乎想起了什么，随即面如土色。"没。没有。"

"那……当时发生了什么？你有感觉到什么吗？"

"我感到……感到一阵空虚，孟德恩。它让我想到了……死亡。"

这位金发猎人几乎每天都要与死亡打交道，大多数时候他都在狩猎，但偶尔也会因为和野猪、虎豹或熊近距离遭遇而让自己变成猎物。此刻阿奇里奥斯谈及死亡时的语气非同以往，颇具深意。但这没吓到同伴，反而勾起了孟德恩更强烈的好奇心。

"什么样的死亡？"孟德恩求知若渴地问道，"你能更细致地描述一下吗？是不是——"

阿奇里奥斯突然露出警惕的神情，大手一挥打断了孟德恩的追问。"我知道的就这么多。我马上就去找你了。"

事情显然不会如此简单，但乌迪贤的兄弟并不急于刨根问底。也许随着时间的推移，他能慢慢收集到更多信息。就目前而言，这个石头物件足以让他心满意足。孟德恩捡了一小段树枝，刮扫起石碑底座周围的土地。这件神秘的古物看起来似乎被深埋在地下，但会有多深呢？埋着的部分会比露出来的更多吗？孟德恩再一次未能抵挡自己的好奇心，这次他直接伸出双手抓了上去，尝试着挪动石碑。要是能把它搬回农场，让他在闲暇时尽情研究，那该有多方便啊。

孟德恩猛然回过神来。农场！乌迪贤！

他一跃而起，将一向沉着的阿奇里奥斯吓了一跳。猎人似乎正因石碑而心烦意乱，孟德恩从未见过对方这个样子。阿奇里奥斯向来以无所畏惧著称，而现在他近乎无助地看向孟德恩，这简直是破天荒。

"我必须得回去了，"他向猎人解释道，"乌迪贤会担心我去了哪儿。"孟德恩不想让哥哥失望，尽管乌迪贤从没表现过这种情绪。但孟德恩仍记得，乌迪贤自双亲罹患疫病起便担负着家里的重担。仅凭这点，他已经对哥哥感激不尽，更不用说平时乌迪贤对他的种种关爱。

"那东西怎么办？"阿奇里奥斯嘟哝着，用弓指了指石碑。"咱们就把它这样丢在这儿？"

孟德恩思索片刻后答道："咱们得把它盖住。来帮我一把。"

他们俩收集了一些散落的树枝和灌木叶。不过，尽管石碑已经被他们匆忙掩好，孟德恩还是觉得它仿佛依然赤裸裸地矗立在全世界面前。他本想再找些东西遮一下，但转念决定先这样将就着，之后若能找到机会，他再回来补救。

当孟德恩打定主意返回时，他才后知后觉地发现天气的异变。这一日原本晴空万里，但现在大片乌云陡然涌向西边，像是在为狂风开路，一场风暴即将来袭。

"还真是反常。"阿奇里奥斯喃喃说道，显然也刚刚注意到头顶的变化。

"的确是。"孟德恩不像猎人那般了解风和天气对狩猎的影响，他更了解如何判断气流走向之类的东西。孟德恩在农场生活中常会用到这些知识，而乌迪贤——他只了解天气对他的庄稼和牲畜有何影响——尽管始终对弟弟的那一套不以为意，但不可否认的是，孟德恩总能时不时想出一些省力的干活方法。

乌云开始层层堆叠。孟德恩没再和阿奇里奥斯讨论这诡异的天气，但当猎人走到他前面时，孟德恩还是不由得回头向石碑的方向望去。

回首一瞥……便让他惊诧不已。

* * *

乌迪贤也同样注意到了天气的异样,但将之归结为农夫必须习惯的自然异象之一。无论阿奇里奥斯拉着孟德恩去了哪里,农夫都希望自己的弟弟能尽快赶回来。不过即便如此,兄弟俩恐怕还是得冒雨回家。天空骤积的云层预示着一场即将到来的狂风暴雨,乌迪贤还是希望这雨能多酝酿一阵再尽情宣泄。至少等他和孟德恩先过了那条常被淹没的低洼小路,那样剩下的路程就不会有什么大问题了。

乌迪贤握紧缰绳,坐在马车上,望向塞兰西娅指示的那二人离开的方向。孟德恩和阿奇里奥斯想必都有足够的判断力,能意识到天气的变化并正确应对……至少阿奇里奥斯可以。

等待之余,他又想起了金发女子那迷人的脸庞。虽然只有两次短暂的会面,但她的倩影已然在农夫的心底打下了烙印。不光因为她的美貌——尽管仅凭这一点已足够——更因为她的言谈举止。这个贵族女子身上特有的气质,让乌迪贤本能地想去保护她。即使是家人去世的时候,乌迪贤对自己的弟弟也未曾产生过这种前所未有的保护欲望。

莉莉娅。农夫一遍又一遍地默念这个名字,如同品味着美妙的旋律。

隆隆的滚雷将乌迪贤拉回现实。想到孟德恩,乌迪贤站起身来,希望自己的视野更宽广一些。此时那二人也该到塞拉姆附近了。

一抹绿影从他眼前闪过,不过并非猎人在林间活动时涂装的迷彩绿。那是祖母绿,它立刻吸走了乌迪贤的注意力,让他完全将自己的弟弟和朋友抛之脑后。

莉莉娅缓缓走进远处的树林,远离了村庄的安全范围。从她淡然的表情来看,她似乎丝毫没有察觉到天空发出的危险信号。在这一地区,风暴会陡然变得极其猛烈,甚至能将大树连根拔起。

乌迪贤跳下马车,拴紧缰绳,然后拔腿追了过去。尽管农夫去追莉莉娅主要是出于关心,但他心中同样兴奋不已。乌迪贤并未幻想能攀附她的血统,但一想到能再度和那个贵族女子搭话,他的心就怦怦直跳。

乌迪贤再度看到她时,风力已然加倍。尽管天气状况越来越糟,莉莉娅却依然表现得不为所动。她抿着双唇,视线紧锁地面。

乌迪贤脚步急促不敢松懈,结果一直追到森林深处才追上她。魁梧的农夫正要伸出粗厚的手掌,却又觉得这样做不太妥当。他不愿让这女孩儿受到丝毫不必要的惊吓。无论她有什么心事,显然都相当沉重。

乌迪贤别无他法,只好清了清嗓子。

莉莉娅倏地挺直身子,回过头来。"哦!是你呀!"

"抱歉,女士——"

女孩的唇边立刻浮起一抹羞涩的微笑。"我和你说过了。对于你,我就是莉莉娅。无论我从前是什么人,那都是以前的事情了。"看到乌迪贤不解的神情,她接着问道:"那么我该怎么称呼你呢,农夫先生?"

他终于意识到自己还未曾做过自我介绍。"我是乌迪贤,狄俄墨得斯之子。"一阵雷鸣让他想起他们当前的处境。"我的——莉莉娅,你不该到这儿来。暴风雨马上就要来了!你最好找个地方躲躲,比如酒馆。那里是塞拉姆村最坚固的建筑之一。"

"暴风雨?"她抬头望了一眼天空,好像才察觉到天气变化。云层已然浓厚到几乎将白昼化为黑夜。

乌迪贤顾不得避嫌,终于下定决心,抓起莉莉娅的手腕说道:

"没多少时间了!"

可莉莉娅却向另一个方向望去……紧接着,她倒吸了一口气。

乌迪贤顺着她的视线看去,却什么也没看到。然而贵族女子却定在原地,似乎被自己的发现吓得不轻。

"莉莉娅……莉莉娅,发生什么了?"

"我想我看到了……我以为……可是,不会的……"

虽然农夫就站在莉莉娅身旁,却看不出她为何惊慌,他疑惑地问道:"在哪儿?你看到什么了?"

"那里!"她指着树林中格外茂密的一处说道,"我想……应该是……"

乌迪贤很想先直接带她回村里,等暴雨过后再回来,但莉莉娅的强烈反应让他对那边的情况十分不安。他突然想起了孟德恩。孟德恩,现在仍不知所踪。

"你待在这儿。"乌迪贤说完开始向那边走去,同时拔出了贴身的匕首。

灌木丛变得密集起来,到处都是齐腰的野草。他想不通莉莉娅究竟是如何看到任何东西的,但他相信这绝非胡闹。

靠近那片可疑的区域时,乌迪贤陡然汗毛尽竖。一阵恐惧涌上他的心头,几乎让这健硕的农夫夺路而逃。

他隐隐闻到一股令人作呕的气味。这气味让他回想起那场可怕的瘟疫,想起他的家人……

乌迪贤本不想再迈出半步,但还是强迫自己走上前去。

看清眼前的景象时,农夫顿时单膝跪倒在地,才堪堪忍住呕吐的欲望。匕首从他的手中滑落,而他被这可怖的一幕所慑,对此全然不觉。

这应该是一具男性尸体——至少从身高来看,乌迪贤觉得应该是这样——尸骸散落在他面前的树林间。尸体的躯干被熟练地割开，如同农夫宰牛的手法一般精准。血液浸透了周围的一切，将大片泥土泡成了暗红色的泥浆。受害者的肠子从切口流出了一部分，苍蝇早已聚集过来享用这难得的腐臭盛宴。

支离破碎的尸体并非最血腥的，受害者的喉咙也被斜着割开了，伤口大到足以容纳一只拳头。尸体的面部覆满从伤口涌出的血污，黑发也沾凝着血渍，在四周的树叶和其他废弃物的衬托下，像极了某种怪异的节日摆饰。乌迪贤察看了一番，确定自己并不认识这个与他年纪相仿的男子。

一些残余的衣服碎片让乌迪贤终于确定了这个可怜人的身份。单是那件长袍的颜色便已提供了足够的证据，而其所属教团的标志更是毫无疑问地证实了这位传教士的身份。

乌迪贤发现这人正是卡里吉奥修士，三神教失踪的那个传教士。

身后传来的一声喘息让农夫一惊。乌迪贤转过身来，看到莉莉娅正瞪目注视着眼前的惨状。她霎时脸色惨白，两眼一翻……然后倒了下去。

乌迪贤强迫自己站起身来，在她倒地之前冲过去扶住了她。他搀着女子柔软的身体，一时不知如何是好。必须向什么人报告这起谋杀案，比如塞拉姆村的警卫队长提比略；还有村长多里乌斯，村长也得知道这事。

贵族女子在他的臂弯中呻吟着。乌迪贤决定了，他得先照顾好莉莉娅。

所幸魁梧的农夫抱着她几乎毫不费力。在确保这珍宝般的女孩儿不会受到颠簸的前提下，乌迪贤竭力大步奔行。他不得不时刻注意脚下，生怕一步踏错让两人都摔倒。

终于抵达村子边缘时，乌迪贤不由得大松了一口气。天空依旧雷鸣不断，但暴雨仍未降临。

"乌迪贤！"

突如其来的呼喊惊得他一个踉跄，险些将莉莉娅抛了出去。农夫赶紧站稳脚跟，向声音的源头望去。

他看到孟德恩和阿奇里奥斯向自己跑来，瞬间如释重负。他们显然也是刚赶回来。孟德恩还有些气喘吁吁，而阿奇里奥斯则面无血色，乌迪贤猜测自己此刻的脸色恐怕跟猎人不相上下……尽管阿奇里奥斯肯定还不知道自己那惊悚的发现。

二人刚跑近一些，乌迪贤立马喊道："在我身后的树林里有具尸体！在树木开始变得茂密的地方！"

猎人盯着农夫怀中的女子，喃喃问道："是场意外？"

"不是……"

阿奇里奥斯严肃地点了点头。他从箭筒里抽出一支箭搭在弓上，毫不犹豫地朝着乌迪贤所说的方向走去。

"她怎么了？"孟德恩问道，"她是谁，是受伤了吗？"

"她昏倒了。"乌迪贤感到异常焦虑。他不停地祈祷莉莉娅能快点儿醒过来，可她还是绵软无力地倒在他怀里。"她也看到了尸体。"

"要不我们带她去找乔里利亚？"乔里利亚是塞拉姆村的女医师，某些人认为她多少会些巫术，但她还是凭借自己的医术赢得了所有人的尊重。当年正是她给了兄弟俩一些草药，为他们染病的家人减轻了不少痛苦。对乌迪贤和孟德恩来说，她所给予的帮助远远胜过那些神棍的祈祷。

乌迪贤摇了摇头。"她只是需要休息一下。我想她应该住在野猪头酒馆。"他犹豫了一下又说，"不过我们可不能就这样把她从大门抱进去……"

"通往楼上房间的楼梯旁有扇后门。"孟德恩冷静地说道，在这种情况下,他要比大多数人沉着得多。"你可以从那儿带她上去,我去找提比翁聊两句,弄清哪间房是她的。"

弟弟的建议非常周全。乌迪贤长出了一口气道:"就这么办。"

孟德恩若有所思地打量着哥哥,想要解读他藏在心底的想法。对孟德恩而言,莉莉娅就是个毫不相干的陌生人,但是对乌迪贤明显并非如此。

乌迪贤眼下顾不上解释,只是匆忙前行。孟德恩随后也跟了上来。他们没再说话,默默各自加快了脚步。

多亏这突如其来的鬼天气,沿途都没有好奇的路人来碍事。不过这点也让乌迪贤喜忧参半,一方面莉莉娅能够安然回房休息,但同时他也想将传教士遇害的消息尽早通知给村里的管事人。最后他还是宽慰自己,相信好友阿奇里奥斯一定会去联系警卫队或村长。

到了野猪头酒馆附近,孟德恩便和他分头行动。乌迪贤悄悄溜到屋后,找到了那扇后门。他鼓捣了一阵,终于将那贵族女子抱了进去,其间并未让她离开他的臂弯。

一进屋他就毫不犹豫地直奔木质楼梯。幸运的是,在一楼喝酒的人们都将视线转向了他弟弟,孟德恩显然算好了自己和乌迪贤进门的时机。乌迪贤匆匆上楼的同时,听到孟德恩正用比以往略高的嗓门和几个酒客打着招呼。

他上楼后焦急地等待着。感觉过了良久,孟德恩才终于走了上来。

"她不住这儿,"孟德恩解释道,"所以我只好以咱俩的名义开了间房。这样行吗?"

乌迪贤点了点头,看着五扇房门问道:"哪间?"

"这间。"弟弟指着一扇远离其他房间的孤零零的门,"这间更隐蔽些。"

乌迪贤露出赞许的神情,让孟德恩打开了门。就算在塞拉姆,这房间的布置也相当简朴。一副桌椅摆在唯一一扇窗户旁，木床上铺着绒被，除此之外没有任何其他家具。墙上钉着搭挂衣物的钩子，地上还有些留给箱包的空间。

现在只剩一件事尚未安排妥当了，不等乌迪贤开口，孟德恩便询问道："她一定有行李留在车队那里。要我去找塞兰西娅帮忙解决一下吗？"

尽管乌迪贤非常不愿将塞兰西娅牵扯进来，但他别无选择，只好同意。"那你去吧。"

孟德恩走到门口停了下来，迎着哥哥的目光问道："你是怎么认识她的？"

"我们碰巧遇到的。"乌迪贤想不出别的回答。孟德恩沉默了片刻，终于点点头走出了房间。

农夫将贵族女子轻轻放到床上，凝视着她。他再一次为她绝美的容颜倾倒，并对她为何孤身一人四处徘徊困惑不已。毫无疑问，莉莉娅大可在一众有钱有势的贵族中寻觅一段美满的婚姻。难道她是某个失势的法师部族的后裔，这倒是能解释得通……

他还在胡思乱想时，莉莉娅突然睁开了双眼。她大口喘息着坐起了身，问道："发生……发生了什么？"

"你还记得在树林里发生的事吗？"

她立刻捂着嘴轻呼道："所以那些都、都是真的吗？我看到的……那些？"乌迪贤点了点头。

"然后你……你把我带到这儿……这是哪里？"

"野猪头。塞拉姆村唯一的旅馆，小姐——莉莉娅。我们还以为你住在这儿。"

"可我没有——"

他耸耸肩说："我弟弟都搞定了，然后我们就把你带了上来。安顿好你，孟德恩就去车队那里取你的行李了。"

她目不转睛地盯了他许久，才缓缓开口道："你说的孟德恩和你的弟弟……我猜他们是同一个人吧？"

"是的。"

贵族女子点点头，接着问道："那么……那具尸体呢？"

"我的朋友已经去调查了。他处理这种事情一向很可靠。阿奇里奥斯会去通报警卫队，还有我们的村长。"

莉莉娅将双腿蜷起抱在胸前，下巴抵着膝盖。华贵的礼服被折出了深深的褶皱，但她对此不以为意。"那个……我们发现的那个人也是你朋友吗？"

"他？"乌迪贤摇头否认。"一个该死的传教士……来自三神教。他的同伴们之前还在找他。"他考虑了一下又说，"他们是随车队来的。你是不是——"

"我也见过他们，没错，但没说过话。我不怎么相信他们的那些教义……圣光大教堂的那套也一样。"

女子对两大教派的这番言论与乌迪贤的看法不谋而合，不知为何他的心情轻松了不少。但他紧接着就自责起来。就算乌迪贤再怎么厌恶那人的身份，对方都不该落得如此悲惨的下场。

想到这里，乌迪贤明白自己得起身去看看情况了。是他最先发现了传教士的尸体，理应由他去把自己知道的一切告知村里的管事人。

但考虑到眼前的女子，乌迪贤不由得皱起眉头。他得尽量避免提到莉莉娅。她的遭遇已经够她受了。

"我希望你留在这儿。"他命令道，随即为自己刚才对贵族女子说话的语气暗暗震惊。"你好好待在这儿休息。我得去看看他们如何处理那具尸体了。你不需要跟着。"

"可我该一起去的……不是吗？"

"除非不得已。毕竟当时你看到的和我没差多少。况且你也不认识那人。"

她没再说什么，不过乌迪贤清楚地感觉到，莉莉娅明白他为了保护她在拿名誉冒险。贵族女子躺回床上说道："好吧。如果你希望如此。我会在这里等你的消息。"

"那就好。"他向门口走去，心中已经开始盘算起说辞。

"乌迪贤？"

他看向她。

"谢谢你。"

农夫红着脸逃出了房间。身材健硕的壮汉尽量轻巧地走下楼梯，到一楼后匆匆扫了眼酒馆。他看到每个人都并无异样，这意味着关于尸体的消息还没传开。这都要归功于阿奇里奥斯的谨慎。这个消息足够让整个塞拉姆村震惊了，毕竟上一桩凶杀案还是发生在四年前，那时老阿罗涅斯和他的继子格默尔醉酒后就农场产权的问题争执起来，最终格默尔成了被害人。阿罗涅斯酒一醒，马上投案自首，然后被马车拉到凯基安城接受应有的制裁。

但乌迪贤目击的这场屠杀可不是酒后失手所致。它看起来更像是出自疯子或野兽之手。一定是个外来人，某个流窜到此的强盗。

乌迪贤越想越觉得有道理，于是打定主意一有机会就向村长和警卫队长提出这个推论。到时候塞拉姆村的男人们一定会自愿四处搜寻那个浑蛋。这一次，罪行将在当地进行裁决，一根结实的绞绳就能将此事圆满了结。这一切都是那魔头罪有应得。

他打开后门溜了出去——

"在那儿！他就是我说的那个人！"

乌迪贤吃了一惊，退回到门口。站在他面前的是提比略——农夫在节日庆典中与这位健壮如牛的警卫队长比试摔跤，总是输多胜少——还有头发灰白、老谋深算的村长多里乌斯，此刻他正用打量陌生人的眼神盯着乌迪贤。他们身后还站着十来个人，大都来自警卫队，另外还有阿奇里奥斯……以及三神教的其余两个传教士。其中年长的男辅祭正是刚才开口的人，正站在人群中谴责地对着茫然的农夫指指点点。

乌迪贤回过神来，看向猎人问道："你把一切都和他们说了吗？"

不等阿奇里奥斯回答，多里乌斯抢先说道："猎人，你不能与他交谈。弄清楚全部的事实前，什么都不能说。"

"事实已经很清楚了！"三神教的使者断言道，他的女同伴频频点头赞同。此刻，在这个指着乌迪贤上蹿下跳的家伙身上，几乎看不到一丝虔诚或平和。"你就是凶手！你的话恰恰出卖了你自己！为了你的灵魂，趁早忏悔吧！"

乌迪贤竭力克制着情绪，以免自己对这名辅祭的厌恶压过理智。如果他没理解错的话，自己正被指控犯下了那起他一直急于通报的谋杀案。

"我？你认为是我干的？我对星星发誓，要把你和——"

"乌迪贤……"阿奇里奥斯急忙低声提醒他。

狄俄墨得斯之子重拾理智，对猎人说道："阿奇里奥斯！是我告诉你去哪儿找尸体的！你看到我当时的神情了，而且——"他顿了一下，不想把莉莉娅卷进来。"而且你是知道我的！多里乌斯！你和我父亲是朋友！我敢对着他的墓发誓，这个跳脚蠢货的同伴不是我杀的！我绝不是那个残忍的凶手！"

他还想继续澄清，但村长举起手示意他安静。多里乌斯一脸严肃地回答道："我们现在说的不是那起案子，乌迪贤。不，我们说的是另一个……我想早晚也要一起查，因为这两起案件似乎有着极大的关联，而我从不相信什么巧合。"

"'另一起'？什么另一起？"

提比略队长打了个响指，六名男子——乌迪贤从小就认识的六个人——立刻上前将农夫包围起来。

阿奇里奥斯试着为乌迪贤求情："多里乌斯，这么做有必要吗？这可是乌迪贤啊。"

"我们尊重你的发言，年轻的阿奇里奥斯，但这是我们的职责。"村长转身向被包围的乌迪贤点了点头。"我保证一切都会水落石出的，乌迪贤，所以现在先听从我们的安排！"

"理由是什么？"

"因为你涉嫌谋杀。"提比略队长沉声回道，一手覆上身侧的剑。认识这么久以来，乌迪贤见到警卫队长佩剑的次数屈指可数，几乎都是在节日庆典或其他特别活动的场合，只有一次例外。

唯一的例外正是格默尔被杀害的那次。

农夫摇着头咆哮道："我和你们说了我没杀他的同伴！"

"我们说的不是那人，"多里乌斯声明道，"但也是个神职者，事情更糟了，年轻的乌迪贤。这个遇害人是来自圣光大教堂的那个传教士……"

"那个人……"乌迪贤的声音越来越小，脑子里一片混乱。可我不久前才刚和他说过话！不到一小时，甚至不过半小时！

不光说过话，之后还当着众人的面恐吓了他……

"很好，看来你想起他了。是的，年轻的乌迪贤，教廷的尊贵使者被人切断了喉咙……而插在他胸前的正是你的匕首！"

第三章

乌迪贤以前并没有特别留意过警卫营里面的构造。虽然农夫每次采买都会经过这里，但他从没因为酗酒滋事或打架斗殴被逮捕过，也就一直没机会进去。

而现在，他就坐在营所最里面那两间铁窗牢房的其中一间中。无论是探视者还是犯人，都必须穿过营队内部的一扇木门和一条不长的走廊才能到达这里。乌迪贤坐在靠外的那间牢房里，有种完全与世隔绝的感觉。牢房内，一条破损的长木凳同时充当了座椅、桌子，还有床。乌迪贤已经被关了四天，他的农场应该也有两天没人打理了。庄稼需要除草灌溉，牲口更得有人照料。孟德恩一口应下了所有农活，可乌迪贤还是担心弟弟一个人很难应付如此繁重的杂活，更何况，如今弟弟还要为他的事操心。不仅如此，先前那场暴风雨不知何故，并未降临塞拉姆村。它不知吹向了何方，几乎没对本地造成什么严重的破坏，却没带走头顶密布的乌云，这让乌迪贤担心或许会有一场更猛烈的暴雨紧随其后。农场之前虽幸运地躲过一劫，但难保不会毁于下一场风暴。

他明白现在最无关紧要的就是自己的农场。两起凶杀案的后果愈演愈烈，甚至超出了乌迪贤的想象。由于两名遇害人都是重要教派的教徒，村长多里乌斯不得不向两大教派均驻有教所的图利萨姆镇通报情况。他恳请两大教派，希望其中任意一方或双方派遣代表来督导此事。其余两名幸存的传教士也已骑马返程，应该是去向他们各自的侍主汇报此事了。另外，尽管村长不断向乌迪贤保证一定不会有事，但他还是坚持让提比略队长在此期间继续关押乌迪贤，以免有人质疑塞拉姆村为死者平冤的诚意。

第二个传教士的死让乌迪贤久久不能平静。据前任警卫队长提比略说，圣光大教堂的传教士被发现时趴在地上，面部因"极度恐惧"而扭曲变形，而农夫的匕首——乌迪贤在木质刀柄上做了记号——深深插进这位传教士的胸腔。

比起他发现的那具尸体残骸，后面的这具几乎称得上完好无损。尽管如此，两起凶案的严重性还是不相上下。事实上，在人们的记忆中，自那场夺走乌迪贤家人的瘟疫后，村里已经很久没有发生过多人遇害的惨剧了。

塞兰西娅每天都会来探望他，给他带来那些无法前来探望的乡邻的鼓励。了解乌迪贤的乡邻们一致认为他是无辜的。阿奇里奥斯还把某个不以为然的家伙揍得鼻青脸肿。

乌迪贤双手抱头坐在那里，脑子里想的不是自己的事，而是莉莉娅。从他被囚禁后，她就没来探望过，尽管他打心底也不愿她冒这个险。毫无疑问，农夫希望她能够一直置身事外，以免被卷入这场无妄之灾。快了，他不停地给自己打气，他很快就能洗清罪名，那时他们就能重聚了。

如果那时她还在塞拉姆村的话……

一想到可能再也无缘与那个贵族女子相见，乌迪贤的内心就被无可言喻的焦灼填满。他的整个人生仿佛都将变成暗无天日的噩梦。

就连痛失至亲时,他也不曾如此绝望,而此刻那些痛苦的回忆,也一并压在他不堪重负的双肩上。

乌迪贤不止一次觉得,自己被这矮屋低墙压得喘不过气来。他在农场出生长大,自由就是他的一切。母亲离世的那天,他奔向广阔的原野嘶吼宣泄,弟弟是唯一的听众。

我要出去……我要出去……这句话在他脑海中反复回响,越发高亢。乌迪贤木讷地盯着牢门,无法接受眼前的铁栅和门锁。牲口才该被关在圈里,而不是他。不是——

远处突然响起轻微的嘎吱声,接着咔嗒一响。

伴随着尖锐的金属摩擦声,牢门晃晃悠悠地打开了。

乌迪贤慌乱地退到墙边,看着眼前发生的一切。他瞠目结舌地看着门被完全打开,撞向一边的铁栅,发出清脆的响声。

牢门在乌迪贤面前敞开,农夫却没有挪动半步。他不明白刚才发生了什么,虽然他非常渴望逃离这个鬼地方,可此刻他却对敞开的大门不为所动。

就在这时,走廊尽头的木门也被打开了。提比略带着两个手下穿过走廊向牢房走来。

看到乌迪贤的牢房时,队长猛地停住了脚步。"见鬼了——"

他定下神来,打了个响指,两个警卫立即冲进牢房将囚犯拿下。他们挟制住乌迪贤,提比略则开始检查牢门。

"没有划痕,一点儿损坏的痕迹也没有。"他怒视着农夫说,"搜搜他身上有没有能当钥匙用的东西。"

警卫听命搜身,却一无所获,正如乌迪贤所料。

提比略走到囚犯面前。他挥手示意警卫退下,然后俯身凑过去低声道:"我比你更不愿把你关在这儿,乌迪贤。你可能不相信这点,老朋友,但我认为对于那二人的死,你和我一样清白。"

"那，为什么——"

"这儿虽然只是塞拉姆，可我要把这儿当作凯基安一样管理治安！我父亲在那里的警卫队服役了三年，然后接管了这儿的治安！我不想因为自己失职而害他蒙羞。虽然可能不合情理，但我们这是按规矩办事。"

乌迪贤理应顾及一下提比略的立场，可他实在无法平静。"我只想赶紧做个了断！我什么都没干！"

"总会水落石出的，你只要等着就好。"队长指了指门说，"可这么做只会把事情越弄越糟……"

"不是我干的！门是自己打开的。"

提比略失望地说道："我看错你了，乌迪贤。门没有任何问题，我检查了。"

"我以亡父之名发誓！"

队长紧皱眉头，咒骂了一声转身离去。他走出牢房，警卫紧随其后。其中一人关上了门，然后仔细检查，确认门已锁牢。

"锁好了。"他向队长报告。然而提比略还是双手抓紧牢门用力拉扯，亲自进行确认。整面墙被震得咯吱作响，但牢门依然紧闭。

提比略队长松开了手，倚着铁栅对农夫说："别再乱来了。否则别怪我不留情面。耐心点儿，乌迪贤。"

焦虑又迷茫的囚犯只能点头应允。队长终于满意地带着手下离开了牢房。

没过多久，一个警卫端着一碗粥又走了回来。他再次检查过牢门，点头确认后，把农夫的饭递了进来。

乌迪贤一边吃饭，一边再度琢磨起这件事为何会拖这么久。他显然是无辜的，而且他也想不通真凶到底是如何快速移动的。从第一起凶案被发现到圣光教派的传教士被害只过了很短的时间，那个残忍的凶手拿到乌迪贤的匕首后几乎要飞过去才来得及。乌迪贤确信阿奇里奥斯绝不是那个疯子；猎人不仅人品值得信赖，还是个真心实意的朋友……而且案发时他始终和孟德恩在一起。

那么……又会是谁呢？

走廊里忽然响起一串脚步声，比提比略他们的厚皮靴踩踏地板的声音要轻盈悦耳得多。乌迪贤抬起头，看到莉莉娅向他走来。

"我必须来见你。"她小心翼翼地低语道，露出心虚的笑容。显然，莉莉娅怕他会气恼自己不听劝说擅自行动。

其实此时的乌迪贤根本无法指责她。她已经听他的话等了很久。他甚至很感激莉莉娅没有一走了之，离开塞拉姆，把他丢在这里听天由命。

可他一开口还是忍不住叮嘱道："你不该来这儿。"

"我再也无法坐视不管了。事情不该是这样！悲剧又要重演了！"

"这是什么意思？"乌迪贤一头雾水。

她凑近铁栅，乌迪贤放下碗靠近她。天知道他多想将女子拥入怀中好好安抚，仿佛身处险境的人是她，而不是自己。

"你对我这个陌生人真好。"她轻语着，纤手穿过栏杆抚上他的手。"无依无靠的陌生人。你知道我是怎么变成这样的吗？"莉莉娅垂下了眼眸，"都是因为圣光大教堂和三神教之间的这场游戏。"

"这场什么？"

她抬起双眸，望向他的眼睛，目光中的神采摄人心魄。乌迪贤真希望就这样溺毙在她的眼波中。莉莉娅接着说道："一场游戏。这一切都是他们之间的较量，胜者才能继续生存。他们会不择手段排除异己，没有什么能阻碍他们。"

乌迪贤并不喜欢话题的走向，但他还是问道："这……这是什么意思，莉莉娅？"

她回头看了眼走廊尽头的木门,然后压低声音回答道:"从前也发生过这种事,我的家族就是受害者。我的家族曾经有权有势,所以被他们两派极力拉拢,但是我们公开拒绝了他们……不久后我们的世界就被搅得天翻地覆!伴随着暴力事件,一间小神庙被焚毁,里面的信徒伤亡惨重。火势还蔓延到了附近的建筑。后来,他们发现是人为纵火导致了这场悲剧,而我的家族被牵连其中。"

他惊讶地张大了嘴。

"全是谎言!"莉莉娅马上补充道,显然误以为乌迪贤是在为她家族的罪行惊讶。然而,乌迪贤根本不相信莉莉娅和她深爱的家人会犯下如此罪行……

"我相信你,"他立即对她说,"我相信你。后来呢?"

"尽管我们极力否认,还是有一些与某方教派勾结的强大势力不肯罢休。虽然他们的指控毫无依据,我的家族还是被剥夺了一切。我的父亲和母亲被放逐,从此无缘再见!哥哥被关进地牢,姐姐也被迫嫁给了圣光大教堂的心腹!本来我也面临着相同的命运,但我带着所有能筹到的钱逃离了那个城市……"

"然后你就来到了塞拉姆?"

"不是,我开始并未来到这里……我也不是被那些我避之不及的教派伥鬼护送来的!"她咬住了嘴唇,"我和你说得太多了,现在我突然有些害怕你觉得是我害死了那两个人!"

乌迪贤立马摇头否认。"怎么可能!这件事是比你强壮且残暴得多的什么家伙干的!他们怀疑我勉强还算有些道理!"一丝不祥的预感突然闪过他的脑海,他叮嘱道:"不过还是不要和其他人说这些!不然他们会认为我是受了你的指使!"

她像是刚意识到了这一点,伸手捂住嘴巴道:"我没想到——"

"没关系。你最好赶紧离开这儿再也别回来。不会有事的——"

"怎么会没事！我在旅馆里听说了！圣光大教堂的审讯官明天就到，还有人说三神教的和平卫士可能随后就到！这跟我当初的遭遇一模一样！"

她的话令乌迪贤开始恐慌。没人告诉他审讯官跟和平卫士要来塞拉姆村的消息。两大教派竟然同时派出了执法力量，那些人既是审判者也是守卫。虽说两方的确都有人遇害，但让乌迪贤不安的是，这样的兴师动众几乎毫无必要。

农夫愣在原地陷入了沉思。终于，贵族女子打破了沉默。

"我的家族之前就错在让他们先下手为强，乌迪贤！你不能再让他们得逞！他们会颠倒黑白，就算你是清白的，最后还是会被定罪！你必须反抗到底！大胆说出真相，拿出你一贯的作风！你的朋友们都会站出来支持你的，我敢保证！到那时，无论是圣光大教堂还是三神教都无法利用你对他们的憎恨来对付你了！"

"我——"他本来还有几点意欲与女孩争辩，却在对上她盈盈双眸的瞬间消弭于无形了。他最后决定听从莉莉娅的话，吸取她家族的惨痛教训来拯救自己……还有她。

"你一定要这么做……"她轻声请求着，"求你了……为了我们……"

没有任何征兆，贵族女子突然将乌迪贤的脸拉到铁栅边，轻轻印下一吻。趁农夫灵魂出窍般杵在原地的时候，莉莉娅红着脸跑了出去。

乌迪贤目送她的背影慢慢消失，转念想起自己的牢门。农夫学着警卫的样子仔细检查了一遍，牢门果然还紧锁着，并无异样。

对于乌迪贤来说，一切已成定局。莉莉娅说的一点儿没错，他必须为自己站出来。那些审讯官——或许还有正在赶来的和平卫士——都是来兴师问罪的，根本不会还他清白。

他决不会让那帮家伙得逞。

* * *

塞兰西娅在警卫营旁看到了走出来的莉莉娅，连忙退回她的视野之外。商人之女也说不清自己为什么这么做，或许自己可能是在嫉妒对方。乌迪贤显然已经被那个金发女子迷得神魂颠倒，而这一切快得令她感到荒谬。对方仅凭几分姿色就轻易做到了自己这些年来梦寐以求的事情。当塞兰西娅还是个小女孩的时候，她就为乌迪贤坚忍的品质和强大的内心所倾倒，尤其是当年他在痛失家人时的勇敢表现。

莉莉娅的身影消失在野猪头酒馆的方向。商人之女又等待了片刻，才从铁匠铺的角落走出来——

结果恰好和阿奇里奥斯迎面相撞。"塞莉！"他努力控制着激动的心情，"你从哪儿——"

"真抱歉！"塞兰西娅感到脸上一阵发烫。在她费力讨好乌迪贤的同时，阿奇里奥斯也同样在追逐着她。这倒不是件坏事，因为他既英俊又人品出众，对待女性彬彬有礼。正常情况下，商人之女早该欣然接受他的追求，然而尽管塞兰西娅与猎人相处得很愉快，她却始终无法轻易放下自己对乌迪贤的执念。

当然，那是在莉莉娅出现之前。

"我在找孟德恩。"阿奇里奥斯终于整理好心情，只是脸上还挂着一抹红晕。"不过遇见你真是开心。"

此时他的喜悦显得格外不合时宜，尤其是乌迪贤还在为莫须有的罪名而身陷囹圄。猎人察觉到了她对自己的不满，立刻有所收敛。

"抱歉！我不是有意打趣！你是要去探望乌迪贤吗？"

"对……可我不想打搅到他。他还有别的访客。"

"哦?"猎人扬眉道,"啊!是那个叫莉莉娅的漂亮姑娘……"

听到阿奇里奥斯也这样描述她,塞兰西娅的心情更糟了。没错,那贵族女子是很漂亮,但赛勒斯的女儿相信自己也同样吸引人——她的心上人是个例外。

"她刚离开。我好像看到她回旅馆了。"

阿奇里奥斯摩挲着下巴说道:"也不知道乌迪贤刚才有没有为难她。他说过要那姑娘远离此事,免得她扯上不必要的麻烦。"

塞兰西娅有些阴暗地希望莉莉娅的擅自行动会激怒乌迪贤,但她马上就打消了这个念头。他一定也像大多数男人一样,一旦对上姑娘的眼神或微笑就立马没了脾气。

她想起了阿奇里奥斯的问题,于是说道:"我没看到孟德恩。说实话,我已经两天没见他了。他不会连他哥那儿也没去吧?"

"就我所知,孟德恩有三天没去过了。"猎人忧心忡忡地说。"我去过他们的农场,结果看到小扎斯提维奥——马库斯·乌·阿姆法德的次子在那里干农活。他说孟德恩雇了他干活,但没告诉他自己打算去哪儿。"

孟德恩把农场交给了一个比他自己更靠谱的人,这一点塞兰西娅能理解,但她不明白为什么他没立即动身来探望哥哥。孟德恩非常在乎乌迪贤,这个一向文质彬彬的青年在听到哥哥的消息后失去了平日的冷静,言辞激烈地怒斥了所有对乌迪贤的指控。

"我很担心他,塞莉。"阿奇里奥斯继续说道,"我担心他因为怕失去乌迪贤而一时想不开——我不是说乌迪贤会因为那些指控面临危险,不,我是说孟德恩。自从我们——自从那天起,他就不太一样了。"

在塞兰西娅听来,阿奇里奥斯谈论的话题几乎与凶案完全不相干,而这些事有什么要紧的呢,她不明白。

"说不定他和我父亲在一起,"塞兰西娅想了想,提出了某种可能,"我一大早出来后还没回去过。"

"也许吧。我想……"猎人的眼神突然变了,似乎是想到了什么。他用力摇了摇头,接着说道:"你该去探视乌迪贤了,塞莉。我很快就能找到孟德恩,我有把握。你只要别——"

他突然闭上了嘴,瞪大双眼忧虑地望向同伴身后。黑发女子若有所感,也顺着他的目光不安地看去。

一队骑兵刚刚抵达村外。他们骑着马从容地昂首前进,摆出一副视察领土的架势。一行人的身份再明显不过,即便不看他们胸前镶的金色旭日标志,仅凭银光闪闪的长袍和胸甲,就足以认定他们是圣光大教堂派来的审讯官。他们头戴刻有纹章的圆形头盔,为首的人则戴着金色兜帽,盖住了一头浓密的灰发。他的披风泛着微光,飘在身后,长长的下摆几乎要遮住后面马匹的视线。这名教士与伟大先知的其他侍僧一样,也剃净了胡子。这并非个人喜好,而是出于信仰。毕竟,伟大先知自己从不蓄胡……此外,如果传言可信,伟大先知仅看外表的话,年轻得足以做这个人的孙辈,而事实上,先知的年纪大得令人瞠目。

这支队伍有十几个人,阵仗之大令旁观的二人惊讶万分。多里乌斯曾一再表示自己希望最多来两个人,更没有想到会有像刚才从马上下来的那种大人物莅临。

大检察官——塞兰西娅知道这个高调的家伙一定大有来头——正打量着塞拉姆村,似乎不敢相信这个闭塞的小村落就是他的目的地。他忽然注意到二人,立刻示意他们上前。塞兰西娅非常清楚这个人能左右乌迪贤的命运,立刻遵命过去,猎人也紧随其后。

"我是麦克琉斯修士!"大检察官声音洪亮,像是要昭告方圆一里内的每一个居民。"这里是否就是塞拉姆,那场罪恶行径的发生之地?"

"是的,大人。这里正是塞拉姆。"塞兰西娅屈膝行礼,恭顺地答道。与乌迪贤和阿奇里奥斯不同,她多少有些相信圣光大教堂和三神教的教义,只是还没想好要投身哪派。三神教宣扬的是个人权利,而圣光教则主张团结众人之力。

"谁是管事人?他本该出来迎接我们。"

"我们的村长是多里乌斯,他——"

麦克琉斯打断了她。"算了!你!"他指着阿奇里奥斯,"你可知道我们不幸遇害的修士现在何处?"

猎人学着塞兰西娅鞠了一躬,回答道:"我应该能找到他的埋葬地。"看到大检察官皱起了眉头,阿奇里奥斯解释道,"事情已经过了好几天了,大人。两名受害者都该安息,不然他们……"他摊了摊手。"呃,您也明白。"

"当然,我的孩子,当然。那就带我们去墓地吧。"

"无意冒犯您,大人,但是应该由多里乌斯村长或是提比略队长带你们去更妥当——"

"我们已经到了,"麦克琉斯修士态度强硬地表示,"他们还没来。等一会儿有机会见了面,我们再好好跟他们谈谈……还有那个野蛮的异教徒。"

塞兰西娅听到他对乌迪贤的称呼,惊得险些失声。她怀疑多里乌斯的信使到底给圣光教派那边带了什么话。听麦克琉斯修士的口气,仿佛真凶已经被捉拿归案。

"尊敬的大人——"她鼓足勇气开口。

但大检察官已经在四个卫兵的簇拥下径直从她身旁走过。其余手下围着他呈扇形散开,摆出一副要向塞拉姆进攻的阵势。事实上,他们虽然人数不占优势,但赢下这种规模的战役还不在话下。

"请走这边。"阿奇里奥斯无奈屈服。

大检察官没再理睬塞兰西娅,不过也没阻止她跟来。赛勒斯的女儿很想跑去警告乌迪贤圣光教派的人已经抵达,但她也不想错过麦克琉斯修士的一举一动,哪怕阿奇里奥斯也在那儿盯着。

一些村民听到大检察官洪亮的声音,纷纷跑出来查看外面发生了什么。麦克琉斯修士趾高气扬地朝墓地前行,一路上偶尔挥挥手或是庄重地点头向村民们示意。

天空之前还雷声阵阵,现在却出奇地安静。空气仿佛凝固了一般,没有一丝风,这情况看上去不太对劲。塞兰西娅紧随一行人来到墓地,她感觉那些亡灵似乎就无声地站在他们周围。

墓地被半人高的石墙环绕着,墙面到处都是裂痕,显然疏于修葺。受害人的埋葬之处并不难找,一来只有这两座坟墓是新修的,再就是它们都位于远离其他坟墓的角落里。村民们都心照不宣地希望这两座坟墓只是临时的,圣光教派和三神教会来认领它们,这样一来塞拉姆村就能忘记这段过去。

不管接下来她的村子会如何,塞兰西娅只知道眼下麦克琉斯修士正打算对传教士的尸体做些什么。他指了指放在墙边的一对铁锹,两个卫兵立刻上前将它们拿了过来。

"你们做得够多了。"大检察官对阿奇里奥斯和跟来的塞兰西娅说道,"接下来就由圣光教自己处理。"

猎人得体地鞠了个躬退了下去。两座墓旁立着的木头架子上分别粗糙地刻着遇害者所属教派的标志。麦克琉斯修士朝着刻有三神教标志的坟墓冷哼了一声,然后向另一个坟墓走去,两名卫兵握着铁锹紧随其后。

大检察官走到墓碑前单膝跪地。他伸出戴着手套的手,用一根手指轻轻抚过木架上的标志,然后将手置于坟冢上,口中念念有词。

塞兰西娅猜测他应该是在祈祷。

下一瞬，他猛地将手抽回，就好像有无数只蝎子突然从土里爬出来一样。

麦克琉斯修士的脸色更加阴沉了，他再次向前俯身，从脖子上摘下一条掩在长袍下的项链。项链底端垂着一枚太阳形状的吊坠，吊坠中心镶有一块晶莹剔透的宝石，即便此时乌云密布，那宝石依然闪闪发光。

修士将宝石举到坟冢上方又默念起来，接着抽回了手，再次露出震惊的神情。

麦克琉斯修士的眼中燃起了怒火，他转向阿奇里奥斯二人问道："这是谁干的？什么人竟敢如此亵渎神灵？"

阿奇里奥斯困惑地看向塞兰西娅，只收到一个同样不解的眼神。大检察官站起身来，指着坟墓道："你！看你的打扮和那把弓，你应该是个猎人！"

"我是猎人。"

"那你的眼力一定很好。你凑近点儿，好好看看，然后告诉我你看到了什么！"

阿奇里奥斯很不情愿地点点头。他在卫兵警惕的目光下向墓旁走去。

"凑近些。"麦克琉斯修士要求道。

塞兰西娅紧张地注视着阿奇里奥斯像大检察官一样单膝跪地，伸手抚上刚才的位置。

紧接着，就像大检察官刚才一样，阿奇里奥斯也本能地慌忙将手抽回。

猎人的举动显然印证了修士的怀疑。他问道："看来，你也看到了，没错吧，猎人？"

赛勒斯的女儿刚想靠近,就被一个身穿胸甲的卫兵轻松拦下。她困惑地看着阿奇里奥斯缓缓起身面向大检察官。

"也许……是小动物,大人。毕竟塞拉姆四周都是森林——"

"这根本不是动物干的。"麦克琉斯修士对他的推论嗤之以鼻。

听到他们的对话,一个猜想闪过她的脑海,令她不由得轻呼出声。大检察官马上将目光转向她。

"到底是谁?"他的口气不容置疑,好像她早就知道答案。"是谁干的?"

"大人。"塞兰西娅强作镇定,"我不明白——"

阿奇里奥斯努力解释道:"她不可能——"

他的辩驳苍白无力。大检察官用力一挥手,居高临下地盯着他们呵道:"我最后再问一遍!"卫兵们突然像包围罪犯一样把他俩围了起来。"究竟是谁亵渎了被害修士的坟墓和遗体?"

第四章

孟德恩感到头痛欲裂，自从哥哥因传教士的死被无端指控以来，这种情况已经不是第一次了。乌迪贤的弟弟倚在森林北部深处的一棵树上，一只手死死按着太阳穴，试图缓解疼痛。

比头痛更可怕的是，这已经是他第三次短暂失忆了。他最后的记忆还停留在自己从农场出来去探望哥哥那时。

狄俄墨得斯的小儿子手指压上鼻梁，按着紧闭的双眼，希望能够借此减轻一些压力——

他的脑海中突然充斥着一个身穿长袍的男子尖叫的画面。

孟德恩闷哼一声，瘫倒在树干旁。他四下环顾，想弄清楚自己看到的那一幕是否真的发生在眼前。

然而林子里空无一人。孟德恩逐渐回想起，那个男子虽然大张着嘴，却没有发出任何声音。他犹记得自己听到了草丛簌簌作响的声音，甚至还伴有滚滚雷鸣，就是没有尖叫声。

难道这只是个短暂的噩梦？还是几起残忍凶案令他神经紧绷而产生了幻觉，孟德恩不觉得还能有其他的解释……然而，它给人的感觉又那么真实。

头痛再次袭来。他疼痛难忍,索性又闭上了双眼。

紧接着,那个男子的画面又一次闯入孟德恩的脑海,只不过这一次,他无助地瘫倒在地,好像有什么东西正在向他逼近。传教士的脸上写满了恐惧,他无力地挣扎着挪动身子躲避靠近的家伙。

孟德恩睁开眼睛……画面随之消失。

这一次,乌迪贤的弟弟终于明白过来,自己看到的既非幻觉,也不是正在发生的事。他确实是独自一人在森林里。没错,这次的场景持续了很久,就算他没看清尖叫的人,也认出了那人的装束。

那是三神教教徒的装束……而那个人就是被残忍杀害的传教士。

孟德恩惊讶不已。这意味着什么呢?为什么他会突然看到传教士被杀的骇人场面?

他父母的家族都不信魔法那一套,连孟德恩自己也怀疑刚才发生的是不是那种情况。一定还有更合理、更正当的解释。

孟德恩突然觉得鼻子一阵发痒,这才发现自己的鼻梁上好像沾了什么东西。他伸手挠了挠,只见手掌上竟多了些泥土。事实上,这还是他头一次看到自己的手指被泥土沾满。

这是什么时候的事?孟德恩已经有一阵子没去过农场了,更别提下地干活。他的心思都放在救哥哥这件事上。会不会是他骑马的时候不小心摔倒了?这倒是能解释他近来的失忆和手上的泥土。

"到底……发生了什么?"孟德恩自语道。他的生活向来平淡乏味,而现在一切都彻底改变了。他的失忆,乌迪贤的处境,那座古老的石碑——

那座石碑。

孟德恩从不相信什么巧合。他就是在碰过石碑之后才开始出现失忆的情况。那东西似乎以一种孟德恩无法理解的方式对他产生了影响。对了,孟德恩小时候倒是听过一些关于魔法之地和魔法生灵的故事，但那都不过是——你懂的，只是故事。

接着，他开始纳闷自己为什么现在会如身临其境般地目睹凶案细节。孟德恩最先想到的假设令他顿时面无血色。

不……我没有！我绝不可能！他之所以能看到凶案发生，而且还是从面对死者的角度……难道是因为自己就是那个凶手？

但是理智还是占据了上风。凶案发生的时候，孟德恩一直跟阿奇里奥斯在一起。因此，他在这起恶劣事件中是无辜的，正如乌迪贤一样。

可这还是无法解释他手上的泥土，还有他越发频繁的古怪失忆。这些情况令孟德恩感到非常恐慌。

他再次想起哥哥，乌迪贤如今还是戴罪之身。孟德恩想象着哥哥在狱中的画面，重新打起精神。他现在没时间为自己的麻烦苦恼，现在的首要任务是想办法救出乌迪贤。

孟德恩立刻动身返回村子。出发前，他还是先把手仔仔细细擦了个干净。那些泥土或许不能说明什么，但他还是想确保万无一失。太多可怕的事情正在接连发生，而这一抹无关紧要的泥土，或许会指向什么新的罪行。如果他也摊上官司，就一点儿都帮不上哥哥了。

想到这里，孟德恩被自己的愚蠢逗乐了。这可是在农村，仅凭一双沾着泥巴的手能定他什么罪呢？

尽管如此，在回塞拉姆村的路上，乌迪贤的弟弟还是不停地在衣服上擦拭他的手掌和手指。

* * *

乌迪贤昏昏沉沉的，好不容易才入睡，就有两个警卫前来找他。他大为恼火时，一个警卫推了推牢门，然后打开了锁。

"跟我们走。"两人中较高的警卫喊道,乌迪贤知道这个相貌平平的年轻人是多里乌斯的侄子。"别给我们找麻烦,明白吗?"

作为回应,农夫安静地把手背后,转过身去,好让警卫铐住他的双手。警卫大略检查了一番,把他带了出去。

提比略在大门口与他们会合。队长毫不掩饰自己的不悦,不过他也没打算向乌迪贤解释自己不痛快的原因。农夫只能判断自己的处境相当不妙。

果不其然,乌迪贤走出门外时,立刻意识到事态变得越发严峻。他一眼就看到了那个来自圣光大教堂的老家伙,此人绝不会是什么邻近镇子的牧师。他是个大检察官,教派中的高阶教士。更糟的是,这个盛气凌人的家伙身旁跟着好几个一脸严肃的卫兵……还有心急如焚的塞兰西娅和阿奇里奥斯。

修士大步走到他面前,低头盯着农夫,用极其洪亮的声音宣布道:"乌迪贤,狄俄墨得斯之子,我是麦克琉斯修士,伟大光辉的先知授命我为本地的大检察官!我前来查明你的罪行,并裁决如何救赎你的灵魂!"他顿了顿。"另外,亵渎我教修士坟墓的异教徒也将受到审判!"

乌迪贤的脸色顿时煞白。麦克琉斯修士无疑要开一场审判大会。多里乌斯的承诺可不是这样!

不等他开口辩解,大检察官便掉头走到村长面前,而村长对眼前发生的事似乎并不像乌迪贤希望的那般热情。"多里乌斯村长,请允许我们使用您的营所来审讯此人。我对造成的不便表示歉意。您也明白,圣光大教堂向来不喜欢这种审讯,但有时候这是不可避免的。"

"我给凯基安城的总检察官写了信。"多里乌斯回应道,试图夺回主动权。"我还没收到回话,但相信他定将正式委任——"

麦克琉斯修士摇了摇头。"以伟大先知之名,蒙他赐福,在这种情况下,我有权裁决此事!想必总检察官也会欣然应允的……"

大检察官的语气不容置疑,乌迪贤想,多里乌斯他们就要被说服了,当然,他们也没得选。农夫面露苦色。从目前麦克琉斯修士的行事风格来看,乌迪贤很担心自己恐怕都没有机会开口辩白……除非他选择认罪。

"这件事还牵扯到三神教。"多里乌斯插嘴道,"因为他们的人也遇害——"

"圣光大教堂的人已经到了,而三神教还没来。如果三神教懒得为其教徒主持公道,也只能怪教众自己信错了教。"

村长败下阵来,无话可说。乌迪贤暗自回敬了句脏话。麦克琉斯修士的态度完全不容辩驳。

乌迪贤只能试着安慰自己,起码莉莉娅还没受到牵连。那是农夫最无法承受的。她已经在两大教派的手中受尽折磨——

正当他想到这里时,余光突然扫到一抹熟悉的翠绿色一闪而过。农夫顿时慌了神,不由自主地看向那边。

不幸的是,大检察官也看了过去。

莉莉娅呆站在原地,像一只落入陷阱的小兽。她本该一直躲在野猪头酒馆后面观察事态发展,但对乌迪贤的担心无疑令她一时忘记了他的警告。

麦克琉斯修士一眼看出她不是当地人。这事原本无关紧要,但他从乌迪贤与女子对视的眼神中发现,他们俩似乎有什么关系。

长袍修士伸手指着贵族女子命令道:"那边的人!就是你——"

一声惊雷响彻天际,巨大的轰鸣使在场的很多人,包括麦克琉斯修士都不得不捂住了耳朵。

狂风陡然大作,如饿狼般嗥叫着席卷而来。人们被强风吹得连连后退,好几个卫兵也离开了原本驻守的位置。只有三个身影在肆虐的狂风中屹然不动——至少眼下如此。

他们分别是麦克琉斯修士，莉莉娅，还有乌迪贤。

不过大检察官必须费尽全力才能勉强稳住身形。他从莉莉娅身上收回目光，再次看向他的囚犯。

此时，麦克琉斯修士的表情狰狞得令人不敢正视。他看向农夫的眼中充满了狂怒和……恐惧。"伟大的先知啊！这是怎么——"

一道闪电如利剑般劈向村子中央……还有那个大检察官。

修士甚至来不及发出惨叫。一股令人作呕的焦臭味弥漫在空气中，随即被吹散开来，地上只剩下一小块焦黑。乌迪贤也见过几次雷击的场面，但都远不及这次惨烈。

紧接着第二道闪电劈在不远处。有人发出了一声尖叫。人群随即四散而逃。狂风继续在塞拉姆村中肆虐，卷起一切没有固定在地上的东西。

乌迪贤寻找着莉莉娅的身影，却一无所获。一片废屑朝他脸上飞来，农夫本能地抬起胳膊去挡。

这时他才发现自己已经重获自由。手铐松松垮垮地挂在一只手腕上，他拽了一下，那牢具随即脱离手腕，仿佛从没上过锁。

乌迪贤根本没时间去质疑那两个警卫为何如此粗心大意，他思索着下一步该做什么。然而，麦克琉斯修士的卫兵们帮他省去了犹豫。他们正顶着狂风，奋力扑向这个逃脱的罪犯。其中三人很快拿着武器逼近能攻击到他的范围，还有一人紧随其后。

就在最前面的卫兵快要抓到他时，狂风突然卷着一根沉重的木头长凳呼啸而至。乌迪贤愣了愣，才认出这正是他在酒馆门前常坐的那条。长凳几乎分毫不差地击中了那些卫兵，其中一人被撞倒在地，还有一人被带飞了出去。

莉莉娅出现在倒地不起的卫兵身后不远处。她一手扶着铁匠铺的墙角，挥舞着另一只手召唤乌迪贤过去。

农夫毫不迟疑地向贵族女子跑去。他周围的杂物被狂风席卷着到处乱飞，人们都急忙躲进屋内。又一道闪电劈在村里的水井附近，击垮了大段石墙。

尽管危险重重，乌迪贤还是毫发无伤地跑到了莉莉娅身边。除了几缕金发有些凌乱之外，女子看起来也没有受伤。

乌迪贤顾不得其他事，满心关切地喊道："莉莉娅！你得找个地方避避——"

她抓起他的胳膊，不仅没跟他一起进铁匠铺，反而拉着他向森林跑去。她的力气大得惊人，再加上跟她拉拉扯扯会使两人一直暴露在户外，农夫索性由着她将自己带出塞拉姆村。他知道此时躲在建筑物中更保险，但乌迪贤还是说服自己，或许他们能在荒野中找到同样安全的避身之处。

确实，当他们跑进森林深处后，风似乎真的小了些。他们身边依然有杂物飞过，然而不可思议的是，除了树叶，根本没有其他东西碰到过他们。

村子那边又传来一阵爆裂声。乌云仿佛陡然间被炸开似的，天空变得明亮起来。乌迪贤想要回头看，可莉莉娅拖着他继续向前跑。

轰鸣的雷声仍未停歇，就像有千军万马驰骋而过。农夫不由得想起了那些审讯官和倒霉的麦克琉斯修士。一旦天气好转，那些卫兵一定会再来抓他，尤其是在他们的领头离奇死亡后。虽然乌迪贤将修士的惨死归咎于奇异的自然现象——尽管他此生从未见过如此诡异且致命的天灾——但他也不否认修士的下场多少跟自己有点儿关系，无论这听起来有多荒唐。

"继续跑！"莉莉娅回头朝他喊道，"快跑！"

贵族女子光顾着担心他，却没注意自己的脚下。乌迪贤发现她正要踩上一处低洼。来不及出声提醒,他的同伴已经摔了出去。

她松开乌迪贤,发出一声短促的尖叫,向前倒去,歪歪斜斜地扑在了地上。

乌迪贤踉跄着跑到她身旁。只见莉莉娅躺倒在地,失神地睁着双眼。

"莉莉娅!"乌迪贤唤着她。所有对恶劣天气和审讯卫兵的恐惧都被他抛在脑后,农夫现在满心都是面前这个倒地的身影。

看到贵族女子眨了眨眼,农夫终于松了一口气,放下心来。她的目光重新聚焦,看向乌迪贤,那楚楚可怜的样子令他脸颊发烫。

为了掩饰自己的尴尬,乌迪贤把手伸给她。莉莉娅试着站起来,却发出一声痛苦的呻吟。她的右脚踝扭伤了。

"我想……我想我的脚可能扭伤了,"她忍痛说道,"你能帮我看看吗?"

他很想拒绝,却又无法对女子的痛楚置之不理。乌迪贤含糊不清地道了个歉,然后微微捋起她的长裙,刚好露出她的脚踝。

脚踝处一片瘀青,已经肿了起来。农夫用手轻触伤处,莉莉娅再次痛呼出声。

"我得带你去找医师。"他轻声安抚。

"不!那样做的话,你又会被抓住的!我绝不能让他们得逞!"

乌迪贤皱起了眉头。那她想怎样呢?他不可能就这样逃走。这里是他的家。他的家族世世代代住在塞拉姆,他们的根在这里。更重要的是,这里还有很多他不能丢下不顾的人,尤其是孟德恩。如果他不见了,孟德恩一定最先遭殃。还有阿奇里奥斯,他最好的朋友,就连塞兰西娅也可能受到牵连。

不过话说回来,他又怎么回得去呢?审讯官或许迟早会离开,但提比略一定会主动请缨抓捕乌迪贤。还有三神教的和平卫士,他们说不定也正在前来处决他的路上。

乌迪贤跪在地上陷入了沉思，一时忘记自己的手还搭在姑娘的脚踝上。莉莉娅的命运也同样困扰着他，要是她没扭到脚的话，事情可能还好办些——

"乌迪贤……"

他沉浸在忧虑中，并没有留意莉莉娅的呼唤。或许他可以先带她回农场，然后从那儿骑马送她去邻近的村镇。到大一点的镇上，她还能得到治疗，之后她就可以自己离开了。至少这样贵族女子就能脱离险境。

至于乌迪贤自己，就是另一种——

"乌迪贤！"

莉莉娅尽量压低了声音，但语气却加重了很多。乌迪贤紧张地四处张望，以为他们被发现了。然而，周围一个人影也没有，更没有什么审讯官或警卫。

"乌迪贤。"她又叫道，"不是有危险。是我的脚踝……不疼了。"

她的好消息却加重了他的顾虑。如果她感觉不到疼痛，那脚踝很可能已经失去知觉，这可不是个好兆头。他挪开手，有些害怕看到接下来的一幕——

然而映入他眼帘的脚踝却完好无损。

"可——"乌迪贤仔细盯着她的小腿，觉得自己一定是眼花了。就在刚才，她的脚踝上还有严重的瘀伤……现在居然完全不见了。

他看向莉莉娅，她投来的眼神却让他更不自在。她的眼里流露出敬畏，一种难以置信的敬畏，甚至几乎称得上是……崇拜？

"你刚才转过了身，"贵族姑娘喃喃道，"但是手还留在我的脚踝边。我知道……我知道你没摸上去，可我突然间……我感到一股神奇的暖流，然后疼痛就消失了……"

"这不可能……一定有其他更合理的解释!伤成那样不可能说痊愈就痊愈。"

"是你做的。"

他一开始还以为是自己理解错了。当他终于听明白她在说什么时,他简直不敢相信这个贵族女子怎么会冒出如此疯狂的念头。

"我可不是什么法师或者巫师!"他坚持道,语气中满是惊异。"你的脚踝肯定根本没受伤!这就是唯一的解释!"

她摇了摇头,眼里充盈的情感本该让他欣喜若狂,现在却只让他愈加不安。那是爱慕之情。"不是的。我知道自己经历过怎样的疼痛。我知道我从你手中感受到了温暖……我还知道后来所有疼痛就像没发生过一样不复存在。"

乌迪贤连连后退,抗拒道:"可我什么都没做!"

金发女子站起身来,向他走去。她走路的样子完全看不出方才她曾受过伤。

"那会是谁?是谁施展了如此神奇的法术?"

她的最后一句话令他浑身一震。他不想再听下去了。"我们别再为这种傻事浪费时间了!"说完,他抬起头观察着天空。天空似乎平静了下来,至少他们头顶的天空一派平静,塞拉姆那边好像依旧电闪雷鸣。突然间,又一道闪电划过村庄。"这场风暴——"乌迪贤找不到什么词来形容这诡异的天气。"看起来快停了。我们还算走运!"

"我不觉得这一切只是运气。"贵族女子喃喃说道。

"不然会是什么?"农夫面无血色地打断她。"不,莉莉娅,别再开玩笑了。"

"难道你没看到吗,乌迪贤?那风来得多是时候!那道闪电又是多么精准地赶在那个傲慢的修士逼你就范前击中了他!"

"你的意思是，我拥有的力量刚刚杀了人！醒醒吧，女士！"自从遇到莉莉娅以来，乌迪贤头一次不想靠近她。他并不是觉得她不再吸引人了，而是确定她有些精神问题。或许是她家族的不幸遭遇让她受伤至深。只有这样才能解释她的疯狂行为……

可乌迪贤亲眼看到的脚伤又怎么解释？他不觉得自己有妄想症。那么，他的脑海中又怎么会凭空出现如此逼真的幻觉？

"不！"农夫对自己吼道。如果他盲目跟随这个思路，最后一定会听信莉莉娅的疯言疯语。要是真的发生那种事，乌迪贤倒觉得还是向审讯官或警卫自首比较好，趁自己还没真正犯下危及他人的罪行。

一只柔软而温暖的手轻轻抚上他的手背，将他拉回了现实。莉莉娅站在他面前，离他只有半臂远，说道："我知道是你治好了我，乌迪贤；我也相信是你在我们走投无路的时候召来了狂风和雷电。"

"莉莉娅，求你了！听听你自己的话有多荒唐！"

他眼里只有她那张完美的面庞。"你想让我相信不是这样？那就证明给我看，让我心服口服。"贵族女子轻轻抬起他的下巴，将他的视线转向塞拉姆那边。"闪电仍在降临，带来公正与惩戒。天空依然咆哮着为你的冤屈鸣不平。狂风在向那些审判你的人怒号，而有罪的正是他们自己！"

"别再说了，莉莉娅！"

但她不愿停下。莉莉娅坚定，甚至略带挑衅地对他说："向我证明吧，亲爱的乌迪贤！尽你全力还天空以宁静——不，甚至还以晴朗——如果没有应验，我就承认我确实是走火入魔了。"她的下嘴唇微微颤抖。"心甘情愿地承认。"

乌迪贤简直不敢相信莉莉娅已经如此鬼迷心窍，她竟然会以为自己的妄想能够成真。不过，既然她是认真的，接受她的提议也许是将她拉回现实的最直接、最省事的办法。

农夫二话不说，转身面向狂躁的天空。尽管他大可随意看着天空，假装凝神做法，但乌迪贤觉得这样敷衍很对不起他的同伴，即便他知道无论自己怎么做，结果都不会变。

于是，狄俄墨得斯之子眯起眼睛，开始默默祈愿。他希望肆虐的风暴消停下来，希望乌云层层消散。他努力严肃地对待眼前的场面，哪怕只是为了莉莉娅。

不出他的预料，一切维持着原状。

农夫确信自己已经为莉莉娅的臆想做尽了无人能及的一切尝试。他疲倦地转向她，以为贵族女子会情绪激动，但莉莉娅完全不为所动。

"我照你说的做了，你也看到发生了什么……或者说没发生什么。"他安慰道，"现在让我带你离开这儿吧，莉莉娅。我们得找个地方让你——让我们好好休息一下，理清头绪……"

很遗憾，莉莉娅并没有表示同意，而是继续期待地注视着他的身后。

乌迪贤的耐心终于被耗尽了。他在第一眼见到莉莉娅时，就把心交给了她，但自己不能纵容她继续疯狂下去。这么做都是为了她好，他别无选择。"莉莉娅，你必须振作起来！我已经按你说的做了，然后——"

"然后它就应验了……"她轻声说道，再次露出崇拜的神色。莉莉娅温柔地拉着农夫的手臂，带他转身面向村庄。

正准备继续说教的乌迪贤停下了动作，目瞪口呆地看着前方。

塞拉姆上空阳光普照。

* * *

三神教的大殿位于凯基安城的南部，骑马过去需要两天。三座高塔呈三角形排布，构成了这座宏伟的神庙。每座塔都有三面，每面各刻有一个教团标记。三角形的窗户从塔底一直排列到塔尖。

建筑物的所有结构中几乎都有数字"三"的体现。要到达面朝凯基安城的神庙入口，朝圣者必需攀登三层楼，每一层都有三十三级台阶。入口处还排列着三扇厚重的铜门——也呈三角形——只有信徒才能穿过门进入敞亮的接待大厅。

首先迎接朝圣者们的，自然是三大神灵的宏伟雕像。创造之神巴拉巍然立于左侧，雌雄共体的身躯罩在本支教团的长袍下。巴拉一手执握奥秘之锤，一手举着法袋，传教士在布道中称法袋里装有世间万物的生命之源。巴拉庇护着大自然和人类在建筑这一领域的成就。

迪亚隆矗立于右侧，这尊大理石雕像与前者相似，不同的是其置于胸前的手中举着秩序之册。迪亚隆赐予人类信念，而秩序之册教导他们如何实现福祉。如巴拉一样，迪亚隆的长袍颜色与追随决断的本支信徒一致。

墨菲斯站在中心，他的双手空无一物，微弯成环状，仿如轻柔地捧着婴儿。大祭司在布道时宣称，没有爱，创造和决断就无法生长。有些人信誓旦旦地说他一定是墨菲斯之子，因为他对所有信徒都关爱有加。

在每座神灵雕像的脚下，又各有一扇铜门分别通向本支教团的主厅。朝圣者和新皈依的教徒可以进入自己心属的那扇门，聆听各教团的高阶祭司传达神灵的教诲。那些头戴兜帽，胸前皮甲上镶有三支教团标志的卫兵就是和平卫士。他们会引导新教徒做出最合适的选择。每个教团的主厅都能容下数百人同时下跪祈祷。

当大祭司现身时，三个主厅之间的墙壁会向后撤至隐藏的壁龛中，这些墙壁看似由石头砌成，但实为木质。这样一来，所有教徒都可以瞻仰大祭司的神圣光芒。这位三神教的大祭司将站在庄严的高台上，向教众传递三神之道的教义。

然而今天，教徒们只能自己祈祷了，因为大祭司正在与他最为器重的三支教团的高阶祭司进行会谈。为首的是身高体壮的马利克，他是同级中最年长的。起初，他只是一名狂热的侍僧，而他凭借自己的果敢、创新和对侍主的忠诚，一路爬到现在的高位。

其他两人心知肚明，他是大祭司最得力的右手。

他们见面的密室是个狭小空阔的屋子。屋里称得上家具的就只有大祭司的豪华座椅，高耸的椅背上刻着其教派的三角形标志。两支火把插在壁龛上，照亮了椭圆形的房间，同时也将椅子的主人照得格外显眼……这正是大祭司想要达成的效果。

大祭司俯视着三人，静静地说着一些只有他们才有资格聆听的话。整个教派中，只有马利克三人知道三神教最核心的内幕。

大祭司的声音宛如天籁。他的脸庞如同大理石般精致，一头银色长发柔顺飘逸，与精心修剪的短髯相得益彰。他五官分明，一双眼睛仿佛盈盈发光的翡翠。他的身材比大多数男人更挺拔强壮。他的外表不怒自威，举止却总是温文尔雅。

直到刚才为止。

马利克小心翼翼地抬眼偷看，只有他感觉到一股突如其来的轻微战栗。在他黝黑的眉毛下，这个墨菲斯教团的高阶祭司眼中隐隐流露出一丝忧虑。

大祭司依旧轻易看出了马利克极力掩饰的不安。三神教这位备受爱戴的领袖已经完全回过神来，他挥手向马利克示意解散，蓄着胡子的祭司随即轻轻拍了拍手提醒其他人。三个高阶祭司低着头，迅速从密室中依次退出。

大祭司沉默地坐着，双眼直直地看向前方。火把上的火苗突然开始疯狂舞动，仿佛有一股强风倏地钻进了房间。

火把恢复平静时，大祭司温和的面容突然变得狰狞扭曲。他的表情不再圣洁；事实上，任何目睹这一幕的人都只能从他的脸上看到纯粹的邪恶，同时，灵魂深处一定会感到极致的恐惧。

"城邦西部……"他刺耳的尖叫听起来完全不像人类，更像是毒蛇。"城邦西部……"

第五章

　　当混乱席卷塞拉姆村时,阿奇里奥斯最先担心的不是他自己,甚至也不是乌迪贤。确切地说,他担心的只有塞兰西娅,她和很多人一样还被困在室外。猎人奋力奔向赛勒斯的女儿,途中避开了一只迎面而来的纺纱车轮,还有一个似乎从十字木桩上脱落的稻草人残骸。

　　远处忽然传来一声喊叫。阿奇里奥斯看到赛勒斯也正在向女儿跑去。只是塞兰西娅站得离猎人更近一些,她并没有注意到父亲的身影和他的呼喊。

　　就在这时,一大块破碎的屋顶突然从警卫营的建筑上断裂。它在空中旋转着落下,仿佛一只垂死挣扎的巨型黑鸟……然后如同刽子手的利斧般直直砸向毫无防备的赛勒斯。

　　阿奇里奥斯朝商人大声呼喊,但他的声音马上被狂风淹没,根本无法传到对方耳边。猎人打了个冷战。他知道自己现在别无选择。

　　阿奇里奥斯看准时机,用最快的速度大步冲向塞兰西娅,一把将之抱进怀里,如同要紧紧束缚住想挣脱陷阱的猎物。猎人顾不得那么多了,其他事都不重要,只要不让商人之女目睹即将发生的惨剧。他救不了赛勒斯，他们离得太远了。

尽管阿奇里奥斯拼命想遮住她的视线，他自己却没能移开目光。他像是中了邪一般，残忍而着魔般地看着那块屋顶从赛勒斯身后砸了过去。屋顶带着巨大的冲击力劈在商人的后颈上，赛勒斯根本没有生还的希望。实际上，碎片锋利的边缘瞬间就插进了商人的骨肉之中。虽然此时除了喧嚣的风声什么都听不到，但赛勒斯被斩首的恐怖声音仿佛久久回荡在猎人的耳边。

其余的碎片随即接连从屋顶塌落，覆在这具血肉模糊的尸体上，好在同时也将商人的惨状一并掩埋。这时塞兰西娅才终于挣脱了他的怀抱。她抬头看向阿奇里奥斯，脸上满是吃惊……从她泛红的脸颊上似乎还能看出一丝窘迫。阿奇里奥斯突然感到非常不自在，不光是因为自己刚刚目睹了她父亲的惨死。

"让我起来吧，好吗？"她喊道，声音被风吞去大半。"你看见乌迪贤了吗？"

猎人感到更难堪了。她还不知道父亲的悲惨结局，最先担心的自然是农夫而不是别人。当然更不会是他阿奇里奥斯。

不过，她对农夫的关切还是让他松了口气，起码他可以暂时不告诉她刚才的事。现在还不是让她知道真相的时候。何况在这种鬼天气下，她若是一定要将父亲的尸体从废墟中扒出来的话，很可能会像她父亲一样丢掉性命。

"我看见他往铁匠铺的方向去了！"他终于大喊着回答了她的问题。尽管阿奇里奥斯中气十足，他还是不得不一直重复吼到她听清为止。他把她拉了起来，小心翼翼地避免她面向血腥的方向。"抓紧我的手，不然你会被刮跑的。"

让他庆幸的是，塞兰西娅并没有质疑就照做了。阿奇里奥斯拉着她往最后看到乌迪贤的方向走去，狂风猛烈地撞在他身上，仿佛狂躁的野猪一般。他不知道他们真的找到乌迪贤之后该怎么办。农夫现在是囚犯，还被某些人视为凶案的嫌疑人，作为他的朋友，阿奇里奥斯有责任说服对方——甚至制服对方——回来接受审判。可是猎人已经见识了太多虚伪的正义，一想到要把乌迪贤交给那些审讯官，或者哪怕是交给提比略，都令他不寒而栗。

更要命的是，如果他把乌迪贤带回塞拉姆村接受指控，塞兰西娅绝对会恨他一辈子。

他们奔向村口，不时遇到匆匆往村里逃的人。碎木板从建筑物上脱落，连同其他碎屑一起被风卷飞。一只水桶从井里直直飞向提比略一名手下的胸口，撞得他仰面倒地。阿奇里奥斯很想顺便过去看一眼他是否还活着，却怕这么做会使塞兰西娅陷入险境。

他拉着赛勒斯的女儿一头冲进森林，紧绷的神经终于舒缓下来。敏锐的猎人立刻就注意到这里的天气与塞拉姆村截然不同。风暴仿佛被关在了身后，眼前的树叶几乎静止不动，凄厉的风声也戛然而止。

尽管如此，猎人并没有放慢脚步。直到远离村口，阿奇里奥斯才在一棵巨大的橡树附近停了下来。他自己倒不觉得疲惫，但塞兰西娅需要喘口气。

"你还好吗？"他马上问道。

塞兰西娅气喘吁吁地点点头。她的目光在森林中游移，四处搜寻。

"我们会找到他的，塞莉。"他嘟囔道，感觉有点泄气，尤其是自己才帮她逃离那场混乱。接着阿奇里奥斯又想起了赛勒斯，负罪感瞬间将他淹没。

"我怀疑会不会——"商人之女说了一半突然停下，突如其来的寂静在周围蔓延。

他们回头望向村子。闪电骤停，肆虐的狂风也趋于平静。最不可思议的是，不仅乌云层层退散，太阳也已经迫不及待地探出了头。

"谢天谢地！这真是个奇迹！"塞兰西娅赞叹道。可阿奇里奥斯的心底却升起一股莫名的恐惧，这种似曾相识的恐惧他以前只经历过一次……就是当他第一次碰触那座古老石碑的时候。

塞兰西娅刚想起身回村，却被猎人往森林的更深处拉去。"乌迪贤！"他提醒道，虽然此时猎人想让商人之女远离村子已不全是为了农夫。"是这条路，记得吗？"

商人之女点点头，美丽的脸上再次露出坚定的神情。阿奇里奥斯真希望她也能为自己露出这样的表情，哪怕一次也好。

虽然他确信自己曾看到乌迪贤往森林这边走去，但他发现追踪他的朋友远比自己预计的要难得多。乌迪贤一路上几乎没留下任何痕迹。事实上，猎人有一半的时间都只能靠猜，因为农夫的行动非常隐蔽，仿佛某种机警的动物。要不是因为阿奇里奥斯天生的感知力——他从未对人提及的、帮他在狩猎时大显身手的感知力，想追上乌迪贤几乎是无法完成的任务。

而就是这种能让阿奇里奥斯永远跟随正确方向的感知力，还告诉他有其他人也在树林里遇到了乌迪贤。那是一条有些陌生的淡痕，他怀疑这条痕迹属于那个贵族女子。不然还会有谁呢？她的痕迹也被掩藏了起来，甚至比农夫的还要莫测难辨。

不知为何，这让阿奇里奥斯再次想起那座石碑。自他发现那东西以来，怪事就接二连三地发生，其中有些事情在他看来毫无疑问是有悖常理的。他又想到石碑上的那些符号，不知道再过些时日，孟德恩能不能将它们破解。孟德恩相当聪明。或许孟德恩还能解释这场可怕的风暴和那些——

阿奇里奥斯突然停下脚步，塞兰西娅猝不及防间撞上了他的背。

他回头看向他们身后。

赛勒斯的女儿以为身后有什么人,回头看了眼问道:"怎么了?"

"没什么……"他拉着她继续向前。阿奇里奥斯现在不能回去找孟德恩。乌迪贤的弟弟只能先自己照顾自己了。当然,不管对方在哪里,应该都是安全的。猎人还记得乌迪贤被带到麦克琉斯修士面前的时候,孟德恩甚至都没有现身。

他能照顾好自己,阿奇里奥斯不停地安慰自己。孟德恩非常聪明,非常有学问。我该担心一下塞莉了。我得想办法把她父亲的事告诉她……也许等我们找到乌迪贤……也许在那个时候……就这么办,孟德恩这段时间也一定不会有事的……

孟德恩一定不会有事的,猎人反复默念着这话,希望自己最终能相信温文尔雅的孟德恩一定不会惹上麻烦。

只是希望,但不敢奢求。

* * *

就在天空咆哮着对它的子民宣战之际,孟德恩也抵达了村口。与其他四散而逃的村民相反,他定在原地,着魔般地看着这超自然的景象。这一切完全打破了他对自然的认知。雷电不可能就这样毫无征兆地劈头而来;狂风也不该以如此强悍之势席卷村庄,而本该在村子外围便力分势弱。

直到一切又戛然而止,孟德恩才回过神来动身回村。村子中心已然变成一片废墟,不止一人倒地不起。方才的混乱造成的破坏此刻显露无遗……还有一个无法回避的事实——这一切对乌迪贤来说太及时了。

这一念头在孟德恩走过一堆焦黑的残骸时被再次印证。不知为何,他从地上留下的长袍痕迹认出这应该是个圣光教派的高阶祭司,这堆残骸应该就是大检察官。那道骇人的闪电将那位祭司劈成焦炭,孟德恩本该对那恶臭避之不及……然而某种邪恶的执念驱使着狄俄墨得斯的小儿子走向那令人毛骨悚然的残骸。

当他走到离那残骸触手可及的距离时,一股强烈的感应陡然袭来。孟德恩仿若挨了一记重拳般,踉跄着后退,惊恐地感到有什么人正对着他绝望地惨叫。他连连退后,突然不想再靠近那堆焦黑的残骸半步。

接着,他听到背后有人哭喊着,她在哪儿?我找不到她……我找不到她……

孟德恩循声望去,却一个人影都没看到。他皱起了眉头,准备离开这里先去找哥哥。

亲爱的孟德恩!你见过她没?你看到我女儿了吗?

透过眼角的余光,他看到一个身影正站在一大片掉落在地的破碎屋顶旁。然而,当他转过身去,那个身影就消失了……或者一开始就没存在过。

不过他觉得自己已经认出那人是谁了。"赛勒斯老爷?"他迟疑地叫道,"赛勒斯老爷?"

无人应答,但孟德恩再次被冲动驱使,这一次他向屋顶残骸走去。他刚一靠近,就感觉到废墟下面有什么东西。于是他弯下腰,用力拖动碎片。木板比他想象中沉得多,但乌迪贤的弟弟还是坚持不懈地向后拉扯着木板,他的努力终于没有白费。慢慢地,废墟下的东西重见天日——

孟德恩发出了慌乱的尖叫,连忙松开手中的碎片。他不断摇着头,满心伤悲。自从家人们辞世后,他已经很久没有这么悲伤过了。

然而就在这时,那个熟悉的声音再次问道,她在哪儿?我的塞兰西娅在哪儿?

直到这时,孟德恩才意识到这个声音就在他的脑袋里。他不住地颤抖着,拖着双腿从废墟旁退开。

利刃抵上了他的背。他刚要转身,就被几双有力的手粗暴地按住。

一个审讯卫兵满脸厉色地凑到孟德恩脸前几厘米处。"你!"那人吼道,"你就是那个被指控为异教徒杀人犯乌迪贤·乌·狄俄墨得的亲属吧?赶快承认!已经有人指认你就是他弟弟!"

孟德恩还在费力思索着刚才发生的事,茫然地点点头。不幸的是,他的回答马上成了他被抓捕的理由。那些人拖着他穿过村子,来到一处空地,二十余名村民聚集在此,不安地望着看守他们的四个审讯卫兵,他们睁大的眼睛和慌乱的举止让孟德恩联想到一群待宰的羔羊。

多里乌斯正在一旁与一名圣光教派的侍从争论不休。而提比略则不知所踪。他的几名手下站在多里乌斯身旁,不过看上去都有些不知所措。

"可你们无权扣押这些无辜的人!"村长一再坚持道。

"根据凯基安城与圣光大教堂签订的授权协议,我们拥有一切我们需要或想要的权利!"领头的卫兵傲慢地回应道。接着他又对提比略的人补充道:"在授权范围内,你们队长的权力将由我们接手!你们必须服从圣光大教堂的所有命令,现在,先把你们的村长押到他的警卫营吧,把他关在那儿!"

一个村民犹豫地将手伸向多里乌斯,问道:"我们该——"

"我不会去的!"多里乌斯语气坚定。

"好吧,不过如果这帮家伙也不听话,那我就只能用我自己的法子来处置你了……接下来就是他们。"

村长打量着这些令人胆战的卫兵,又看了看自己的手下,无奈地摇了摇头,带着他的人快快离去。

随着多里乌斯的离开和提比略的缺席——孟德恩不禁怀疑队长也在风暴中被击倒了——现在乌迪贤的弟弟和村民们的命运完全被这群圣光教派的审讯卫兵掌控。虽然孟德恩并不像哥哥那般厌恶这个教派,但此刻他不由得为自己接下来的命运深感担忧。这些审讯卫兵似乎认为这次的事为法术所致,不过就连孟德恩也无法完全排除这种可能性。当然,目前也没有一个合乎常理的解释。

"站到那个圈里去!"刚才抓捕他的其中一人吼道。

孟德恩被跌跌撞撞地推进人群围起的圈中。靠近他的人们立马慌乱地相互推搡着避开他。就连那些从小认识他的人也满是鄙夷地审视着他,好像他是什么卑劣的贱民。

或者换句话说,是那个贱民的兄弟。

"就是他。"推他的卫兵说道。

孟德恩转过身来面对这人,尽管自己比哥哥矮几厘米,但他还是毫不费力地睨视着这个家伙。那是一张本应属于土匪的丑陋宽脸,而不该出现在代表圣洁的神职者身上。

"异教徒巫师的弟弟,就是你吧?"领头的卫兵用一种不容辩驳的语气说道,"乌迪贤·乌·狄俄墨得现在在哪里?老实交代说不定还能救他!"

"乌迪贤什么都没干!"

"他的罪行已经坐实,他的手段卑劣至极!他的灵魂已经迷失,而你的尚可救赎!你别无选择,必须把他交给我们!"

他的话让孟德恩感到荒诞无稽,但那个卫兵却显然对自己的这番言论深信不疑。尽管这么做会让他付出代价,孟德恩还是坚定地摇了摇头。

"很好,那我们就先从你开始……接着就是这些家伙,所有跟那个异教徒有交情的人,都会落得和你同样的下场!"

猝不及防间,孟德恩又被他们猛地一把拉出人群。卫兵们把他拖向一处空地,强迫他跪在地上。乌迪贤的弟弟看到领头卫兵大步走向自己的坐骑,从马鞍上取下一捆卷好的长鞭。那卫兵将鞭子展开,用力挥舞那可怖的凶器,响亮的噼啪声比震耳欲聋的雷鸣更让孟德恩战栗。

领头卫兵目露凶光地走了回来,孟德恩闭紧双眼准备迎接剧痛……

* * *

这是巧合。仅此而已。只是巧合。

但当乌迪贤望向塞拉姆村时,无法打消的疑虑迅速在心底升起,几乎将他吞噬。莉莉娅的脚踝原本伤得严重,却又瞬间恢复完好。恐怖的风暴就在麦克琉斯修士即将审判他的那一刻侵袭了村子。闪电怎会劈得如此恰到好处?

都是巧合!乌迪贤再次告诉自己。仅此而已!

然而,连他自己都无法完全相信这只是巧合。

农夫继续待在那里,不知该何去何从。就在这时,一张脸猝不及防地闯入他的脑海,那是一张他再熟悉不过的面孔。

孟德恩的面孔……随之而来的还有一股迫在眉睫的危机感。

乌迪贤发出了一声无言的哀号,立刻拔腿返回塞拉姆。

"乌迪贤!"莉莉娅喊道,"你怎么了?"

"我弟弟!孟德恩——"他来不及多做解释,一心要赶在孟德恩出事前回去。乌迪贤甚至没多想自己为何会知道弟弟身陷险境。

眼下最重要的事，是避免孟德恩受到伤害，哪怕这意味着自己将再次被捕。

毫无征兆地，两个身影突然出现在他面前。乌迪贤已经准备好大打出手了，随即认出了是阿奇里奥斯和塞兰西娅。

"乌迪贤！"商人之女脱口喊道，"谢天谢地你没事！"

猎人的欢喜同样溢于言表。然而，虽然乌迪贤也很高兴见到他们，但他并没有放慢脚步。他感到时间已经不多了。来不及道歉，农夫便从二人身边挤了过去，慌乱的心跳如同一声声尖叫，催促着他加快脚步。

终于看到村口了。他的心中顿时燃起了希望。

就在这时，远处突然响起一阵刺耳的抽鞭声，乌迪贤的心脏随之一阵抽痛。

狄俄墨得斯之子咬紧牙关，喘着粗气冲进了村子。

映入眼帘的景象使他瞬间暴怒。他看到他的乡亲们像牲口一样被赶到一起，每个人的脸上都惊恐万状。凶相毕露的审讯卫兵正用武器指着他们。

更糟糕的是村民们正在观看的场景。领头的卫兵让孟德恩跪倒在毁坏的水井旁。另一个身穿盔甲的家伙将他死死按住。孟德恩的束腰外衣被什么人从背后撕开，一道触目惊心的血印横贯他的后背。

这道血印显然是领头卫兵手中那条骇人的鞭子的杰作。

卫兵头子终于发现了乌迪贤，随即挥起鞭子作势要再次抽下。

"投降吧，乌迪贤·乌·狄俄墨得，还是你想让你弟弟多吃点儿苦头？"

他把孟德恩的处境全部归咎于乌迪贤，这番颠倒黑白的言论越发激怒了农夫。他真想以牙还牙，让他们也尝尝被鞭打的滋味——

卫兵的长鞭忽然飞至半空，像是被一股突如其来的强风吹起。

这名卫兵吓了一跳，扯着鞭子想把它拽回来，然而结实有力的长鞭却顺势缠上了他的脖子。

他伸手去抓，没想到鞭子却忽地收紧。卫兵头子被勒得双眼外凸，他松开了手柄，用两只手拼命拉扯着鞭子，连连干咳。

离孟德恩最近的卫兵冲上前去准备帮助自己的长官，边跑边把武器往刀鞘里收。然而，他的手却突然莫名其妙地转向，锋利的刀刃从鞘边抬起，向上转了个弯，直直刺入他自己的胸甲之下。

鲜血汩汩地涌出，目瞪口呆的卫兵向头领身上倒去，而他的长官此时双眼暴凸，还在绝望地拉扯着脖子上的致命套索。受伤的卫兵最后倒毙在孟德恩身旁，将后者吓得踉跄后退。紧接着，卫兵头子也吐出了最后一口气，就此丧命，那条长鞭依然牢牢地缠在他的脖子上。

"乌迪贤！"莉莉娅的喊声从农夫身后传来，"小心其他人！"

农夫向旁侧瞥了一眼，只见其余的审讯卫兵正朝他这边围拢。乌迪贤有些想逃，然而满腔的怒火却不许他后退。他冷眼打量着这帮全副武装的家伙，这帮以神之名无恶不作的小人。

一个卫兵脚下一绊，持剑的手臂不由自主地往旁边一挥——

剑刃干净利落地割开了身旁同伴的喉咙，他的同伴立即鲜血狂喷，倒地而亡。持剑的家伙吓得慌忙丢掉武器，可那把剑却莫名其妙地插进了另一个卫兵的脚背。那人痛得原地打了个转，接着猛地一头栽倒在地。随着一声脆响，那人便再没有动弹过，而他的脖子已然扭到一个诡异的角度。

剩下的卫兵此时已然包围了乌迪贤。乌迪贤冷冷地看着他们，就像在看一群糟蹋庄稼的蝗虫。在他眼里，这群人就是群害虫。农夫想起有一次，自己发现害虫在谷仓中大量孳生。当时为了防止害虫泛滥成灾，他选择了唯一的方法——他烧掉了谷仓，连同里面的害虫一并烧光……

烧了它们……

最前面的卫兵突然尖叫起来。他丢下剑，惊恐万分地看着自己的手，那只手在众目睽睽下变得焦黑如炭。转眼间，他的手连皮带肉都化作灰烬。甚至就连手骨也渐渐变成焦炭，最后化为乌有。

遭受厄运的不只是他的手，他的躯体更令他痛苦不堪。他的面颊迅速干皱，身体抖如筛糠，就连盔甲也仿佛正被烈火焚烧般渐渐锈蚀。他痛苦地尖叫着，叫声在舌根燃尽的瞬间戛然而止。

他的眼眶化为两个无底黑洞后，这场酷刑终于收场。破碎的焦骸塌落成堆，随即散作一片尘埃。

他的同伴根本来不及为眼前的情景感到恐惧，便都陷入同样的境地。他们的惨叫声短促而凄厉，盔甲和武器失去了身体的支撑纷纷落地。一片响亮的撞击声宣告了所有人的死亡。

直到所有卫兵都化作灰烬，乌迪贤才渐渐回过神来……他看着眼前的惨状，压根儿不觉得自己能做成这些，因此并未往自己身上联想。然而，农夫也无法否认他刚才确实涌起过这种强烈的冲动，想将这群卫兵烧成灰。

一片诡异的寂静笼罩着塞拉姆村。乌迪贤终于将目光从那片恐怖的残骸上移开，望向站在不远处的弟弟。孟德恩气喘吁吁地站在那里，刚才那顿鞭刑的伤口显然还在隐隐作痛。他正一脸不可置信地看着自己的哥哥。

"乌迪贤……"他终于低声唤道。

但是乌迪贤此刻却看向了孟德恩的身后，尽管扣押群众的卫兵们都已死去，村民们却仍然紧紧聚在一起。他们的眼中没有一丝庆幸之色，只有满满的恐惧。

对他的恐惧……

人群中渐渐响起了私语声。当乌迪贤把手伸向他们时，所有人都避开了他。

人们的反应让乌迪贤后退了一步。他环顾四周，看到其余村民也从藏身之处走了出来。这些他再熟悉不过的乡亲，现在却都用审视犯人的眼神看着他。

"我什么都没干……"他喃喃说着，声音轻得更像是在自言自语，"我什么都没干……"狄俄墨得斯之子抬高声音再次宣誓。

但塞拉姆的村民们已经不会再像以前一样看待他了，他很清楚。他们现在相信，就是他残害了那两个传教士。他们怎么能不信呢？就在他们眼前，一个人被闪电击中，另一个被自己的武器勒死，而其他人的死法也都不合常理。

乌迪贤在人群中发现了提比翁。他向野猪头酒馆的老板走去。在老狄俄墨得斯死后，这位长辈就像父亲一样关心着他。提比翁至少还算讲道理——

这个矮胖的男人向后退去，他那冰冷的表情根本无法掩饰其内心的反感和焦虑。提比翁一言不发地摇着头。

忽然有人拽了拽他的袖子。是孟德恩。他的弟弟忍着疼痛对他悄声说道："乌迪贤……离开这儿吧。快走！"

"我必须让他们知道真相，孟德恩！他们不可能会相信——"

"他们相信。我想就连我也信了。但那都不重要！看看你周围吧！你再也不是他们眼中的那个乌迪贤了！你是圣光教派大检察官指认的杀人魔！他们只会这么看你！"

乌迪贤锁紧眉头扫视着人群。目光所及之处皆是一张张阴沉的面孔。

这时，村长多里乌斯再次现身，一同出现的还有警卫队长提比略。提比略的一只胳膊被绷带吊着，右脸颊上还有一道又长又深的伤口。跟在他们身后的，是当初受命将村长关进警卫营的那几名手下。

提比略队长开口对乌迪贤说道："站好别动。别给我搞鬼，乌迪贤，把手背过去——"

"这一切跟我无关！"农夫依旧坚持道，哪怕他明知自己的辩解不会被采信。"你们得听我解释——"

"弓箭手已经就位了。"多里乌斯焦急地打断他，"乌迪贤，你要认清形势。"

乌迪贤无力地摇着头。没人肯听他的话。他被一群疯子围着，这群人视他为杀人不眨眼的怪物。

他一时间心乱如麻，差点儿没注意到提比略的一个细微动作。村长的话让他回过神来。弓箭手，他曾经的朋友们，现在宁愿杀了他也不愿去倾听他的困境。

"不！"乌迪贤大叫起来，"不！"

大地开始颤动。所有人都东倒西歪。有什么东西从他耳边呼啸而过。

震颤袭来之时，一只手突然将乌迪贤一把拉走。那不是孟德恩的手，而是莉莉娅的。

"这是咱们唯一的机会！快走！"

乌迪贤不能，也不愿再去多想，任由她牵着自己离开村庄。周围的其他人根本无法站稳脚跟，农夫和贵族女子却丝毫不受影响。

他听到有人在叫他的名字。尽管被莉莉娅用力拽着，乌迪贤还是回过头去，看见他的弟弟正匍匐在地。孟德恩努力想要跟上，却和其他村民一样寸步难行。

乌迪贤不顾莉莉娅的反对，返身走向弟弟。孟德恩抓住他的手，瞬间找回了平衡。乌迪贤紧紧抓着弟弟，带着他离开了这混乱不堪的地方。

"马!"孟德恩的喊声压过了周围的喧嚣。"咱们需要几匹马!"

乌迪贤刚要争辩他们连一匹马都没时间找,更别提几匹了。可就在此时,一匹马突然跑到了他们前面。它后面还跟了好几匹马,它们都配着代表圣光大教堂的马鞍。这些马直奔森林……径直跑到了阿奇里奥斯身边。

猎人对驾驭动物很有一套,他轻轻松松就控制住了三匹马。塞兰西娅也努力抓住了另一匹,但是却放走了最后一匹。

乌迪贤停在猎人面前,这对生死之交交换了一下眼神。

"咱们必须离开这儿。"阿奇里奥斯终于开口说道,将两匹马的缰绳塞给农夫。"在他们想明白之前,远离这里。"

但他们俩都明白那种事情永远都不会发生了。阿奇里奥斯和塞兰西娅还可以回去,他们俩也会回去,只要等乌迪贤找到出路。然而,乌迪贤和他的血亲孟德恩,似乎就要跟他们的家乡永别了。

"我们只有四匹马,"商人之女喘着气说道,"乌迪贤,你可以和我——"

"我来跟你一起骑,乌迪贤。"莉莉娅打断了她,"她可以自己随意选一匹。"

塞兰西娅张口欲辩,但乌迪贤却应贵族女子的要求,将一根缰绳还了回去。阿奇里奥斯迅速将它递给了孟德恩,而孟德恩看着那条缰绳的眼神就像在看毒蛇。

"快上马!"猎人催促道,"震动好像减弱了!"

果然,塞拉姆的一切骚动都慢慢归于平静。乌迪贤怀疑,如果他需要的话,震动是否会卷土重来,但他立即谴责了自己这般想法。无论他是否真的与这些灾难有关,已经有太多人因此受伤,甚至丧命了。期待发生会危害他人的灾难这种行为,几乎如同那桩他被指为嫌犯的惨案一样令人发指。

他扫视着身边的伙伴。所有人中,塞兰西娅是最无辜的。可以肯定的是,至少现在她还能回去,越早越好。

"塞莉!你回村子吧!应该还没人见过你!快回去找你的父亲和兄弟——"

她坚定地拒绝道:"除非我确定你安全了!"

让乌迪贤惊讶的是,他的好友阿奇里奥斯居然选择支持她。"她最好先跟着咱们,直到事情平息下来。现在,都别再争了!"

"向东南方!"莉莉娅突然指示道,"向东南方前进!咱们去那里最安全!"

乌迪贤对那一带并不熟悉,他看向阿奇里奥斯寻求意见,可猎人也只是耸了耸肩。阿奇里奥斯对其余地方的了解并不比他的同伴多多少。

莉莉娅凑到乌迪贤耳边,她的呼吸温暖而令人兴奋。"相信我,"她耳语道,"东南方……"

"好,就去东南方!"他对其他人喊道,"远离这疯狂的地方和事情……"

贵族女子的手臂环上他的腰,温柔地靠在他背上坐稳后,乌迪贤·乌·狄俄墨得策马前行。其他人跟在他身后,阿奇里奥斯负责殿后。

事情总会解决的,农夫一直抱持这种信念。事态总会自行平息。无论如何,一切都将再次恢复正常,而他也将开启新的人生,尽管他也许再也无法回到塞拉姆了。他和其他村民之间的纽带已经被永远切断。他再也无法相信他们,正如他们也不可能再相信他一样。那些指控和不堪的回忆将会成为他们之间不可磨灭的阴影。

不过乌迪贤可以在别的地方重新开始,忘掉塞拉姆村发生的一切。一个农夫只需要一块好地和一双有力的手。他可以盖个新家,如果可能的话，为新家加入新的成员。莉莉娅已经为他牺牲了太多，他必须有所表示，无论他们之间有着怎样的血统差距。他们可以一起抛弃一切过往，创造崭新的未来。

如果圣光教派和三神教能放过他们的话，如果可以……

第六章

当天晚上，他们留在了丘陵边缘的某处过夜，从那里可以远远眺望到被广袤的丛林环绕的凯基安王国的中心地带。打猎任务自然而然地落到了阿奇里奥斯肩上。孟德恩负责生火，而塞兰西娅、莉莉娅和乌迪贤则分头探寻附近是否有水源和可食用的浆果。乌迪贤很乐意暂时忘却眼前的困境全心投入搜寻，这个逃亡的农夫不知不觉地走出了约定的范围，连绵的森林中一片静谧，使他这些天来头一次重获平静。他沉迷于这份安宁，甚至在搜索的大半时间里都忘记了自己此行的目的。

平静突然被树叶的沙沙声打破。乌迪贤本能地伸手摸向丢失的匕首原本所在的地方。

但当他意识到自己的行为有多愚蠢时，一个身影已经向他扑来。他的心脏狂跳不止，但并非因为恐惧，而是喜悦。

"对不起。"莉莉娅小声说着，然后抬起头看着他的眼睛。"我一个人很害怕！我——我想和你在一起，乌迪贤……"

她将象牙般洁白的手覆在乌迪贤的手上，农夫浑身的血液都在沸腾。她的双眸盈满林间洒下的斑驳月光，仿佛化作了璀璨的星辰。

"没什么好害怕的。"他一边安抚着她,一边享受着她的碰触。"到了明天,一切都会好起来的。你等着看吧。"

贵族女子微笑着说:"你还在努力安慰我,真是好傻!真正有危险的人是你呀,乌迪贤……"

"咱们已经远离了塞拉姆。他们会忘掉我的。"这显然是个谎言,但农夫也不知道自己还能说什么。

"他们不会的。我想……乌迪贤,只有一个法子能让我们摆脱这永无止境的逃亡。我以前也提起过,而我在见证了你的惊人天赋后,就更加确信了。"

他并不喜欢这个话题,赶紧打断道:"莉莉娅……"

"求你了……"金发的贵族女子毫无征兆地吻上了他。这一深吻温柔缠绵,让乌迪贤心底燃起隐秘的欲望。

"我们必须去那座伟大的城邦,"这一吻结束后,女孩说道,"你必须要告诉那里的人民!不是法师部族或名门贵族,而是平民百姓!他们会理解你——"

他放声大笑道:"我自己的村子里都没人理解我!我在他们眼里就是可怕的怪物!"

"那是因为当时糟糕的状况,乌迪贤!如果你去那座城市,你就能重新开始!你被赋予无与伦比的惊人力量!他们必须得知道!"

"那你要我对他们说什么呢?告诉他们要像对上帝或是神灵那样追随我,否则我就会像对付圣光教派那样把他们都撕碎?除了恐惧和厌恶,我还能带给他们什么?"

她的神情严肃起来。女子直视着他的双眼说道:"你可以许诺能使他们变得像你一样!你能给他们的将会比圣光大教堂或三神教对他们承诺的要多得多!"

"变得和我一样?"农夫简直不敢相信自己的耳朵。她疯了吗?

"他们为什么会想变得像我一样？是想经历我的遭遇吗？而且你说的那些，我都还不确定自己是不是完全相信——"

莉莉娅将一根手指轻轻按在他的嘴唇上，阻止他再说下去。"那就再试验一次。最后一次。就在这儿，就现在。"

"试验——"

"最后一次确认。"她环视四周。"去那边。找个不起眼却足以证明一切的方法。让你无法再抵赖。"

贵族女子带着他走到一株他们一直在寻找的那种灌木旁。然而，这株灌木早已枯萎，干巴巴的枯叶中零零散散地点缀着几颗皱缩的浆果。

"我该做什么？"乌迪贤焦躁地低吼道。

"触摸它。想象你希望它变成什么样。仅此而已。"

他回想起自己上一次照她的要求做时的情景。那次究竟发生了什么，或许还有质疑的可能。而这一次，就……

但他还是无法拒绝她。想象你希望它变成什么样，莉莉娅是这么说的。乌迪贤有些紧张地耸了耸肩膀。除了新鲜的浆果外，他还想要一株灌木怎样呢？可这株植物似乎枯萎已久，而且看起来奄奄一息。如果它再年轻一些，再生机勃勃一些，那么它自然能结出累累硕果。

他用手指轻捻着枯木，残枝败叶一碰即碎。这株植物可不是快要枯死，它已然死了。

再继续下去也毫无意义，他打算就此放弃。"莉莉娅——"

这女子将自己的手轻柔地覆在他的手上，让他继续碰触枯死的灌木。"求你……再试最后一次。"

尽管有些抵触，但他还是更想取悦这个女子，于是任由她覆着自己的手。狄俄墨得斯之子开始想象灌木丛上结满了他梦寐以求的甜美硕果，多到足够他们所有人吃。在遭受了这股神秘力量带给他和同伴们的诸多麻烦后，这点儿要求根本不算过分——

乌迪贤忽然倒吸一口气，猛地将手从灌木上抽回。

与他此前对着塞拉姆上空的风暴凝神冥想时不同，这一次他的祈愿似乎瞬间便有了结果。即使在黯淡的月光下，他亲眼看见的变化也是不可否认的奇迹。

这株灌木已然枝繁叶茂地挺拔而立，比衰败不堪时变大了好几倍。之前零落的枯果被鲜美的硕果所取代。并且，果实的品种并不止灌木上原生的一种，乌迪贤轻易辨认出六七种其他果实。鲜花在这重获新生的植物上怒放，周围的空气中溢满甜蜜的芳香。

比起那场风暴，这个场面的确不足为道，但它却让农夫再也无法质疑自己拥有超乎想象的力量这一事实。

而这一认知令他浑身颤抖，哪怕在面对圣光教派的卫兵时他也不曾如此。

"你怎么抖得这么厉害？"莉莉娅说着，走到他身旁。"瞧！"美丽的贵族女子伸手摘下一些浆果。她把果实塞进口中，津津有味地吃了起来。尝到果实的滋味，她惊喜得睁大了双眼。"真好吃！"她评价道，"你也尝尝！"

不等他拒绝，她已经又从另一簇上摘了一些拿到他嘴边。她倚在他胸前，期待地看着他的眼睛。

乌迪贤只得接受这份馈赠。莉莉娅把浆果放进他的嘴里，手指有意无意地在他唇边停留了片刻。

"尝尝看。"她说着，慢慢移开了手。

乌迪贤这辈子都没尝过如此甜美的味道。每一粒果实都是一颗珍宝，味道堪比世间最香醇的美酒……

"你所拥有的力量只会让那些嫉妒你的人产生畏惧！而等其他人

看到这力量的好处时,他们就会理解的。然后……然后,你就可以教导他们……"

"教、教导他们?"

"就像我之前说过的!让他们发掘自身蕴藏的潜能,从而变得像你一样!让他们明白他们不需要向法师部族、三神教或圣光大教堂卑躬屈膝,乌迪贤!让他们知道他们每个人的体内都拥有那些所谓先知或教士无法比拟的伟大光辉……"她顿了顿,看向他的神色无比认真。"我并不是信口开河,亲爱的。你可以指引他们的,我很清楚!你看着,看好……"

贵族女子说着便将手伸向花簇,用食指轻柔地触上一朵花。

只见一颗椭圆的浆果吊在一根细弱的花茎上,从那朵花里长了出来。果实迅速膨胀,随即裂开,露出一朵精致蜷曲的花朵。接着,花朵再次绽放。在乌迪贤目瞪口呆的注视下,与先前那朵花一般无二的花朵展现在他眼前。

"成功了!我就知道!我有这个感觉!"莉莉娅的笑声有如天籁。"自从你治好我以后我就感觉到了,仿佛你的法术以某种方式唤醒了我体内的力量!虽然我能做的事情与你的能力相比微不足道,但也很不寻常了……"她再次转向他,语气坚定地说,"你唤醒了我体内的力量,亲爱的!所以,你也能对其他人做同样的事!这样一来,他们就再也不会听信那些虚伪先知的谎言了!没有人会再被空洞的承诺和无谓的希望迷惑!而这些都将因你而实现!"

她的话盘旋在他脑海里,既让人闻之却步,又充满了诱惑。他又想起了家人的离去,还有那些乘人之危的教士无耻的所作所为。愤怒再次战胜了他的不安和恐惧。

莉莉娅拉着他的脸贴近自己,她的嘴唇近在咫尺。"还有多少人也在经受你曾经的苦难,我亲爱的乌迪贤?而你能够确保今后不再发生这种事！"

不再有教士。不再有三神教。不再有圣光大教堂。人们可以依靠自己，指引自己……

狄俄墨得斯之子不由得露出笑容。他喜欢这样的世界。

"而我……"莉莉娅轻声说着，"我会一直陪在你身边。我们两个永远在一起，永远……融为一体。"

她的薄唇久久在他唇畔缠绵，动情地亲吻着他，然后带着他倒向柔软的草地……

* * *

塞兰西娅在营火边缩成一团，身旁的一块碎布上摆着她少得可怜的收获。大多数浆果几乎都无法下咽，不过总比没有强。她还找到了一些勉强能吃的花朵。

孟德恩站在她的对面，直直凝视着营火后方的一片漆黑。阿奇里奥斯一时半会儿间还回不来，但乌迪贤和莉莉娅早该回来了，他们明明都说好了。孟德恩只担心哥哥的安危，而商人之女想的则要复杂得多。

"她和他在一起。"塞兰西娅闷声说道，她语气中流露出的情绪让孟德恩很不自在。塞拉姆的女人们从不觉得他有趣，而他也不知道该如何改变这一点。

"可能吧。"他试着转变话题，"我希望阿奇里奥斯至少能抓回来一只兔子。卫兵的鞍囊里除了一点儿干粮就没什么吃的了。"

"我很担心他，孟德恩。"她继续说道，"每当和那个女人在一起的时候，乌迪贤就会失去理智。"

"一定不会的。我很了解我哥哥。"

塞兰西娅突然起身，吓得他连退了好几步。"她只需要在他耳朵边说上几句悄悄话，他就会像小狗一样围着她团团转！"

"爱情就是如此。"话一出口，他才意识到自己说了什么。他惶恐地发现塞兰西娅正恶狠狠地瞪着他，仿佛自己刚刚朝她的心脏捅了一刀。他赶忙蹩脚地解释道："我的意思是……"

好在他语无伦次的解释被阿奇里奥斯的满载而归打断了。猎人左手拎着两只兔子和一只鸟，满脸的笑容在看到塞兰西娅的表情时立刻凝固。

"塞莉……怎么了？"他看看她，又看看孟德恩，灼热的目光让乌迪贤的弟弟不由觉得自己已然成了阿奇里奥斯的下一个猎物。"你告诉她了？孟德恩！你怎么能？塞莉，你父亲的事我非常遗憾……"

孟德恩拼命摇手示意他住口，但为时已晚。现在，她脸色难看地将注意力转移至猎人身上。"我父亲怎么了？"

阿奇里奥斯就像没听到她的话一样，突然转头对孟德恩说："快来帮我把这些准备好，孟德恩！他们做饭也要费些时间，所以咱们最好动作快点儿——"

赛勒斯的女儿绕过营火，来到两人中间。"阿奇里奥斯！我父亲怎么了？"她又盯着乌迪贤的弟弟问道，"你也知道？"

"塞兰西娅，我——"

她变得更加焦急了。"他一定是出了什么事！告诉我，他怎么了！"

猎人丢下手中的猎物，冲过去抓住了她的肩膀。孟德恩也想过这么做，然而就像他平时跟女性相处一样，他还是比其他男人慢了半拍。

"塞莉……"阿奇里奥斯一改平日的欢乐模样。"塞莉……赛勒斯死了。"

她拼命摇头，不愿相信。"不……不……不……"

"是真的，"孟德恩小心翼翼地补充道。"是一场……意外。"

"怎么回事？"

乌迪贤的弟弟犹豫着说道："一块屋顶被狂风吹塌了。"

黑发女子垂下了眼眸。"那场风……"

孟德恩生怕她会怪罪乌迪贤，但她只是跌坐回营火旁。她把脸埋在手中，开始哭泣。

阿奇里奥斯走到她身旁，把手臂轻轻搭在女孩身上安慰着她。他的神情和动作中只有满满的心疼和关切。孟德恩这才意识到阿奇里奥斯有多在乎塞兰西娅，猎人对塞兰西娅的在乎胜过在意任何人，甚至他自己。这种感情显然不同于乌迪贤对她的感觉，他哥哥直到现在还把她当作那个喜欢黏着自己的小女孩。

但孟德恩知道塞兰西娅心有所属，不由得默默同情起猎人来。猎人想要追逐的猎物是他全力以赴也难以得手的。

孟德恩感到浑身不自在，赶紧起身逃离了营火旁。阿奇里奥斯已经为他们带回了足够的食物，等事情平息下来，他们就能一起准备晚饭了。至于现在，他只想将塞兰西娅留给猎人好好照顾。

他把商人之女丢给阿奇里奥斯并不仅仅是出于避嫌。他一头撞进漆黑的森林，也是为了安心考虑自己的问题。接下来他还能对塞兰西娅说些什么呢……说她父亲死后一直在呼唤她？还是发誓说自己看到了赛勒斯站在埋着自己尸体的废墟上？

孟德恩无力地靠在一棵树旁，努力想搞清楚自己究竟是怎么了。那些丢失的记忆，手指上的泥土，还有最后那些声音和幻觉——这一切都指向了精神失常。

然而，他目睹的那些发生在他哥哥身边的事似乎也可以作此解释。毫无疑问，乌迪贤正是这样认为的。

但乌迪贤显然错了。这一点孟德恩自己就足以证明。鞭笞留下的骇人伤口已然消失。它被治愈了，可能就是在兄弟俩从塞拉姆逃走的时候。可以肯定的是，当他们准备停下来过夜时，伤口已经彻底消失了。

尽管夜晚的风还算凉爽，孟德恩还是感觉到有汗水从他的脸上滴落。他将汗水拭去，尽量使自己冷静下来。哥哥现在比任何时候都更需要他。他必须专注于哥哥的事。只专注于——

他被什么盯上了。

孟德恩向右转身，只见一个身影穿着黑色长袍和稍显怪异的断裂盔甲站在那边。那家伙的脸被硕大的头盔罩着，完全无从辨认。

然后，就像赛勒斯的幻影一样……这个身影转眼间消失无踪。

他再也无法承受这一切。孟德恩恍恍惚惚地向营地的方向拼命逃跑。

一个巨大的黑影忽然从树上一跃而下，四脚着地，落在他面前。即使伏在地面上，这个家伙也有孟德恩的肩膀那么高，而当它站起来时，就算弓着背也比他高出大半身。

怪物张开了蟾蜍般的血盆大口。即便月色如此黯淡，孟德恩也能清晰地看到它那利刃般鳞次栉比的獠牙和口中探出的肥舌，以及六颗乌黑的、散发着邪恶光芒的眼珠。

"肉——"怪物发出刺耳的嘶吼，亮出一对附肢，顶端连着人类手掌长短的爪刺。它丑陋庞大的身躯后，一条粗壮的尾巴疯狂捶打着地面。"快——过——来，肉——"

孟德恩当然不会屈从于那个声音，可他却惊恐地发现自己的身体显然有着完全不同的可怕想法。先是迈出一步，接着又一步，他的双腿缓慢而无情地拖着他走向怪物的利爪。

一阵恶臭冲鼻而来，刺激的气味简直堪比尘封了数百年的腐肉。

怪物好整以暇地等着他逐渐靠近。它早就可以撕碎他的喉咙或是将他开膛破肚，而它却兴奋地喘息着，似乎在享受它的牺牲品散发出的绝望和恐惧。

孟德恩想要尖叫，却根本发不出声音。然而，就在这头怪物满口垂涎地向他逼近时，一个画面突然闪过孟德恩的脑海，画面中是一些他非常熟悉的符号。它们与阿奇里奥斯之前带他找到的那座石雕上刻的符号十分相像，一些新的符号也夹杂其中。令人不解的是，上一次他还完全无法解读它们，现在孟德恩却连每个符号该如何发音都一清二楚。

而他也毫不犹豫地念了出来。

巨兽突然发出一声不安的号叫。它从孟德恩身旁移开，越过他看向别处。一只锋利的爪子猛地擦过呆若木鸡的孟德恩到处挥动。这头怪物四处乱嗅，显然比刚才更加狂躁。

直到这时，乌迪贤的弟弟才意识到这头怪物已经瞎了……

孟德恩发现他又可以随意行动了。顾不上质疑自己的走运，他万分小心地朝相反的方向走去。怪物忽地转过了身，但好在离他还远。孟德恩屏住了呼吸，又向前迈了一步。

他一定是不小心发出了一些响动，怪物突然朝他的方向转过来，在空气中挥舞着巨爪。尽管孟德恩已经竭尽全力往一旁躲去，但利爪还是挂到了他的衣袖。他无助地打了个转跌倒在地。与此同时，他的大脑出于某种原因否定了怪物还拥有听觉这一事实。不知为何，孟德恩觉得它不仅瞎了，而且听不到声音。

眼看怪物就要碰到他了——

远处突然传来一声呼喊，紧接着是箭矢破空之声。孟德恩听到砰的一声，袭击他的怪物随即愤怒地咆哮起来。他感觉到怪物转了个身。

"快跑！孟德恩！"阿奇里奥斯喊道，"快跑！"

他立马拔起双腿，同时向同伴大喊道："眼睛！它暂时瞎了，射它的眼睛！"

其实他不必多此一举告诉经验丰富的猎人该做什么，毕竟阿奇里奥斯救了他一命，孟德恩想要尽可能地回报他的朋友。怪物暂时的失明是他们当下唯一的优势了，如果勉强算的话。

"更——多——的——肉——"怪物邪恶地嘶吼道，"你——在——哪——里？"

阿奇里奥斯射出了第二支箭，然而尽管丧失视觉，他的目标还是以某种方式察觉到了危险并闪至一旁。木质箭柄毫无威胁地从它坚硬的鳞甲上弹开。孟德恩这才发现原来第一支箭射中了怪物鳞甲稀疏的肢干下方。阿奇里奥斯的第一次尝试可谓相当走运，怪物的其他部分都被重甲严密地包裹着。

正当猎人准备好下一支箭时，怪物突然蛙跳着朝他的方向扑来。与此同时，塞兰西娅双手紧握着在营火里点燃的树枝，从怪物那边冲了出来。要是巨兽还能看见的话，她一定已经惨遭毒手，不过好在它暂时失明了，商人之女能趁机用火把对付它不堪一击的眼睛。

一声直击孟德恩灵魂深处的哀号响彻林间。空气中飘散着一股新的焦灼恶臭。

受伤的怪物疯狂地甩动身体，塞兰西娅没能躲开它的攻击。利爪刺破了她的后背，她疼得昏倒在地，不再动弹。

"塞莉！"阿奇里奥斯大喊一声，发疯般地抽箭射向怪物。这一次，他射中了另一颗眼球。巨兽再次发出号叫，然后将箭柄从破裂的空洞中拔了出来。

当它再一次转向猎人时，孟德恩发觉它的视力已经恢复了，另一种只有他见识过的危险能力也随之重现。

"不要看它的眼睛,阿奇里奥斯!"他绝望地喊道,"否则它会把你勾过去的!"

孟德恩的警告来得太迟。阿奇里奥斯突然浑身僵硬,双臂无力地耷拉在身旁,弓从他的手中掉落。猎人被迫一动不动地直面疾冲而来的怪物。怪物发出恐怖而刺耳的大笑声,利爪伸向无助的矮小人类。

然而它的爪子却在阿奇里奥斯身前停了下来,完全无法碰触到眼前的猎物。转瞬间,怪物脚下的土地仿佛融化了一般,它猛地向下坠去。那家伙挣扎着想要逃离,可它的脚却越陷越深。

怪物四下环顾,寻找缘由,却什么都没有找到。"怎——么——回——事——"它咆哮着,"是——谁——"

它瞪向孟德恩,这个它视线中唯一的目标。孟德恩不假思索地连连摇头否认。尽管如此,这满身鳞片的可怕家伙还是试图转向他,好施展自己的催眠凝视。

而在它转身时,它的四肢已完全陷入泥沼中,仿佛大地迫不及待地想把怪物带走。孟德恩被暂时丢在一旁,它使出浑身解数想要挣脱,却都徒劳无功。

它继续下沉,很快躯干也被泥土吞没。它用利爪撕扯着泥土,却被黏稠的土壤牢牢困住。受困的怪物试图用其余的爪子解救陷进去的那一只,结果原本还能活动的爪子同样被禁锢了。

短短几秒内,露在外面的就只剩下它奇丑无比的脑袋了。怪物扭着脖子抬起头,尖声嘶吼道:"伟——大——的——路——西——昂!救——救——您——忠——诚——的——仆——人——吧!伟——大——的——路——西——昂!救!伟——大——的——"

随着最后一次挣扎,大地封住了怪物蛙嘴般的大口,彻底掩埋了它的祭品。

阿奇里奥斯发出一声闷哼，颤抖着跪倒在地。孟德恩小心翼翼地起身，还是无法完全相信怪物已经消失。最后，他来到塞兰西娅身旁，细细查看她的伤势。伤口非常深，但至少她还活着。但她还能坚持多久呢——

"我会照看她的，孟德恩，你别担心。"乌迪贤的声音突然响起。

他的哥哥出现在受伤的女孩对面。孟德恩用看怪物般的眼神惊讶地看着哥哥。尽管夜色已深，乌迪贤的身形却清晰可辨，仿佛他自己就是一个发光体，体内的光芒照亮了他。他赤裸着上身，似乎并不在意清冷的空气。

乌迪贤脸上挂着一种孟德恩无法解读的神情，不知为何，那表情让他感觉自己十分渺小。当他的哥哥跪在塞兰西娅身旁时，孟德恩不由得默默退到一旁，仿佛在这种时候，自己不配靠那么近。

乌迪贤似乎并未察觉到弟弟的异样，他掌心朝下，悬在塞兰西娅受伤的后背上方几厘米的地方，凝视着伤口。而孟德恩则疑惑且好奇地看着这一幕。

在孟德恩的注视下，一道道可怖的暗红色裂痕逐渐愈合。伤口的边缘先是缓缓收缩，像是被无形的针线重新缝合了一样，然后接合的伤疤也迅速淡去。孟德恩狂跳的心脏仅仅跳了三两下，好几道足有一尺长的伤疤已然淡得无从辨认。

再下一刻……塞兰西娅的后背已经再次变得光洁无比。

她轻轻呻吟了一声，身子动了动。乌迪贤满意地点着头退到一旁，体内的光芒似乎黯淡下来。

她坐起身时，阿奇里奥斯稳重体贴地脱下自己的外衫，披在了塞兰西娅的背上。孟德恩则对着他的哥哥站起身来。

"你……你刚才做了什么？"

"当然是不得不做的事。"乌迪贤看着他，就好像孟德恩问的是为什么庄稼需要雨水一样的问题。

"可……怎么做到的？"狄俄墨得斯的小儿子摇了摇头说，"不，我指的不是这个。乌迪贤，塞拉姆村发生的那一切……是你做的吗？"

乌迪贤现在已经恢复成孟德恩熟悉的样子，他缓缓点了点头。"应该是。"然后他朝着那头怪物留在地上的可怕印记点头示意道，"那边那个，我也不否认是我干的。"

"那东西是什么？"阿奇里奥斯抱着受惊的塞兰西娅，咬牙切齿地问道。"那种利爪……还有它的眼睛……"

莉莉娅回答了猎人的问题。她像农夫刚才一样毫无征兆地现身，挽着乌迪贤，仿佛在宣示主权。"显而易见，它就是他们在塞拉姆村寻找的凶手，那个残害了两名传教士的恶魔。不然还能是什么？"

乌迪贤、阿奇里奥斯和塞兰西娅都对她的答案深以为然，连孟德恩也不得不承认这是一个很合理的解释。显然，怪物的利爪能造成其中一名传教士尸体的惨状。那头怪物同时还非常狡诈，甚至还能轻松使用人类的语言。它一定是先用凝视迷惑牺牲品，然后再下毒手。它移动起来也异常迅速，这就可以解释两起凶案之间不可思议的短暂间隔。

然而，他还是觉得自己并没有完全被说服。更重要的是，那头怪物还有些地方让他隐隐感到不安。"可它是怎么到这儿来的？咱们已经离塞拉姆很远了。"

"为什么，自然是跟着乌迪贤来的！毕竟，所有人都认为他就是凶手。如果除掉乌迪贤，就不会再有谁怀疑到它头上了！"

又一次，又一个合理的解释，但孟德恩总觉得那头怪物不会仅仅为了这个理由便一路紧追乌迪贤。无论是村民还是大检察官，没有任何人能想到凶手会是如此不寻常的怪物。所有人都觉得凶手是人类，并且很多人都认为乌迪贤就是凶手。

他忽然又想起了什么。"它叫了什么人，"他脱口而出，"最后，它叫了什么人的名字。"

"对，"阿奇里奥斯扶着塞兰西娅站起来，插言说道，"我也听到了。"

莉莉娅把乌迪贤挽得更紧了一些，说道："这没什么。"

但乌迪贤朝孟德恩点了点头："我也听到了，但那个名字我忘了。"

孟德恩聚精会神，回忆着当时的情景。"伟大的……伟大的路西昂。是路西昂。"不知为何，只是念出这个名字就让他浑身一颤。"就是这个名字。"

无奈的是，这个名字不光对他毫无意义，而且他发现其他人似乎也都一无所知。孟德恩甚至还暗自观察了莉莉娅的表情，却也没看出任何不妥。

"他一定是法师部族的人。"乌迪贤突然说道，他的眼里闪烁着危险的光芒。"遇害的是三神教和圣光大教堂的传教士。还有谁会追杀他们？"

"没错。"莉莉娅立即表示赞同，但在孟德恩听来，这几乎像是为了取悦他哥哥而做出的快速反应。"是法师部族。一定是他们。你不同意吗，孟德恩？"

她对他露出笑容，这个笑容他只见她对乌迪贤展现过。孟德恩感觉自己脸红了。

"法师部族。"他点头应和着，"当然。"然而，孟德恩心里依旧思索着，为何那些疲于内战的法师部族，会为了区区两个来到穷乡僻壤的传教士而如此大费周章？

其他人似乎都对这个说法很满意。乌迪贤慈爱地环顾每个人，仿佛他们都是自己的孩子，然后说道："我们可以以后再担心那些。

而眼下这些只能印证我的决定是正确的。"

孟德恩有种不祥的预感。"你的决定？"

"塞拉姆已经成为我的过去，并不是我的现在或将来。"乌迪贤说话的同时，莉莉娅松开手走到了他身旁，但一只手臂还环在他的腰上。"我从没请求过这些，但是某种力量赋予了我这种天赋——"

"天赋？你把那些诡异的事叫作天赋？"

"安静，孟德恩。"

他惊讶地看向塞兰西娅，正是她打断了自己。在所有人当中，乌迪贤的弟弟还以为至少她会把发生的一切视为灾难，而绝不是什么天赋。然而，他意识到她刚才的话里竟充满了敬畏——对乌迪贤的敬畏。

孟德恩又看向阿奇里奥斯。猎人一言不发，似乎并不想反驳自己深爱的女子。

"一种天赋，是的。"乌迪贤继续说道，仿佛孟德恩是个只能听懂简单词句的小孩子。"事实上，它存在于我们每个人的体内。"他说到这里停了下来，脸上带着微笑。"我们先回营地吧。我会解释一切的。然后，等我们吃完东西，就好好休息一下。毕竟去往凯基安还要骑个好几天。"

"凯基安？"孟德恩险些被这个地名呛住，这太出人意料了。他们现在要去凯基安？"可……可我们怎么越过大海？"

"凯基安。"乌迪贤重复道，他低头望着莉莉娅的眼睛。"改变这个世界的最佳起点。"

就在乌迪贤和贵族女子沉醉于彼此时，孟德恩一脸不可置信地转向塞兰西娅和阿奇里奥斯。这个世界？他没有听错吧。他用眼神向另一对寻求理解，甚至是帮助。但是令他沮丧的是，商人之女似乎正徘徊于对这个新乌迪贤的敬畏和对莉莉娅的妒忌这两种感情之间,而猎人则只是深情地凝望着她。除了孟德恩以外,似乎没有人真正意识到这一刻的严重性。

除了他以外,似乎没有人明白他的哥哥正义无反顾地走向毁灭……而且极有可能会拉着其他人一起送死。

* * *

马利克愤怒地合上了大祭司赐予他的精致珠宝盒。就在刚才,珠宝盒四个凹槽中镶嵌的其中一颗圆形绿宝石突然碎成了粉末,向高阶祭司宣告着它的失败。他召唤的捕猎者已经不复存在。

但除却愤怒,逐渐浓厚的兴趣同样在他心底燃起。他被察觉到异动的大祭司派去调查这件事,如果最终证实那股异动是因人而起,他就要把那人带回神殿细细研究,并尽量将其纳入本教。现在,马利克至少知道了,自己不是在大海捞针。

高大的教士眉头紧锁,将盒子塞回挂在腰间的袋子里,走到他的马匹旁。一个头戴兜帽、身披重甲的和平卫士把缰绳递给马利克,然后退回了自己的坐骑边。在他们身后,大队全副武装的忠诚精兵已经整装待发,随时准备赴汤蹈火。他们当然不会知道关于三神教的所有内幕,但他们和马利克一样,都相当清楚此次任务容不得半点失败。

马利克巡视着他的精锐部队,企图揪出任何分散军心的软弱或犹豫表现,接着他又看向前方。夜晚的黑暗丝毫不影响他的视力,这是大祭司赐予他的能力。马利克面前的路就像白天一样清晰。

快了,高阶祭司心想,就快了。他们离目标并不远,而且他们的坐骑被主人赐予了非凡的速度。这些坐骑从外表看应该是毛色亮黑的种马,但其实那外表只不过是用来糊弄民众的幻象。没有一种正常的动物能在如此短的时间内跋涉如此距离。

"前进。"马利克下令道，催马前行。

猎物就在不远处。恶魔也许会失败，但高阶祭司不会。马利克能成为大祭司的左膀右臂，靠的可不是运气。他的双手沾满了敌人的鲜血，这既是修饰，也是事实。他一定会成功。

因为，他别无选择……

第七章

马背上的乌迪贤简直与之前判若两人。他这辈子从没想过自己会出人头地，改变世界。曾经他只满足于做一个农夫，耕田、种地、畜牧。现在看来，自己当时是多么目光短浅，多么头脑简单。他的想法和目标一夜之间彻底转变，但他几乎毫无疑虑，就像他已经不再质疑自己体内涌动的力量。一切已经发生了，这才是最重要的。

乌迪贤的脱胎换骨很大程度上要归功于身后与他共骑一马的女子。自从他听了莉莉娅的话后，一切似乎都变得顺理成章。一切都将如他所愿。乌迪贤不光感激她出现在自己身边，更由衷地感叹她的学识和阅历。她了解塞拉姆村之外的世界，尤其是那些险恶的阴谋诡计。她还了解民众渴望摆脱诡计多端的法师部族和腐朽的两大教派的诉求。有她在身边，乌迪贤觉得自己几乎无所不能。

一切都已经计划好了，至少他已经成竹在胸。他们将骑马进入那座伟大的城邦，然后去那些自称先知的家伙常去布道的大广场上找个好地方。那些家伙通常都会被当成疯子、傻子，不过他乌迪贤可不一样。他可以向人们展示他所指引的道路，展示他所承诺的能力。人们会看到他真的不是个江湖骗子。一旦他的第一批观众目睹真相，消息就会像燎原之火一样不胫而走，传遍每一个角落。

他看向右侧与他并肩而行的弟弟。孟德恩像其他人一样，正看着前方的道路，但乌迪贤很清楚，自己的弟弟是一行人中唯一对他的计划不甚满意的人。孟德恩从一开始就对此行充满顾虑，并且有理有据地提出了疑问。

但莉莉娅马上就言辞坚定地推翻了他的顾虑，她的悲惨经历显然很好地佐证了她的言论。谨慎和犹豫只会放任那些嫉妒乌迪贤天赋的家伙采取行动。到那时，无辜的人们将受尽折磨，就像贵族女子和她的家族遭遇的一样。

不，乌迪贤不会再让这种事发生，他对自己的使命有十足的把握。他爱他的弟弟，但如果孟德恩依旧无法看清大势所趋的话，乌迪贤就不得不想办法处理这事了。如果自己的血亲都不全心支持自己的大业，那可不太好看——

想到这里，农夫突然露出了痛苦的表情。他在想些什么啊？弟弟就是他的一切！他的家人——离世的那段日子里，是孟德恩的陪伴才让他没被痛苦吞噬。

乌迪贤简直无地自容。他根本无法想象没有弟弟的人生……

他早晚会明白的，狄俄墨得斯的长子让自己放宽心。孟德恩会慢慢明白的……

他必须明白。

他们马不停蹄地朝目的地整整赶了两天路，一路上几乎没怎么交流。随着对城市的向往日益强烈，在塞拉姆的日子对乌迪贤来说已成为一场逐渐淡去的噩梦。

阿奇里奥斯只身去往前方探路，这在乌迪贤看来是毫无必要的，毕竟自己拥有那等力量，不过他并没有提出反对。他们搭好营地后过了好一会儿，猎人才回来，还带了一对个头不小的野兔当晚餐。

"日落前，我看到远处有炊烟。"阿奇里奥斯一边侃侃而谈，一边把野兔递给孟德恩和塞兰西娅。"那里可能是个镇子。"他微笑着补充道，"说不定我们能在那儿好好喝一杯！"

孟德恩闭目思索了一会儿，然后说道："帕萨。我记得在这一带有个叫帕萨的镇子。"

孟德恩在赛勒斯那里的一大消遣就是听商人们来自何方，以及研究他们收藏的地图。孟德恩几乎对那些地图过目不忘。

"那地方大吗？"乌迪贤兴致盎然地问道。

"我记得要比图利萨姆镇大一些。从凯基安城到最大的港口要经过那里。"

帕萨镇听起来在很多方面都刚好符合乌迪贤的需要。他后知后觉地想到，他可以先在一个比凯基安城规模稍小的地方试行他的计划。先在帕萨逗留几天应该能打消他们所有的顾虑，尤其是孟德恩对乌迪贤是否真的拥有能够赐予他人的力量还存在质疑。

到目前为止，尽管乌迪贤每晚都努力指导他们，但似乎只有他和莉莉娅能成功运用这力量。塞兰西娅看起来像是被什么东西拦在了成功的边缘。阿奇里奥斯则对自己已有的猎人技能表现得相当知足，而这让乌迪贤第一次觉得，同样的根源之力中或许能发展出不同的能力。显然，阿奇里奥斯一直以来都是个相当幸运的猎人。猎人的能力还有望发展，不过不能急于求成。

至于孟德恩，他似乎是所有人中进展最慢的一个。乌迪贤想不通为什么，他本以为弟弟会是除自己以外最得心应手的那一个。莉莉娅昨夜想到了一个迄今为止最合理的解释，很有可能和阿奇里奥斯一样，孟德恩的意志也阻碍了其对能力的探索。

不过这个问题也可以先放一放，至少目前还不急。那个镇子能给他提供不少新的选择。

"帕萨……"他默念着。

莉莉娅靠了过来,她的脸几乎贴上了他的耳朵。乌迪贤看到了莉莉娅听到他的话后转瞬即逝的沮丧表情。

"我们真的应该直奔城里。"贵族女子轻声说,"越早让更多的人听到你看到你,就能越早开始改变世界……"

"是的,你说得对。"乌迪贤回过神来,他马上理解了她的意思,而且搞不懂自己怎么会打起帕萨这种不起眼的小地方的主意。"直接去城里。那才是最佳方案。"

阿奇里奥斯看起来有些失望,但还是点了点头。塞兰西娅的脸上看不出什么情绪。孟德恩则显得有些不安,不过乌迪贤早就习惯弟弟这样了。没有人表示反对——这才是最重要的。

虽然如此,乌迪贤还是需要再检验一下自己的力量。他从莉莉娅的怀里站起身来说道:"塞莉,你能跟我来一下吗?"

塞兰西娅的眼睛亮了起来,但她马上又恢复了漠然的表情。她跟着他站起身,应道:"好的……当然……"

"乌迪贤——"莉莉娅还想说什么。

"我不会去太久的。"他向她保证道。

金发女子把视线转向了营火,没再说什么。

乌迪贤牵起塞兰西娅的手,拉着她走过一脸迷茫的阿奇里奥斯和孟德恩。他带着商人之女一直走到树林深处,直到再看不到营火的光芒,然后把她的脸扭向自己。

塞兰西娅满怀期待地等他开口。乌迪贤在心中细细斟酌了一番,然后对她说:"我再次对赛勒斯的事深感抱歉,塞莉。非常,非常的抱歉。"

"乌迪贤,我——"

他用一根手指轻压她的唇。"塞莉,他可能是因我而死——"

塞兰西娅后退了一步喊道："不！"然后放低声音接着说："不是的，乌迪贤。关于那件事，我一路上想了很多。或许……或许那场风暴是因你而起。我还是不太明白，可我知道你绝无恶意。麦克琉斯修士当时指控你是异教徒！就算你用了什么法子导致那场风暴，那也是他逼你的！你只是在保护自己！"

他看向她的眼神里充满了惊讶。听到这个深爱着父亲，并且一直对两大教派怀有敬意的女孩说出这番话，乌迪贤顿时感到如释重负。直到这时，他才意识到自己这些天来，心里有多担心女孩会如何看待商人之死。

"塞莉，就算你是这么想的……可你为什么不回家去，而是要跟着我一起亡命天涯呢？你的兄弟们会担心你的……"

"我已经到了可以自己做主的年纪了。"她用一贯叛逆的态度说道。察觉到自己的失态，她双手掩唇又补充道："蒂尔他们会知道我的去向的，而且他们也会一如既往地尊重我的选择。"

她的口气如此斩钉截铁，乌迪贤只能无奈地苦笑。尽管如此，他还是不想拦着她。更何况她的陪伴还能给自己些许安慰，就像孟德恩和阿奇里奥斯带给他的一样。"好吧。我必须问问你，知道你的想法。现在我不会再说什么了。"

"可是，如果你允许的话，我有话想说……"赛勒斯的女儿又变回了那个满怀敬畏的追随者。

"你并不需要请求我的允许。"

"乌迪贤，我理解你要做的事，也全心全意地相信你。"她清了清嗓子说道，"不过孟德恩的担心并非全无道理。我知道莉莉娅说要直接去城里，可是——"

他皱起了眉头。"你是想说莉莉娅什么吗，塞莉？"

虽然她摇头否认，但他能看出她说的或多或少都与莉莉娅有关。乌迪贤怀疑塞兰西娅自己也分不清楚。

"不……我的意思是……乌迪贤，我跟三神教和圣光大教堂的传教士都接触过，并不是所有人都像麦克琉斯修士那样。我相信他们中还是有好人的——"

"几乎没有。"狄俄墨得斯之子反驳道，他的脸色越来越难看。关于大检察官的记忆又涌回他的脑海。

塞兰西娅并没有继续说下去，显然是在思索另一种说法。"只不过……我知道莉莉娅比我们经历了太多，但并不是她说什么我们就都该照做。"

乌迪贤不由得为自己辩护起来："我会听取莉莉娅的意见，就像我也会听取你们每个人的意见一样。只是她的建议在很多时候对我来说更有道理。"

"明明是所有时候——"

"够了。"乌迪贤心底蹿起一股无名之火，但他还是忍住没有发作。他找不到继续进行这场对话的理由。他本来是想消除他们俩之间因为她父亲的意外而产生的尴尬。但显然，乌迪贤觉得，要让塞兰西娅完全放下对他的感情还需要花些时间。他必须要有耐心。是的，耐心。

他抬起一只手摸着她的脑袋，仿佛她依旧是那个小姑娘。"塞莉，"他轻声说道，"你说你相信我现在的力量，是吗？"她点了点头，眼里还带着上个话题中未竟的情绪。

"我相信我觉醒的力量能够唤醒你体内蕴藏的力量，不过至今还没能成功。"

"我尽力了……"年轻姑娘坚持道。

他轻拍她的肩膀安抚道："我知道。让我试着帮你引导它觉醒吧。握住我的手。"她照做了，乌迪贤继续说道："如果这么做有用，我就更清楚等我们到凯基安后该怎么向人们展示了。"

"可我们……噢!"

莉莉娅曾推断,是他们俩的亲密无间,他们的一体同心激发了她体内的力量。不过显然,乌迪贤不可能用同样的方式跟其他人接触——尤其是跟塞兰西娅——但他可以试着尽可能地靠近一些。他全神贯注地面对女孩,试着深入她的内心,她的灵魂。他试着让自己的力量从体内灌向她的内心和灵魂,希望可以引燃那里深藏的力量。

他明显感觉到自己的做法似乎产生了效果。一股暖流汇入他的双手,他感到这股暖流似乎就来自他的同伴。塞兰西娅的呼吸急促起来,迷茫地翻着眼睛,露出了眼白。

接着,乌迪贤惊讶地从女孩那边感觉到与自己体内相似的暗流涌动。他全神贯注地感受着塞兰西娅,发现那涌动正来自女孩的体内。虽然这股暗涌跟他体内的完全无法相提并论,但随着他的深入,涌动变得更加强烈,更加清晰。

他为自己的进展如此迅速惊叹不已。莉莉娅又一次说中了。乌迪贤真的成功唤醒了塞兰西娅体内的同种力量。

突然间,她的身体开始失控般地剧烈抽搐,她的眼睛依然向上翻起,无助地发出了一声轻轻的呻吟……

乌迪贤不由得担心起来。塞兰西娅刚刚觉醒,虽然觉醒后的能力可能暂时还不会太明显。尽管如此,他还是认为现在就该停手,让她自己去探索能力。操之过急恐怕会害了她。

乌迪贤放开她的手时,商人之女立刻发出一声喘息,直直朝他倒去。他把女孩抱在怀里,等她渐渐恢复。

"这感觉像……"她终于试着开口说话,"感觉就像……"却没能找到合适的语言。

"我明白……"他想了想后回应道,希望这么说能安抚她。

塞兰西娅突然绷紧了身体。她一把推开乌迪贤，仿佛他是个危险的传染病人……然后向着营地的方向飞奔而去。

乌迪贤站在原地一头雾水。他还以为她感觉到了类似于莉莉娅向他描述的那种畅快。

塞兰西娅消失在层层树影中。乌迪贤仍然不明所以，视线追随着她离去的身影，愣了好几秒才回过神来。他确信自己没做错什么。那么，她这样的反应又是为什么呢？

回到营地后，乌迪贤并没有看到塞兰西娅。他有些担心地询问弟弟，但孟德恩只是沉默地摇了摇头，然后朝他的右侧点头示意。塞兰西娅正躺在那片黑暗笼罩的阴影里。她裹着一条从圣光教派的马鞍囊里找到的毯子，背对着营地。

乌迪贤刚向她走了一步，莉莉娅就过来温柔地挽住了他的手臂。

"最好还是让她自己静一静吧。"贵族女子轻声说道。

他张了张口还想说什么，接着又合上了嘴。看来就算拥有了无穷的力量，有些事情乌迪贤恐怕还是永远不会明白。

* * *

第二天早上，塞兰西娅表现得像是什么都没发生过一样，然而日益强大的乌迪贤还是感觉到她体内的力量又变强了。不过看起来她自己毫无察觉，乌迪贤最终决定让她来选择何时接受自己的天赋。知道她的确拥有这种力量就够了。这意味着他能够以同样的方式指引其他人，而且多加练习就能进行得更加顺利。

他们骑行在乌云密布的天空下，乌迪贤暗自猜想自己能否将这些阴云驱散。不过他并没有尝试，因为他害怕自己一旦成功，就是在向那些对他不怀好意的家伙宣布他们的行踪。莉莉娅曾建议他最好在到达凯基安城之前都低调行事。她还说等到那个时候,那些家伙就来不及对众人隐瞒真相了。

尽管天色越发阴沉,雨却并没有如约而至,于是他们抓紧时间继续赶路。帕萨镇依然很遥远,不过那若隐若现的袅袅炊烟昭示着众人已经改变了路线。孟德恩估计,他们最多将在三四日内到达城邦边界,而莉莉娅也确认了这一点。

他们五人终于在途中遇到了其他旅人,那是一辆迎面驶来的货车。一个大胡子老头儿拉着从港口贩来的货物,有些警惕地对乌迪贤一行人打了个招呼。他的徒弟是一个身材瘦长、有着胡萝卜发色和灵动双眼的年轻人,手放在身侧一把破旧的剑旁,看起来有些紧张。

由于乌迪贤还是希望能尽早抵达凯基安城,他决定不向二人透露自己的身份。相反地,他从商人那里打听到了关于那座传奇城邦的最新消息。

"那些法师部族眼下刚签了停战协议,唉哟。"壮实的老头儿点起他长长的陶土烟管讲道,"要我说,和前几次一样,他们根本消停不了多久。说不定这会儿已经又开战了。那些贵族除了贪图自身利益就只会袖手旁观,法师部族能让他们掌握点儿行政实权,还不是为了腾出手来解决休战的麻烦事。"他冷笑着。"所以呀,凯基安可以说是一如往常……"

他的话向乌迪贤证实了莉莉娅那番建议的重要性,比起先去帕萨或者其他小城镇,他们的确应该直接前往凯基安城。乌迪贤礼貌地对商人道谢后,带着其他人继续上路。

他们当晚停在了沿途宁静的小河边过夜。在这里,树林与茂密的丛林之间的界限逐渐模糊。乌迪贤这才第一次意识到,比起这片据说覆盖了大半国土的巨大密林,树林占据的土地简直微不足道。他曾听过一些途经塞拉姆的商人大惊小怪地声称丛林正在逐渐吞噬所有地区。那显然不可能是真的，不过，目睹眼前诡异且反常的环境变化时，乌迪贤不由得有些动摇。

他本希望白天的跋涉能缓和他与塞兰西娅之间的紧张气氛，但黑发姑娘却又找借口避开了他。

"最好还是让她自己想明白吧。"最后，莉莉娅用鼻尖蹭着他的面颊，轻声安慰道，"她总会接受现实的，你会等到的。"

乌迪贤点了点头，强迫自己去考虑更紧要的事情。现在他已经离城里非常近了，他的神经也开始紧绷起来。他向莉莉娅坦白了自己的焦虑，后者建议他早些休息，让其他人去准备扎营的琐事。

"你必须保持最好的状态进城。去吧，去睡会儿。晚饭好了我会给你送来的。"

她又吻了他一下，然后转身离去。乌迪贤采纳了她的建议，立刻躺了下来。身下的土地柔软舒适，今夜比以往温暖许多。他决定小睡一会儿，这是他眼下最需要的。像往常一样，莉莉娅总是知道怎么做最好。他无法想象没有她的未来会是怎样。乌迪贤觉得自己好像已经认识她一辈子了。

乌迪贤沉浸在这些思绪中，渐渐放松下来，进入了梦乡。

* * *

塞兰西娅知道她不得不正视自己对乌迪贤矛盾的感情。她相信在他身上发生的变化是上天的安排，所以她才没有把父亲的惨死归咎于他，但同时她又无法将现在的他，与曾经的那个她深爱的男人区分开来……

而且现在的他还爱上了别人……一个与他相识不久的女人。

"我们需要更多木头生火。"孟德恩说道。

塞兰西娅正想找个机会独自静一静,她立刻回答道:"我去找些回来。你们看好营火,别让它灭了。"

她逃离了营地,开始漫不经心地收集起断落的小树枝。这个任务并不怎么费神,能让她放松神经,去想些没那么纠结和痛苦的——心事。然而赛勒斯的女儿才捡了不到半搂柴火,后颈处就突然传来一阵刺痛,她不由得回头看去。

"莉莉娅!"贵族女子的出现让塞兰西娅大吃一惊,手中的木柴都掉落了几根。她满怀疑虑地盯着眼前的金发女子。

莉莉娅迈着轻盈的步伐走到她面前。"请原谅我,"莉莉娅喏喏地说道,"我不是有意吓你的……"

"你……你来这儿做什么?我捡柴火不需要帮忙。"

"我只是想和你谈谈,没别的意思。"莉莉娅解释道。

"跟我谈?"商人之女很怕她已经知道了自己的心事,"没这个必要——"

莉莉娅靠得更近了。"非常有必要,亲爱的塞兰西娅,非常有必要。"她凝视着女孩的眼睛,纤柔的手放在塞兰西娅的手臂上。"你对乌迪贤来说很重要,因此你对我也很重要。我想和他所有的朋友愉快相处。我希望你不要只把我当作他的爱人、他未来的伴侣,而是把我也当成你的朋友……"

如果莉莉娅以为她的话能让塞兰西娅好受些,那就大错特错了。一种莫名的痛苦将塞兰西娅淹没,"爱人"和"伴侣"两个词在她的脑海中一遍遍回响。她为莉莉娅发现了自己的嫉妒之心而羞愧难当。她努力控制着自己混乱的心情,告诉自己对方只是在夸大其词……然而说到底,那些话还是让她难以承受。

她眼里噙着泪水,猛地挣脱了莉莉娅的手。怀里的木柴散了一地。塞兰西娅拼命奔跑,完全不在乎跑向哪里。她只想逃离一切,远离每一个看透她心思的人。

交错的荆棘钩破了她的衣服。塞兰西娅在崎岖不平的小路上跌跌撞撞地跑着,还被一根横亘的树根绊倒在地。然而这些磕绊都没能阻挡她的脚步,更别说让她恢复些许理智。塞兰西娅重新爬起来,继续向前奔跑。狂乱的心情蒙蔽了她的所有理智。

一个人影突然出现在她的前方。她毫不在意,只顾继续前行。直到她被那人牢牢抓住,塞兰西娅才回过神来。

她立刻张开嘴准备尖叫。

一只戴着手套的大手马上捂住了她的嘴。塞兰西娅拼命挣扎着试图脱身,然而另一个身影从她身后赶来将她制伏。

第一个人探着身子靠向她,兜帽下的身影宛如幽灵。"安静点儿,小姑娘……"他嘶声说道,"否则你将受到惩罚!"

她用余光打量着另一个人,相似的身形,同样戴着兜帽,身披盔甲。她起初以为他们是圣光教派的审讯卫兵,随后她看到了他们胸甲中央的标志,她很熟悉那个在月光下闪闪发光的三角形标志,那是三神教的标志。

塞兰西娅试着开口说话,对他们解释,但她的努力只换来一记生疼的耳光。

"隆多修士!对这个孩子温柔点儿!"

那个声音低沉温润,和蔼的语气让她想起了自己的父亲。一个人影隐在黑暗中,骑着高头大马朝他们走来。这高大的骑手翻身下马后,制住塞兰西娅的两名凶巴巴的卫兵立刻将她放开,单膝跪地。虽然女孩恢复了自由,但她感到了一股无形的压力,不由自主地跟着他们跪倒在地。

"请您原谅,阁下。"那个名叫隆多的家伙怯懦地说道。

"你的热情值得赞扬,但方法还有待改进,修士。"那人用戴着手套的手轻触隆多被兜帽包裹的脑袋,然后将注意力转向塞兰西娅。

"我的孩子,不要害怕我的到来。我是你的朋友,不是坏人。"他走上前来,身影逐渐清晰。这人有一头浓黑的卷发和两抹厚重的眉毛,与他苍白的皮肤形成了强烈的反差。他的胡须修剪得体,让他看上去气度尊贵。他慈爱的笑容如他的语气一样,让塞兰西娅想到了自己的父亲。"我是马利克,墨菲斯教团的高阶祭司,来自——"

"三神教。"塞兰西娅喘息着插言道。说完,她自然地向他低头行礼。

"一个信徒!多么让人欣慰!"马利克向她伸出手,女孩迟疑了一下伸手握住。"我要为隆多修士的莽撞向你致歉。我们都太急于完成使命了……"

他的最后一句话让塞兰西娅感到隐隐不安。她立刻回想起村子里发生的一切,圣光大教堂不由分说就判定了乌迪贤有罪。突然间,马利克的出现不再让她感到心安。

不知为何,高阶祭司似乎看出她的忐忑,他抬起头继续对她说道:"过来,我的孩子!我说过我是你的朋友!我感觉到你在退缩……"未经同意,他把手放上了她的胸口。"而且我还感觉到……"马利克皱起了眉头,"你不是我们要找的那个人。你的体内涌动着什么,不过还太微弱……"

塞兰西娅下意识地脱口而出:"乌迪贤——"

马利克扬起浓眉,问道:"乌迪贤,这是他的名字?你觉得他就是我们要找的人?"

她双唇紧抿,没有说话。

隆多修士站起身来,但马利克挥手示意他继续跪下。高阶祭司朝她弯下身子,直到他的脸——尤其是眼睛——完全占据了塞兰西娅的视线。

"你在害怕。可为什么呢？除非……"他的笑容更加放肆，露出了整洁的牙齿。"啊！圣光大教堂！一定是这样！是那些审讯官，毫无疑问！"

塞兰西娅还是一言不发，虽然他的猜测准得令她怀疑此人是否会读心术。

"圣光教……难怪你会如此戒备。隆多修士，我们的信使是不是带话说死的不只有我们的人，还有一个圣光教的仆从？"

"是的，大人。据说是在一个叫塞拉姆的村子里。我们的传教士被极其残忍地——"

"好了，好了。"马利克摆手示意他安静，继续对塞兰西娅说道，"而圣光教判你的乌迪贤有罪，是不是？"

"是的。"她终于开口回答，放下了一些戒备。

"他们一贯的作风。如果查不出真相，就不择手段摆脱麻烦。人间的灾祸就降临于他们的先知开始游说渎神之言那天……"高阶祭司走到塞兰西娅身边，伸出手臂安抚般地揽住她的肩膀。"但我们不是圣光大教堂，孩子。三神教向来主张遇到问题和平解决，你明白吗？很好！我可不希望让你觉得我们也是前来兴师问罪的！事实上，我们此行的目的跟他们恰好相反，而我们此刻的不期而遇也一定是上天的安排！你可以带我们去见你的乌迪贤，然后我们的问题就迎刃而解了……"

"可……"塞兰西娅发现自己根本无法思考。她的思绪突然又乱得像莉莉娅找她谈话时一样。不过，她还是想起了些什么。乌迪贤想要去城里……而他一定不想和任何教派扯上关系，不管是圣光大教堂还是三神教。"不，我不能。乌迪贤不会希望我——"

马利克的身体绷了起来。塞兰西娅突然感到他环着自己手臂向后移去,手指停在了她的脑后。那里传来的一阵剧痛几乎让她尖叫出声,但她的嘴巴却发不出任何声音。同样不听使唤的还有她的身体。只有她的大脑还在运作,然而也只能受困于这具静止的躯壳。

"你的愚昧无知真让人遗憾,孩子。"这位祭司的语气不再和蔼。"不过你还是要带我们去找你的乌迪贤……"他看向和平卫士们下达命令,"上马!快!"

那些士兵依令奔向各自的坐骑,马利克也带着塞兰西娅回到他的马前。一靠近那头牲口,她就莫名地感到浑身不自在,但被高阶祭司掌控的身体却不允许她退后。相反,她的身体主动爬上马背,坐在胁迫她的人身前。那人一手握着缰绳,另一只手牢牢控制着塞兰西娅。

"现在……"他用一开始那温柔的语气在她耳边轻语,赛勒斯的女儿知道他是在用这种语气讥讽她的无助。"现在,我的孩子。为我带路吧。"

塞兰西娅的左手抬了起来,准确地指向营地的方向。

"很好。很好。见到你的朋友时记得保持微笑。我可不想让他紧张……"

她的嘴角随即扬了起来。马利克冷冷地笑了笑……然后催马前行。

第八章

乌迪贤在睡梦中涌起一阵焦躁。他感到好像有个邪恶的身影在他附近徘徊,趁他毫无防备之际找寻着他的灵魂。

他被这强烈的不安惊醒了。然而,映入他眼帘的并非什么袭击过他们的怪物,而是莉莉娅美好的脸庞。贵族女子正跪在他身旁。

"你哪里不舒服吗,亲爱的?"她柔声问道。

"你过来——过来多久了?"

"我刚回来。看你睡得那么安详,我不忍心叫醒你。如果吵醒了你的话,我很抱歉。"

乌迪贤皱起眉头。现在他已经完全清醒了,他能感觉到那股焦躁越来越强烈……而且似乎就来自他们附近。

"莉莉娅……"他沉声道,"去营火那边跟其他人会合。现在就去。"

"为什么?"她睁大了眼睛,"发生了什么?"

"就听我的吧……"乌迪贤立即起身,推着金发女子走向营地中央。到了之后他才惊讶地发现,那里只有孟德恩一人。

"阿奇里奥斯去哪儿了?"他问弟弟,"塞莉又在哪儿?"

"阿奇里奥斯去打猎了,"孟德恩扫一眼四周,"我想塞兰西娅应该就在附近。她只是去捡些柴火——"

"我肯定她很快就会回来的。"莉莉娅打断了孟德恩的话，想让农夫安心。"没什么可担心的，乌迪贤……"

但他却不这么认为。有什么东西就在他们附近，非常近。那东西正——

孟德恩身后突然传来沙沙的响动。他吓了一跳，连忙向哥哥那边躲去。

塞兰西娅踏入了营地。

乌迪贤刚松了口气……紧接着另一个黑发男人就跟了过来。他比乌迪贤还要高，但要瘦削一些，身形非常匀称。这个陌生人慈眉善目，举手投足都让乌迪贤想起了自己的父亲。但当他认出那人的打扮后，刚产生的好感顷刻间消失无踪。

那是三神教教士的打扮。而且，还是高阶祭司。

"乌迪贤，"塞兰西娅大声说道，"我带了位朋友。他的名字是马利克，他想来帮我们。"

乌迪贤暗暗皱起了眉。她应该比任何人都清楚他会如何对待这些神棍，尤其是在塞拉姆经历了那场骚乱之后。没错，塞兰西娅以前一直比较愿意听信那些家伙的话，但他以为那都是过去了。她到底在想什么？

"我来此向诸位提供三神教的庇护。"马利克从容地接着她的话说道，同时伸出他戴着手套的双手，像是在表明自己并没有携带武器。他眼中映出的营火耀眼夺目，带着一股无法抗拒的吸引力直勾勾地盯着乌迪贤。"这孩子和我说了圣光大教堂对你的执法不公。三神教对这种令人发指的行径极为不齿。我们会保护你不受那些先知走狗的威胁……"

尽管他历尽了艰辛，尽管他对马利克这类人极其厌恶，但乌迪贤发现自己竟然有些想听对方说下去。这个教士似乎能理解他的心事，能感受到农夫埋在心底的痛苦。乌迪贤开口准备欢迎教士的到来——

然而就在这时，篝火喷薄而起，火舌瞬间蹿得比那个教士还要高。马利克本能地躲开了肆虐的火焰……而他退开的同时，他的目光也离开了乌迪贤。

农夫感觉仿佛有张裹着自己脑袋的毯子被猛地抽走。在此之前，他好像失明了一般，仿佛再也无法重见光明……这时他才明白过来，马利克刚才用催眠控制了他。

"塞莉！"乌迪贤吼道，他的怒火瞬间被点燃。"到我这儿来！快！"

她迟迟没有行动，就像没有听到他的话，或是出于某种原因无法听从。接着，伴随一阵剧烈的抽搐，黑发姑娘发出了一声哭喊，从马利克身边逃开。教士伸手想抓住她，却晚了一步，随即对乌迪贤怒目而视。

塞兰西娅刚一逃脱，营地就被全副武装的骑兵和步兵包围了。乌迪贤曾经见过这样的卫兵，不光见过，还被他们训斥过，跟圣光教派的审讯官们一副嘴脸。他们自称"和平卫士"，但这些三神教的士兵和罪有应得的麦克琉斯修士手下的刽子手都是一丘之貉。他们一心想着操控人们的思想和灵魂。对于那些不愿屈从于他们的人——像乌迪贤这样的——他们会想方设法地赶尽杀绝。

农夫回想起塞拉姆发生的惨剧。他再一次看到那些仇恨，听到那些谎言……

"不！"他冲着逼近的士兵们咆哮，"你们休想再得逞！"

空气震颤。

那些和平卫士像是被一只无形的巨手击得四散飞去。其中两人撞上了近旁的树，猛烈的撞击让他们的身体如藤蔓般缠裹在树干上。

还有一个家伙直接飞离地面数尺之高，消失在繁密的枝叶中。其余人马都四仰八叉地散落在营地周围。

"真精彩。"马利克依旧用慈父般的语气说道。和他的手下不同，他在农夫的力量下一丝未动。"是个可塑之才，只要稍加训练。可塑之才……"他眯起眼睛，火焰在他的眼中灼灼发光。

乌迪贤的四肢突然变得异常沉重。他觉得自己仿佛要在这重压下沉入坚硬的土地里。每一块肌肉都在挣扎，每一根血管都在叫嚣。他的脑子就像要炸开一样。农夫把目光移向别处，却仍然无法摆脱教士施加的咒语。他看到孟德恩和塞兰西娅的状况比自己还要更糟，他们已经完全被压倒在地。至于莉莉娅，乌迪贤并没有看到她，但一想到她也在这般地垂死挣扎，他终于咬牙单膝跪起。

"意志相当坚定，"长袍教士评价道，"大祭司一定会享受摧毁它的滋味。"

压向乌迪贤的力量再次加强。这一次，他的脸都被猛地推到地上。鼻梁处泛起一阵剧痛，鲜血从他的鼻孔喷涌而出，他敢肯定那里一定已经断掉了。

"把他绑起来。"教士命令道。耳边随即传来窸窸窣窣的脚步声，马利克的手下纷纷听命行动起来。"其他人不用留。"

其他人不用留……

伴随着一声撕心裂肺的吼叫，乌迪贤终于蹲起身来。他头痛欲裂、心如刀绞，但充满了成功的喜悦。他面前站着两个惊慌失措的和平卫士。不等他们回过神来，狄俄墨得斯之子就伸手扼住了那两人的喉咙。

他弯了弯手指，一阵清脆的骨头碎裂声随之响起。那两个和平卫士抽搐了一下，随即瘫倒在他脚边，他们的脖子因某种超自然的力量而折断，绝非蛮力所致。

对于乌迪贤的爆发,马利克只表现出些许赞赏。他看了看之前打断他催眠的火焰,然后又看着乌迪贤说:"这件事本来可以愉快解决,我的孩子。我们在神庙为你准备了一席之地。大祭司感受到你的力量,会像对待孩子一样欢迎你……"

"我不想和你们有任何关系!"

"真是个目光短浅的选择,我的孩子。这片土地的未来,乃至整个世界,都将是三神教的天下。那些固执己见拒绝光明的愚昧之人将永堕黑暗之中……"

可乌迪贤只有看着高阶祭司时才感觉到无尽的黑暗。受尽折磨的农夫无论如何也不能把马利克同"光明"联系在一起。事实上,马利克浑身散发出的气息只让乌迪贤无比厌恶,他甚至可以肯定,将他从梦中惊醒的正是高阶祭司的到来。

和平卫士很快重整队形,将这片区域包围起来。塞兰西娅站在失魂落魄的孟德恩身边。乌迪贤也终于在他的左侧看到了莉莉娅。她表现得和马利克一样平静,但她的平静显然是出于对所爱之人的信心。贵族女子的脸上写满了信任……她相信乌迪贤的力量能拯救他们。

乌迪贤瞬间燃起斗志,他的目光依次扫过莉莉娅、他的弟弟和商人之女,最后转向教士声明道:"我说过,我不想和三神教扯上任何关系。现在就滚,否则后果自负。"

"你让我别无选择,我对接下来要发生的事感到非常遗憾,我的孩子。"马利克回应道,他的目光落在猎物身后。"其他人也将因你的冥顽不化吃更多苦头,真是让人难过。"他的眼睛阴险地眯了起来。"真让人难过。而这全都是你的错。"

和平卫士行动了起来。与此同时,几根燃烧的木柴从篝火中陆续跃出。它们落在乌迪贤面前的地上,瞬间变得又粗又长。火焰依然包裹着木柴，但似乎没有在灼烧它们。

比原先大了数倍的木柴聚集起来，组成了全新的形态……一个简陋的人形。较长的两根做腿，稍短的两根则是胳膊，还有一小节断木是脑袋。

它站起来有农夫那么高，细长诡异的身形仿佛来自噩梦中。它的木头脑袋转向了马利克。

"抓住他。"教士面无表情地命令道。

冒着火的傀儡扑向乌迪贤，它滚烫的胳膊如绞刑的绳索般紧紧勒住他的手臂。

焦灼的热浪让人难以承受。烈焰几乎要灼瞎他的双眼。他赶忙闭上眼睛，但火光仿佛穿透他的眼皮直直刺了进来。乌迪贤努力想吸一口空气，但只吸入升腾的热气，让他的肺部灼痛难忍。

然而，这些痛苦本该造成更大的伤害。乌迪贤现在早该被烧死了，早该皮肉尽熔，骨骸焦黑……

但马利克并不想让他死，乌迪贤逐渐意识到了这一点。马利克想要他屈服，想带一个顺从的信徒去见自己的主人——大祭司。马利克或许会折磨农夫，或许会将他逼向绝境，但这名高阶祭司决不会冒险杀掉自己一直找寻的猎物。

这个认知为乌迪贤扭转了局面。他竭力忽略疼痛，挑衅地咆哮着挣脱了火人的束缚。

一股强烈的寒意一闪即逝，接着响起了剧烈的撞击声。乌迪贤不禁抖了一下。他的视野重新清晰起来后，才看到一堆烧焦的木柴散落在自己面前，马利克的杰作只剩下一堆残骸。

不仅如此。当乌迪贤看到自己的手臂时，才发现烧伤的地方已经开始愈合。黑红交错的皮肤迅速恢复成健康的肉色，甚至没有留下一丝疤痕。就连他的衣物都看不出被烟熏过，更不用说被火烧过的痕迹了。

乌迪贤马上担心起莉莉娅和其他同伴，战胜高阶祭司的新把戏所带来的喜悦也随之散去。没有他的保护，他们根本无法对抗这群训练有素的残酷士兵。

但他们三人全都安然无恙。三神教的和平卫士的确包围了他们，不过他们也只能做这么多了。其余一切攻击都化为徒劳。乌迪贤看到一把利刃朝他的弟弟砍去，却在离目标还有十来厘米的地方弹开。一个和平卫士刚要去抓孟德恩，就差点儿被目标周围的空气折断了手。塞兰西娅那边也是如此，乌迪贤看过去时，与塞兰西娅目光相触。她对眼前的状况了然于心，虽然攻击她的家伙还一头雾水。赛勒斯的女儿深深地望着乌迪贤，点头向他表示谢意。

至于莉莉娅……贵族女子就站在他身后，她也遭到了三神教狂热信徒徒劳的猛攻。她站在那些家伙中间镇定自若，似乎还抱着一丝期待。和塞兰西娅一样，莉莉娅看向乌迪贤的眼神里也充满了信任，相信他会保护自己不受伤害。

即使身处困境，这也足以让他露出微笑，他面带笑容，将注意力转向了一切麻烦的始作俑者。

马利克第一次收起了笑容，甚至不再表现得从容不迫。他眉头紧锁，眼中满是阴沉的怒火。高阶祭司对着他无知的对手，举起一个小巧的珠宝盒。

"这是你自找的。我会把你活着带给主人，只要你的心脏还跳着就足够了，我的孩子。"

他打开了盒子。

乌迪贤本能地后退……却看到盒子里只放了三颗耀眼的宝石。虽然营火忽明忽暗，两人间还隔了一段距离，乌迪贤还是能够分辨出它们分别是一块蓝色的椭圆形石头，一块金色的矩形石头，最大的一块则是白色的泪滴形钻石。从宝石的摆放方式来看，旁边原本还有第四块宝石，但那个位置现在却空无一物。

"你是打算收买我成为信徒？"他终于不解地开口问道。

马利克用手指依次抚过每块石头，应道："不，我打算让你求我收留你。"

和平卫士们随即放弃攻击，朝着教士的方向撤退。马利克不以为意，他似乎对他与乌迪贤之间的空地更有兴趣。

此刻空地上弥漫着大片毒烟，它并非起于营火……或是视野内的任何物体。

乌迪贤已经见识过催眠术、重压之力和火焰傀儡。他才不怕这些烟雾。他深吸一口气，迈步向前。一旦他穿过这片烟雾，就能扼住教士的喉咙……

然而身后却响起莉莉娅一反常态的刺耳尖叫："不要，乌迪贤！别那么做！小心那些潜伏者！"

话音刚落，一具骇人的庞然大物就出现在农夫面前。乌迪贤瞥见它长着三条手臂般的肢干，上面布满了剃刀般的尖刺，它的脑袋又大又圆，看起来极为笨重，与身躯极不协调，四颗明亮的眼珠泛着邪恶的白光。那东西朝乌迪贤迈了一步——

接着，眨眼间，一圈银色的光环将怪物罩了起来。它高抬起密密麻麻的尖刺，发出一声低沉的叹息……就那么消失不见了。

乌迪贤刚不明所以地摆脱一个恐怖的对手，马上又有两头怪物一同出现在烟雾里，每一头都比消失的那头更加怪异。其中一头像是刚被剥了皮，柱形身体连着两条长有利爪的下肢，身后还拖着一条粗长带刺的尾巴。它没有头，躯干顶端只有一个裂开的洞，数条布满牙齿的恐怖凸舌从洞里探出，挥舞着抓取乌迪贤面前的空气。

它狰狞的同伴是一头长着猛禽头颅的骨架。一对坚韧粗糙的退化残翅从肩膀刺出。它的上肢连接的不是手或爪子，而是密密麻麻的吸盘，长着如蟋蟀般向后弯曲的下肢。

在它们身后的烟雾之外，马利克吟诵着一个名字："路西昂。"

鸟面兽突然以难以置信的速度猛冲过来。前一秒它还站在乌迪贤面前，下一秒就已经飞到他的头顶。当他被怪物下落的力量压倒在地时，他听到第二头怪物那边传来了摩擦声。

鸟面兽附着吸盘的上肢向乌迪贤的胸口和喉咙伸来，他能做的只有拼命阻挡。他用手抓住怪物骇人的上肢，竭尽全力推开它的上半身。

一片打斗声中，马利克漠然的声音再次响起："它们会给你留一口气的，我的孩子，好让大祭司进行研究。只留一口气。"

乌迪贤试着像消灭火傀儡那样对付它们，但这些怪物更像是他们之前在森林里遭遇的那头捕猎者。不，它们甚至更强。不知为何，乌迪贤笃定他之前消灭的那头恶魔根本无法与这几头残暴的怪物相提并论。

尖长的鸟喙停在了乌迪贤的头顶。他等着那怪物撕咬甚至啄穿他的头颅……但它却大张着嘴发出刺耳的尖叫，绵绵不绝的叫声冲击着农夫的每一块骨头。

乌迪贤在这猛烈的攻击下只能勉强保持清醒，他的耳膜几乎要被震碎了。他终于不堪忍受，腾出一只手抓向鸟喙。然而他刚松开怪物的上肢，那些吸盘就落上了他的胸口。

被吸盘碰到的地方瞬间泛起一阵钻心的疼痛，但乌迪贤并未因此放弃。他强忍着这一切，一把抓住鸟喙大吼一声，用手掌将它束缚起来。鸟面兽摇着头拼命挣脱的同时，还在继续吸噬着农夫的生命力。

乌迪贤仍有些头晕目眩，他再次尝试推开他的敌人。直到这时，他才发觉有什么东西正控制着他的脚,开始带着他——连同那头鸟面兽——走向另一头怪物。

乌迪贤根本不想知道第二头怪物会怎么折磨他,他更加拼命地挣扎着,却连第一头怪物都没能摆脱。那曾经无数次帮他化险为夷的力量此时却完全失效,他只能怀疑自己可能还无法在这种绝境下运用自如。假以时日,乌迪贤相信自己一定能学会如何轻松对付这些恶魔,可惜敌人并不给他这个时间。

他不怕死,何况他知道马利克要他活着,可那教士已不再关心乌迪贤会以什么状态活着。一具苟延残喘的身体显然已经足以让那个神秘而冷酷的大祭司满意。

鸟面兽吸血鬼般的吸盘显然有某种致人衰弱的效果。乌迪贤很怕自己一旦失败,其他人就会遭遇不测。莉莉娅充满信任的面孔在他脑海里挥之不去。他们都会被杀死的……如果他们现在还没死的话。他不知道他们三个人是否还在他的保护之下,以及迟迟未归的阿奇里奥斯是不是出了什么事。猎人很有可能已经遇害了,在森林里被那些和平卫士杀害了。

一阵麻木从他的双脚开始向全身扩散,乌迪贤知道这不是鸟面兽所为。也就是说,另一头怪物现在也在攻击他。他要完蛋了。

"莉、莉莉娅……"他艰难地呼唤着,"莉莉——"

他的身体忽然一阵战栗,不过并非怪物所致。一股不可阻挡的巨大力量凭空注入狄俄墨得斯之子体内。刹那间,他觉得自己焕然一新,而且空前强大。现在,两头怪物的力量加起来对他来说都微不足道。乌迪贤不由得嗤笑起来,自己刚才居然担心会被这种家伙打败。

精神焕发的乌迪贤收紧了握着鸟面兽长喙的手。不过这一次,他可不打算仅仅推开它。

只是一捏，鸟喙就被粉碎。那恶魔哀号了一声，奋力想要挣脱。暗绿色的脓液从它碎裂的下颌喷出，溅了乌迪贤一身。农夫急于知道自己的力量还能做些什么，他毫不在意腐臭的液体带来的灼伤感。力量犹如咆哮的江河般在他体内奔涌。他感觉自己的身体在不断膨胀。在敌人面前，他就像一个庞然大物，一个巨人。

甚至是神……

* * *

马利克又一次眉头紧锁，他发现事情有些不对劲。先是他最初召唤的恶魔瞬间就被那个蠢货摧毁了。那头剃刀恶魔是大祭司赐予他的最穷凶极恶的仆从，虽然教士看起来若无其事，但实则早已震惊于那剃刀恶魔的不堪一击。他甚至没有察觉到农夫的力量在不断增强，在如此短的时间内便强大到如此程度。

不过其余两头恶魔的表现还算符合他的预期，而且看起来战斗很快就能结束。马利克一直在用自己强大的意念控制着它们，以免恶魔暴露本性，失手杀死乌迪贤。事实上，除了没有肢体行动，高阶祭司几乎已经亲自参与了这场搏斗……因此，他才能发现一股不可思议的惊人力量突然间涌入这个农夫体内，而这农夫前一秒还仿如一个手忙脚乱的小丑。

他察觉到了这股力量，却无法理解它究竟因何而起。仿佛某个神灵硬生生将力量灌至乌迪贤体内……

他撤出了搏斗，开始扫视其余三人。教士很快排除了塞兰西娅，她体内的力量微乎其微，也不是她身旁那个一脸茫然的蠢货，那家伙应该是乌迪贤的弟弟。他的确有些不寻常，但并不是那股力量的源头……

接着马利克看向最后那个人，那个他起初最不感兴趣的女子。他用自己独有的某种能力仔细打量起她来——

然后看到了他完全意想不到的东西……

"伟大的路西昂！"他失声喊道，头一次失去了自信傲慢的姿态。他举起一只手指着她，念念有词地吟诵着咒语——

一阵剧痛突然从后背左肩附近袭来。马利克精通人体构造，也很了解各种伤害会导致怎样的后果，他的大脑已经迅速计算出，假如射中他的那支箭——他推测应该是箭——插入身体超过一寸的话，以他的力量也会回天乏术。想到这里，他立即动用主人赋予他的力量护住全身，避免自己休克或流血至死。

不幸的是，这也意味着他无法继续掌控战局，或是处理刚刚那个惊人的发现。马利克踉跄着向后转身，努力保持清醒。然而他刚转过去，却看到隆多修士被一箭穿喉，倒地而亡。教士瞥见一个矫健的身影从营地外侧飞奔而过，那是个猎人。自己差点儿因为一个对法术一窍不通的家伙而丧命，这对马利克来说简直是奇耻大辱。

就在这时，迷雾中传来一声令人不安的异响。马利克下意识地觉得，或许是怪物失去控制后，将农夫撕成了碎片。然而恰好相反，乌迪贤又一次安然无恙地站在那里。更糟的是，农夫的左手还拎着长喙恶魔瘫软的尸体……那怪物的鸟喙消失无踪。在教士的注视下，乌迪贤将怪物的尸骸随手丢在一边，然后双手抓向最后一只怪物又厚又黏的舌头。马利克上一次看到这条舌头时，它还缠在那蠢货的腿上，准备释放能瞬间冻结一切生命的彻骨严寒。

结果，乌迪贤躲过了寒气，现在正要将马利克的最后一头爪牙拖向身边。恶魔的利齿突然咬上农夫的手腕，高阶祭司刚要庆幸乌迪贤犯下了一个致命错误——

转眼间，那些獠牙就像脆弱的玻璃一样在人类裸露的皮肉上撞了个粉碎。

乌迪贤咬紧牙关扯出手,然后捡起鸟面兽浸在血中的碎喙。他像挥动匕首一样举起尖利的鸟喙残骸,深深刺入最后一头怪物的血盆大口之中。

恶魔发出凄厉的尖叫……然后瘫在了地上。黑色的黏液从伤口流遍它的全身。

这期间,马利克用意念拔出了插在自己背后的箭。教士感觉自己的伤口已经全部愈合。虽然还有些隐隐作痛,但目前他的虚弱更多是由于刚才施展的自愈法术和之前对恶魔的压制。

事情不该这样,马利克看着最后一头恶魔的残骸,脑中乱成了一团。大祭司一定会对他大发雷霆。想到自己可能的下场,教士便不寒而栗。他曾亲眼看见主人处置其他教团前祭司的场景,那些人根本留不下全尸。

本该轻而易举的任务却连连受挫。马利克始终不明白到底是哪里出了问题,但他隐约觉得他们的游戏中有个连大祭司都没察觉到的疏漏,尽管不可思议,但这次任务不也如此吗。

乌迪贤抬头看向教士,农夫大汗淋漓,面容狰狞,流露出的怒意令人胆寒,与大祭司的气势别无二致。

马利克决定放弃手下,只求自己保命。

袭向教士与和平卫士的力量比之前甩飞士兵的力道强了百倍。这一次,士兵们的身体像炮弹一样被远远击飞。他们或是撞上树干,或是落在林中,惨叫声不绝于耳。一个和平卫士撞得太过猛烈,以至于整棵橡树都被拦腰折断,向一旁倒去。

只有马利克依旧勉力站在原处。他难以置信地看着乌迪贤冷着脸向他步步进逼。农夫双眼充血,教士知道,他曾经的猎物准备让自己付出惨痛的代价。

意识到这一点时，马利克迅速做出了他能想到的最明智的行动。

一只由沙尘聚成的怪物在乌迪贤的面前盘旋成形，迅速卷起周围的一切尘土和残渣。沙尘暴随之而起，朝乌迪贤扑面而来，一时间遮蔽了农夫的视线。

教士开始凝神屏息……

* * *

乌迪贤挥开眼前浓浓的尘土，因自己没料到对方会有这一手而大为光火。农夫做好了最坏的打算，显然那个马利克还留了后手。

可烟雾却几乎瞬间散去……而高阶祭司已然不见了踪影。

狄俄墨得斯之子不知所措地站在原地，还在等着对方的新把戏，但马利克却没有再现身突袭。相反，一双纤细的手从身后揽住了他，莉莉娅的声音在他耳边响起："你做到了，乌迪贤！你从那个教士和他的恶魔爪牙手中救了我们所有人！"

他环顾四周，只看到那些和平卫士和两头怪物的尸体。其中至少有三个家伙被箭射穿，那显然不是乌迪贤的手笔。阿奇里奥斯正站在塞兰西娅身旁，柔声安抚商人之女。

"原谅她的无心之过吧，亲爱的。"莉莉娅温言道，"她也不是有意要置我们于险境的。"

乌迪贤本想过去告诉塞兰西娅，他明白是马利克操控了她的思想，但最后还是决定交给猎人来处理。阿奇里奥斯一定会竭尽所能好好安抚那个崩溃的女孩。

"你真是太棒了！"贵族女子激动地继续说道，"现在你明白了吗，亲爱的？你看到了吗？你已经所向披靡，无人能够阻挡我们的梦想！"

他自然全都看到了,而且还在为自己的力量惊叹不已。三神教的高阶祭司先后动用了法术、士兵和怪物对付他,最终却对他无可奈何。这样的话,那些忌惮他的家伙还能做些什么呢?想必已经无计可施……

不过那些杂碎一定还会伺机而动……而他的同伴们,尤其是莉莉娅,都得靠他来保护,直到他们能够完全唤醒体内的力量。

"那就让他们放马过来吧。"乌迪贤自语道,说着他想起马利克,便补了一句。"让他来。"

莉莉娅来到他的身边,她的眼睛在营火的映照下显得分外明亮。"乌迪贤!你听到那个教士说什么了吗?你听到那个名字没?"

"名字?"他努力回想着,却一无所获。"什么名字?"

她凑到近处,双唇几乎贴了上来。"路西昂,他说的是这个名字。那个教士对恶魔们喊了路西昂!"她把目光转向正往这边走来的孟德恩。"你。你也听到了,是不是?"

孟德恩明显迟疑了一下,仿佛在整理思绪,然后点头应道:"是的。我从他口中听到了那个名字。我听到了,乌迪贤。"

路西昂。最开始的那头恶魔死前喊了这个名字。现在,马利克也提到了它。

三神教跟这个路西昂之间难道有某种关联?那个大祭司和这个恶魔之主之间有所牵扯?

这个想法让乌迪贤不寒而栗。恶魔听从三神教的调遣。这意味着什么?

而那个大祭司又是什么人,他会不会就是路西昂?

第九章

马利克又一次发出了惨叫……一声接一声……一遍又一遍……

但在大祭司的密室之外,没人能听得到他的哀号。他尖叫着祈求从痛苦中解脱,但他知道除非大祭司允许,否则没人会来解救他……可他的主人从未大发慈悲过。大祭司完全有能力让马利克永远沉溺在这痛苦中。

一想到此,高阶祭司的叫声越发凄厉……

突然间,疼痛停止了。马利克喘着粗气瘫倒在石头地板上。他上一秒还挣扎在刀山火海中,根本没料到自己能再次感受这冰冷坚硬的地板。

"我就算派一个新来的教徒去完成你的任务,结果也不会更糟。"大祭司的声音响了起来。他的语气中没有一贯的温和与平静,因为他从不需要在这个忠心耿耿的老仆面前掩饰。马利克太熟悉这种冷漠的语气了,不过以往这语气都是针对别人的,而不是对马利克自己。

而那些曾经听到过这个语气的人,都没有再走出过这间密室,无一例外。

"我对你太失望了。"大祭司继续说道,"我对你寄予了厚望,我的马利克,非常高的期望!这么久以来,还有哪个凡人比你更受器重?"

这话一点儿都不夸张,马利克非常清楚。"是……是我,大人……"

"是啊。是啊,就是你,我的马利克。你的生命已超过普通人类两倍之多,这期间你也见识过几个不得善终的家伙,你应该还记得吧……"

这一刻,墨菲斯教团的高阶祭司觉得自己真的死到临头了。他抬起头,准备好最后一次面对自己的主人。

大祭司坐在豪华座椅上低头俯视着自己的仆从,尽管马利克很想勇敢直面死亡或者更凄惨的下场,但漫长的沉默还是令他不禁开始颤抖。每当他的主人表现得如此从容时,接下来一定有更可怕的事会发生。

温文尔雅的男人站起身来,不紧不慢地走到瑟瑟发抖的手下身旁。大祭司若有所思地打量着马利克,似乎在犹豫什么。自从马利克投身三神教以来,这还是他第一次见到大祭司犹豫。他的心底不由得升起一丝奢望。或许他这次能够得到赦免?

"我在你身上倾注了太多心血,我的马利克。"大祭司的声音越发狠戾。字字灼人,句句诛心。高阶祭司再次低下了头,明白自己必死无疑。

然而,向他伸来的却不是裁决之剑,而是他主人的手。马利克颤颤巍巍地把手伸过去,大祭司一把将他拉了起来。

"我是他的儿子,我的马利克,像侍奉我一样为他效力吧!这次我先饶你不死,因为我还有个连你都无法理解的疑问,跟那个名叫乌迪贤的怪物有关的疑问……"

"由衷地感谢您,我的主人!从此我活着只为了效忠您!我发誓!"

大祭司继续握着马利克的手点头说道:"没错,就是这样……为了时刻提醒你,让我来送你一件永恒的礼物。"

高阶祭司再次发出惨叫,被握住的手臂仿若在被烈火灼烧。他惊恐万状地看着那只手臂扭曲翻转着变换形状——柔软的筋肉不复存在,取而代之的是一根湿黏而畸形的绿东西,厚厚的鳞片覆盖至手腕以上,手指变成弯曲的利爪,无名指跟小指合为一体。

法术完成后,剧烈的疼痛依旧折磨着马利克。大祭司没有让高阶祭司顺势跪倒,而是逼迫他面向自己站着,凝视着他。大祭司的视线让马利克觉得,自己仿佛是个十恶不赦的囚犯。

"现在我的印记也在你身上了,我的马利克……我和我父亲的印记。"大祭司终于松开了手说道,"从现在起,直到永远。"

马利克不住地颤抖,却还是努力保持着站立姿势。他摇摇晃晃地垂下眼,喘息道:"伟……伟大如路西昂,全知而全能……伟大也如——如他的父亲,高尚且慈悲的——"他大胆地抬起头来高喊,"墨菲斯托!"

路西昂笑了,他整洁的牙齿突然变得尖锐无比,外貌也变得阴森恐怖。虽然只是短短一瞥主人的真正容貌,高阶祭司便惊得面无血色。

下一瞬,大祭司的外表重新和蔼起来。他将手搭在马利克的肩上。教士努力克制着不让自己退缩。

"你已经充分吸取了教训,我的马利克!这就是为什么你仍旧是我的心腹……目前还是。现在,跟我来!我们最好去调查一下此事……"

"如您所愿,伟大的主人。"马利克握紧自己抽痛的畸形手臂,顺从地跟在大祭司身旁。他没再说什么,生怕再勾起主人的怒火。

真名为路西昂的墨菲斯托之子并没有带马利克走向密室的任意

一扇门，而是朝他座椅后的那堵墙走去。他们靠近的同时，大祭司在空中画了一个弧形。

一道耀眼的深红色弧线出现在墙上，迅速延伸开来。没等马利克反应过来，弧线已经延伸至地板处。转眼间，被弧线圈中的墙壁就消失不见了……眼前是一条点着火把的长廊，蜿蜒地向地下延伸，仿佛通往某个古老的墓穴。更诡异的是，两侧的墙边都站着一排石雕般的守卫，他们那可怖的铠甲跟和平卫士的装束截然不同。

路西昂和墨菲斯教团的高阶祭司一踏入地下走廊，阴冷的守卫们便齐刷刷地望了过来，显得万分警觉。在形似无角公羊颅骨的黑色头盔下，一个个深邃的黑洞——而不是眼睛——死死盯着他们。这些守卫的皮肤跟墓碑是同样的颜色，胸甲上嵌着象征他们邪恶使团的标志——两柄毒蛇缠绕的利剑从一颗鲜血淋漓的头颅中刺穿过去。

马利克对这些守卫相当熟悉——事实上，他们中的大多数正是由他亲自挑选的。与他们的主人不同，这些守卫并不让他感到害怕，因为等三神教完全掌控庇护之地后，他们就再也不必遮遮掩掩，届时这些守卫将全部由大祭司麾下的高阶祭司统领。

庇护之地，这个名字鲜有人知，而知道的人几乎都非凡夫俗子。马利克是从他的主人口中了解到这个世界的真相的，大祭司身份特殊，显然能比其他人更深入地了解那些真相。毕竟，大祭司可是憎恨之王的骨肉——如果用浅显易懂的关系解释的话。憎恨之王墨菲斯托——有些人称其为恶魔——与其兄弟巴尔和迪亚波罗一同统治着烈焰地狱。

在马利克的认知里，除了字面上有所分别，正与恶早已变得无关紧要。这个高阶祭司眼里只有权力，而大祭司代表的正是高于一切生灵的无上权力。难道不是三大魔神合力才开辟出庇护之地，还用他们的想象力赋予了这片土地生机？他们难道不是被信任的盟友欺骗，才被逐出了庇护之地几个世纪？无论如何，虽然经历了那场背叛，但他们现在重新在自己亲手创造的世界中站稳了脚跟，而且很快，他们就会将它从贼人手中夺回。那个可恶的家伙自以为已完全掌控这个国度，里面的子民都任其摆布。可那人低估了三大魔神，而且以马利克的真知灼见，那人尤其低估了其中之一的儿子——路西昂。

正是路西昂这些年的锲而不舍，才逼得那个背信弃义的叛徒无处可躲，让三大魔神知道了他的行踪。这只是计划的第一步，他们最终将夺回庇护之地，并恢复它本该有的样子……届时，少数有能之人——比如他自己——将被重用，从而帮助三大魔神清理这世界，向世间万物展示其无上荣耀。

而对于像马利克这样的人来说，那意味着整个法师部族和不成气候的贵族加起来都无法比拟的权力。

在如今的局势下，即使作为三神教的心腹，马利克也无法完全理解大祭司究竟看中了乌迪贤那家伙哪一点。就马利克看来，最大的可能是让乌迪贤成为三大魔神新军团的首个战士。除此之外，他还能有什么用呢？马利克见过——也感受过他的潜能，因此相信自己的判断。一旦他的意志被摧毁，那个乡巴佬就会心甘情愿地听从路西昂大人的意愿，成为一个合格的仆从，在任何绝境下都唯命是从。

就像摩鲁一样，教士心想。

像是要印证他最后的想法，走廊终于到了尽头。一道马利克非常熟悉的、泛着邪恶绿光的屏障挡在他们面前。

墨菲斯托之子又做了个手势。屏障瞬间化作轻烟消散而去……伴随着猝不及防的金属撞击声，摩鲁的巢穴出现在眼前。

摩鲁——这是路西昂赐予那些头戴公羊头盔的士兵的名号。它是一个充满力量的词汇，两个音节都被大祭司注入法力。这些摩鲁忠心耿耿，他们的生命完全依附于憎恨之王的意愿。他们无须睡眠，也不需进食。摩鲁的生命里只有战斗。

当马利克和他的主人进入神庙地下这个巨大的碗状密厅时，那些摩鲁正在相互厮杀。浓稠滚烫的熔岩四处横流，炎光照亮了整个密厅，眼前的场面堪比炼狱。无数摩鲁身披盔甲，尽情挥着武器互相劈砍。每个士兵都遍体鳞伤，鲜血从伤处汩汩流出。残肢断臂堆积在被血水浸染的石头地面，尸体铺满了目之所及的每一个角落。马利克看到有些头颅已经远远脱离了尸身，那些嘴巴——如果下颌还连在上面的话——依然保持着死前惨叫的模样。很多尸体的脸上都少了一两只眼睛、鼻子或是耳朵，但看起来却和活着的摩鲁毫无分别。那些还活着的家伙虽然也已经体无完肤，却全然不顾伤势一心奋战。熔岩河中和岸边，到处散落着支离破碎的尸体残骸，每一秒都有更多的摩鲁倒下。

只需稍加留意就能看出，这场战斗其实毫无节奏与道理可言，因为根本没有对战的双方。摩鲁没有这个概念。每一个摩鲁都只为自己而战，只有为了完成某个共同目标时，他们才会暂时并肩战斗……一旦目标完成，他们又会重新大打出手。他们会乐此不疲地拿出对付敌人的那股蛮力自相残杀，只有在对抗外敌时他们才会真正联手。而这正是他们的主人最想看到的。他们会像瘟疫一样摧毁那些不肯入教的家伙，因为无论是否自愿，那些人很可能是侍奉那个背叛者的异教徒。

路西昂仰起头，不过马利克非常清楚这个高高在上的男人并非在研究那里的岩层。大祭司用他超凡的透视之力看向深处，那是马利克或任何一个有能之人再怎么训练也无法看到的地方。

"我们来得正是时候。时间就要到了，我的马利克。"大祭司喃喃说道，语气宛如为孩子自豪的慈父。"让我们停下来，尽情欣赏它重新恢复的美妙时刻吧……"

路西昂的目光移向摩鲁们,对着厮杀最为惨烈的战场中央做了个手势。在最中心的位置,立着一根由红色条纹大理石制成的三棱石柱,其上镶着一块一人大小的黑色宝石。这种大理石因其质地被命名为"血色大理石"。而那块宝石被马利克的主人称作墨菲斯托之吻,不过教士听说,它曾有另一个路西昂不愿提起的名字。

"看啊,我的马利克……"

时间仿佛停了下来,所有摩鲁战士都瞬间静止在原地。刺向内脏的利刃停在了半途,几颗脱离脖颈的头颅定格在滚落那一瞬的状态。巨大的巢穴陷入全然的寂静中。

墨菲斯托之吻突然迸射出漆黑的光芒。不是黑暗,而是纯粹、彻底的黑色光芒。

而当光芒照到那些战斗或阵亡的摩鲁时,他们的身体开始翻转扭曲,仿佛筋骨都化作了液体。残肢断臂飞向躯干重新拼接,开裂的伤口被缝合起来。残缺不全的尸体颤颤巍巍地恢复了生命。看着这般场景,马利克不禁想起了自己刚才的遭遇,他的心里涌起一阵苦痛,不由得抓紧了自己畸形的手臂。

摩鲁大军已然恢复原样。就连那些落入炙热的红色浆河里的战士也都起死回生。只是他们的盔甲因在沸腾的岩浆中浸泡许久而闪着光焰,不过片刻后光芒退去,盔甲重又变成阴沉的黑色。

这些死而复生和不治而愈的场面对马利克来说简直不可思议,尽管他知道在某种程度上来说,事实并非他看到的这样。那块宝石并不具有让尸骸起死回生的能力。其实,那些今天或是前些天阵亡的摩鲁,甚至早就不是人类了。他们只不过是被墨菲斯托借由路西昂的意志,用邪恶魔法操控的一群尸体。他们体内的恶魔精魂唤醒了尸体曾经的生命力。每一个新的摩鲁战士都会迅速投入永无休止的残酷战斗，但他们将之视为荣耀，坚信自己的灵魂依然存在于此。

不过那些灵魂到底遭遇了什么，就只有憎恨之王知道了，至少马利克这么认为。

没过多久，整个角斗场再次站满了精神抖擞、不知疲倦的战士。他们或是互相咆哮，或是对着潜在的敌人挥舞着手中的刀枪剑戟。曾经溢满地面的鲜血渗入岩石下消失不见。无论怎么看，这里仿佛从未发生过战斗。

"达莫斯……"路西昂低声叫道。

巢穴的后方，队列的尾端，一个格外高大怪异的摩鲁转过身来，抬头望向二人。他忽地举起手中的巨剑，喉咙中溢出一声吼叫，向他的主人致敬。

大祭司点了点头，然后举起一只手张开五指。达莫斯微微颔首，开始在一排排强壮的身形间穿行。突然，他毫无征兆地一把抓住一个摩鲁的领子，拖着对方离开了原来的位置。那个摩鲁跟在主人任命的指挥官身后，等他挑出下一个人选。很快，五个摩鲁就跟随着达莫斯来到路西昂和马利克面前。

"伟大的主人……"达莫斯单膝跪地，哑声道。他的声音和每一个曾经战死的摩鲁几乎完全相同。似乎即使他体内的黑暗精华倾尽全力，也无法完全将他伪装成人类。达莫斯的声音绝不可能冒充普通人。

在领头的摩鲁身后，另外五个摩鲁也半跪在地。路西昂伸手抚上达莫斯的盔顶，为之赐福。达莫斯接着把头转向马利克。"高阶祭司……"

马利克也重复了主人的动作。

"起来吧，达莫斯。"墨菲斯托之子命令道。领头的摩鲁听命起身后，大祭司继续说道："从现在起，你将由高阶祭司统率。你要服从他的一切指令。"

"遵命,伟大的主人……"

"你们的猎物里,有些可以杀死,也有些需要留活口,达莫斯。你明白这其中的区别。"

摩鲁头领点了点头。马利克以前就知道这个达莫斯。头盔只遮住了他的半张脸,那张脸奇丑无比,仿佛并未被墨菲斯托之吻完全修复好。残缺不全的鼻子只剩下两个空洞;下颌大得出奇,应该来自熊之类的庞然大物;两个空荡荡的眼洞一高一低。不过除了没有眼球,达莫斯几乎和他最初被纳入摩鲁兵团时没什么区别。他原来就是个外表和内心都极其丑陋的人类,他黑暗的灵魂甚至在那时就足以推翻"不能以貌取人"这条警句。事实上,人类达莫斯和现在寄生在他躯壳下的精魂并无太大差别。

"高阶祭司会告诉你哪个要活捉,其余的全部杀掉。"路西昂继续说道。然后,出乎马利克的意料,大祭司又补充道:"不过你还要提防另一个。"

"另一个?"教士脱口而出,然后马上想起他在接受主人惩罚时,对自己的失败进行的那番辩解。

大祭司的声音里透着一丝马利克侍奉主人这么久以来从未听到过的情绪。听起来几乎像是……没有把握?但这不可能,他立刻打消了这个念头。路西昂绝不会没有把握。

绝对不会……

一阵令人不安的沉默后,墨菲斯托之子说道:"我感觉到……一切并不像表面看起来那么简单。这里出现了某个入侵者,某个……别的……"像是突然想起了什么,他的声音渐渐消失。

摩鲁不安地动了动身子,马利克也变得越发焦躁。这不是主人会有的表现。他从不会这样欲言又止,他从不犹疑。

到底发生了什么?这个"别的"家伙又是谁?

马利克又一次想起自己败给农夫时产生的疑虑。他是被乌迪贤驾驭的那股不可思议的力量打败的,那力量还有技巧都不是那等凡人该有的。高阶祭司当时就猜测幕后会不会另有其人,事情并不像表面上看起来那么简单。

而现在,似乎路西昂大人也这么认为。路西昂大人似乎相信了他的故事。

墨菲斯托之子摇了摇头,他的表情阴沉得可怕。"不……绝不可能。"那表情随即消失,马利克熟悉的那种绝对自信重新回到了大祭司脸上。"你们会知道的。"大祭司突然开口,对教士和达莫斯平静地说道。"这一次,你们要去弄清楚。那家伙必须被毁掉。必须活捉那个农夫——那个乌迪贤·乌·狄俄墨得,但那家伙和农夫身边的所有人都不必再留。都明白了吗?"

摩鲁头子低下头表示确认。马利克点了点头,完好的那只手仍然抓着自己另一只畸形的手臂。

路西昂注意到了他的动作,慈爱地笑道:"这是我赐予你的礼物,我的马利克。你会明白的。你会明白……"

他的声明让高阶祭司燃起了希望。马利克重新打量着自己可怕的手臂。他的主人行事一向经过深思熟虑。这竟然是一件实实在在的礼物?他发现自己的手指可以像从前一样灵活弯折,甚至还能做出一些以前不可能完成的动作。疼痛也终于开始减轻了。教士还惊奇地感觉到自己比以前更强壮了。

墨菲斯托之子拢起手指,最后说道:"现在是时候再去找那个叫乌迪贤的家伙了。这次我不会再容忍失败了,明白了吗?"

马利克和达莫斯再次无声确认。

"那么就这样吧。你们马上出发。"

马利克向主人鞠躬行礼，被选中的摩鲁们在他身后集合。教士内心的恐惧被野心替代。他暗暗发誓这次哪怕把农夫折磨得只剩一口气，也要将之带回来为大祭司所用。

马利克带着达莫斯六人离开时，还在想着主人刚才提到的另一个"入侵者"。不管那家伙拥有什么样的力量，路西昂大人似乎并不想将它纳为己用，只想毁掉它，而不是留着它。这让高阶祭司觉得大祭司应该已经知道了那是什么东西——或者是什么人。

马利克并不是那种会背叛自己主人的家伙。他可没那么蠢。不过，他觉得弄清楚另一个入侵者到底是什么应该也不是坏事。然后，等他满足了自己的好奇心，他就能命摩鲁毁掉它。

最要紧的是那个愚蠢的乡巴佬……

* * *

路西昂并未目送马利克他们上路。他相信教士这次会完成使命。那个凡人别无选择。

摩鲁大军还在摩拳擦掌地等着开战，但路西昂没有管他们，而是让他们继续等待。他刚才并没有对手下说出自己的所有猜测，也没有向他们透露真实想法。

不会的，他心底挣扎。那不可能是……她。她不可能在这里……

想到这里，他马上想起了另一个人，那个同样长于掌控人心，时常与他相争的家伙。那家伙和他一样并非凡胎浊骨。这次的事会不会是他这个死对头动的手脚？难道这一切都是为了令路西昂和他的父亲措手不及的诡计？相比她出现在这里，这种解释显然更能说得通。

他现在还不打算把这些告诉父亲。正像马利克惧怕大祭司的惩罚一样，路西昂也畏惧他父亲的震怒。他的力量与憎恨之王相比根本不值一提。不行，现在还不是时候，还不能让墨菲斯托知道。

但如果真的就是她……那么路西昂迟早要面对他的父亲。

我必须查出更多真相。路西昂没有告诉马利克的是，这位高阶祭司下次面对农夫时，将为路西昂揭露乌迪贤背后那股力量的真实身份，而高阶祭司本人是生是死并没有那么重要。马利克这只新手臂前所未有地将他与他的主人联结起来。这只手臂拥有的伟力甚至能够将她摧毁……当然，要以教士的凡人之躯作为代价。路西昂认为马利克是个不可多得的得力仆从，但如果牺牲掉他就能保全庇护之地——尤其是从她的手中，那自己的损失也不算什么。

大祭司稍稍放松了一些，对面前蓄势待发的斗士点了点头。

伴随着一片震耳的呐喊，摩鲁大军再次厮杀在一起。兵戈交伐，百余摩鲁瞬间被屠。开阔的密厅中鲜血横流，到处充斥着痛苦的哀号，而这些哀号在他们主人的耳中如同动人的旋律。

然而，尽管路西昂正沉醉于他的嗜血狂徒掀起的无尽杀戮中，他的思绪还是不受控制地飘回此前的问题中。那不会是她，绝不可能是她。她已经不在了，不是被流放就是已经死了。即便强大如她，也不可能逃脱这两种命运。他太了解她了，不是吗？还有谁能更亲近她？只有两个人有可能比路西昂更了解她，其中一个是他的父亲。

另一个则是他的敌人……正是那人导致了她的堕落。

这再次引出那个路西昂急于求证的问题。

如果这一切不是那个人的阴谋……那家伙是否也会感知到她的归来？

第十章

当乌迪贤提出他们不能留在这里继续过夜时,没有人提出异议。塞兰西娅希望至少把和平卫士们的尸体集中起来埋葬以示尊重,但乌迪贤可不在乎这些尸体。这些家伙试图抓捕他,杀死他的同伴,他觉得曝尸荒野、被丛林的食腐生物吞噬才是这些神棍应得的下场。

他们四处搜寻和平守望者的坐骑,然而奇怪的是,那些牲口根本没留下任何脚印。没人能回想起最后一次见到它们是什么时候,就连目力绝佳的阿奇里奥斯也没能找到一点儿痕迹。他们很快放弃了搜索,跨上自己的马投入夜幕中。

乌迪贤在马背上保持着警惕,并非忧虑自己的安危,而是担心其他人……尤其是莉莉娅。马利克显然已经发现她和农夫亲密无间,相比血亲孟德恩,高阶祭司无疑会想方设法地利用乌迪贤这更大的软肋。

想到孟德恩,乌迪贤回头,在夜幕中搜寻弟弟的身影。孟德恩的表情隐约可辨,脸上挂着不容错视的惶恐不安,这种表情农夫以前见过。这场厮杀显然给孟德恩带来了巨大的冲击,就连惊魂不定的塞兰西娅都比孟德恩镇定一些。乌迪贤曾看到他对着每一具尸体叹息，最后摇着头走进黑暗之中。他显然至今仍无法释怀……

乌迪贤叹了口气，目光移回眼前漆黑的小径上。也许把孟德恩留在沿途的某个地方会更合适。他既不希望弟弟受伤，也不想在接下来的路上被弟弟的脆弱拖后腿。乌迪贤一直知道弟弟并不如自己那般体魄强健，但他曾相信孟德恩拥有顽强的意志。很显然，他错了。

他再次回头看了一眼。是的，孟德恩看起来就像见鬼了一样。要是孟德恩迟迟不见好转，他就必须做点儿什么了……

* * *

他们越骑越快，像一阵疾风划破夜幕。孟德恩绝望地努力直视前方，可即便如此也无法完全无视他们……

他们一共五个人，他和他的哥哥，还有其他三人。这里本该只有这几个人。五个人，四匹马。

然而，此刻却有将近二十名骑士跟他们五人并驾齐驱，显然只有孟德恩能看到。

这些灰白的半透明幽魂飘荡着跟在一行人两侧，淡淡的身影忽隐忽现。他们身穿和平卫士的头盔和胸甲，面容苍白憔悴。当他鼓起勇气看向他们时，他们那深陷的双眼同样也会直勾勾地凝视他，仿佛这些飘忽的幻影就在等着他开口。

可孟德恩对这些死在哥哥和阿奇里奥斯手里的亡魂无话可说，他只想无声地请求他们别再跟来。然而，他们非但没有离开，反而簇拥在他身边。这些幻影驾着隐形的坐骑，跟着痛苦不堪的孟德恩齐头并进。孟德恩猜想如果当时还有其他动物被杀死，那它们现在恐怕也会加入这一队幽灵。这个想法让他不安地轻笑出声，也引来了一旁的阿奇里奥斯关切的目光。

他想过告诉猎人发生的事,阿奇里奥斯或许是唯一一个可能会理解的人。猎人一定会想起那块令人不安的石头,像孟德恩一样将之跟这件事联系起来。

可只要阿奇里奥斯尚存一丝理智——孟德恩相信他还有——这个金发猎人就会立刻跟倒霉的自己保持距离。孟德恩当然不会怪他。他自己都想远离自己。这显然不可能实现,他只能希望过些时候,这些幻影会去他们该去的地方安息。

是的,他只能这么希望……但孟德恩觉得自己可能不会那么走运。

* * *

清晨的薄雾渐渐逐退夜幕。尽管阿奇里奥斯提议大家停脚休息,乌迪贤还是催促众人继续赶路,直到几乎正午时分,他们来到一条被高耸的巨树遮蔽的小溪旁,农夫才终于让他们停下。

此时,就连乌迪贤也已经疲惫不堪。他跳下马来,立刻去帮莉莉娅下马。阿奇里奥斯也同样去搀扶塞兰西娅。孟德恩跃下马,奔向小溪边去喝水。

然而,乌迪贤的弟弟把手伸进水中的瞬间,突然像被咬了一般把手抽了回来。狄俄墨得斯的小儿子凝视着远处,然后眨了眨眼,回头看向其他人。

"这里的水被污染了。"他有些迟疑地说道,"最好别喝,不然起码得大病一场。"

"你是怎么知道的?"塞兰西娅问道。

孟德恩皱起了眉,像个谎言被拆穿的孩子般对乌迪贤强装镇定道:"我看到……我看到一些小鱼,不止一条……漂过去。它们死了,身上长着斑,看着像是病死的。"

"我见过这种情景。"阿奇里奥斯插口道,"如果孟德恩的描述准确的话,那咱们最好还是别喝。"

"这没什么好怕的。"莉莉娅大声说着,走到乌迪贤身旁,抬头看着他。"这种小问题你肯定能轻松解决。"

"解决什么?"

"当然是净化水源呀!"

其他人都难以置信地看着她,就连乌迪贤也觉得有些为难。不过她一直凝视着他,让农夫渐渐燃起信心。

"好吧。"他迈步走向溪边,匆匆扫了眼自己的弟弟。孟德恩伸手试图阻止他,但乌迪贤感受着莉莉娅的视线,继续一言不发地从弟弟身边走过。他可以为她做到,他下定决心。每一次都是她的坚定,她的爱,带着他前行。这次也一样。

他把手指伸向水面。水珠飞溅,他凝神祈祷溪水从污染中被净化。乌迪贤一遍遍在心底祈愿,直到他觉得自己已经做得足够多,是时候看看结果。

当他抽回手时,塞兰西娅问道:"可是,咱们怎么才能知道有没有效呢?"

莉莉娅又一次证明了自己对乌迪贤的信任。她毫不犹豫地越过农夫,俯身跪在溪边。

这次就连乌迪贤也吓到了,他急忙制止道:"莉莉娅!别——"

可转瞬之间,她已经把掬起的双手送到嘴边,喝掉了手中的水。

乌迪贤守在一边随时准备救她,生怕这次的失手会害他失去自己最珍视的女孩。然而让他意外的是,这次试图安抚他的居然是孟德恩。

"这条溪……乌迪贤,这条溪已经被净化了。不需要担心,我发誓,哥哥……"

乌迪贤没有问孟德恩是如何知道的。弟弟语气中有什么东西能让他信服。

"他说的是真的,"贵族女子证实道,"我很好,亲爱的。相信我。"

他一把将莉莉娅拥入怀中,紧紧抱着她。"绝对不许再这么做!"他在她的耳边喘息道,"尤其不许为了我……"

"可我知道你的力量保护了我,保护了我们所有人。我说得不对吗?"

"反正,别再这么做了……"

"好了,我现在也想喝点儿水了。"阿奇里奥斯大声说道,同时牵着马走上前来。"还有这些好孩子……"

他这番举动让所有人恢复了常态。乌迪贤和其他人走到马匹饮水的上游开始畅饮。阿奇里奥斯安顿好几匹马,随后加入了他们。

猎人喝饱刚站起身,忽然看向了小溪对岸,显然是在盯着什么特别的东西。乌迪贤顺着他的视线看去,却一无所获。

"我很快回来。"阿奇里奥斯喃喃道。接着他蹚过小溪,很快消失在树丛中。

塞兰西娅走到乌迪贤身边问道:"我们要跟着他吗?"

农夫太了解他的朋友了。在林子里狩猎的时候,就连他也很难跟上阿奇里奥斯的脚步。"他应该只是看到了兔子,或是别的什么他想拿来当晚餐的东西。没什么可担心的。你听见他的话了,他不会有事的。"

不过他们还是忐忑地等了好一会儿,阿奇里奥斯才回到队伍中。虽然猎人刚才肯定狂奔了好一阵,但他的呼吸却纹丝不乱。不过他的脸色倒是相当难看。

"这附近有个镇子，步行不到一个小时就能走到，骑马的话会更快。"

坐在岩石上的莉莉娅突然一跃而起，她惊呼道："一个镇子？这不可能！"

阿奇里奥斯抬起头来，看了一眼大惊失色的贵族女子说道："是真的，我的女士，而且还是帕萨镇。"

现在，所有人都和莉莉娅一样大惊失色。

"怎么会这样？"孟德恩脱口而出，"咱们根本没朝那个方向走！"

"这我知道。可那毫无疑问就是帕萨镇。我还跟一个当地的小伙子说了话。"

现在，乌迪贤至少明白了一件事。"这就是你刚才跑走的原因？"

"对。我看到一点儿动静，也不想冒险追丢他。我还以为他是个强盗，结果只是个男孩……他说他叫塞德里克。他是出来打猎的。"阿奇里奥斯回来后，头一次露出一个短暂的微笑。"而且他身手不错。我费了些功夫才追到他。那孩子的脚步很轻。"

乌迪贤没有在意猎人对男孩技术的评价，他只想努力搞清楚他们为何会兜了一个大圈子来到这里。帕萨镇现在本该被他们远远甩在身后。

"马利克……"他最后自语道。当其他人看向他时，乌迪贤说道，"你们还不明白吗？肯定是那个高阶祭司搞的鬼！这应该是某种法术！不然还能是谁？"

莉莉娅同意他的说法。"对，一定是他！既然知道了真相，咱们就绝对不能进城去自投罗网！咱们必须马上离开这附近！"

"可塞德里克怎么看都不像是那祭司的工具。"阿奇里奥斯争辩道，"而且帕萨镇的人是出了名的淳朴善良——"

"这跟当地人的品行无关。"她坚持道，"他们会成为他用来对付乌迪贤的棋子,我们必须时刻小心。"

让乌迪贤有些意外的是,塞兰西娅支持了她的看法。"她说得对,阿奇里奥斯。我们兜了一圈,这太不寻常了。马利克肯定在预谋什么可怕的事。"

农夫看向他的兄弟,孟德恩却显得异常沉默。奇怪的是,比起听从莉莉娅的合理建议,远离这个潜在的陷阱,乌迪贤发现自己更希望进入帕萨镇。如果马利克想在那里给他个惊喜,高阶祭司会发现,自己的猎物也十分乐意完成他们上次未竟的较量。

"咱们去帕萨镇。"

众人反应各异,阿奇里奥斯的表情最激动,而莉莉娅则极为不满。她的眼底燃起一股乌迪贤从没见过的怒火。然而只是一瞬间,贵族女子便调整好仪态。她颤抖着叹了口气,点头表示同意。

"去帕萨镇。"莉莉娅终于露出微笑同意道,"哪怕是去无尽的深渊,我只求与你同行,亲爱的。"

农夫打心底里感激她的转变。她的愤怒只是出于对他的担心,乌迪贤如此猜测。毕竟,马利克想抓的人是他。

对高阶祭司来说,她和其他人无足轻重。乌迪贤会确保,若是马利克再次袭来,他会保护好大家。毕竟大家甘愿为了他步入险境,所以他必须全力以赴。

阿奇里奥斯一马当先,带着一行人向镇子飞奔。不久后,帕萨镇遥遥出现在地平线上时,猎人挥手示意众人停下。果然如阿奇里奥斯所说,他们花了不到一个小时就到达了城镇边缘。

帕萨镇比塞拉姆村乃至图利萨姆镇都要大得多。乌迪贤这辈子头一次看到四层高的房子,塞拉姆村首富家那巨大的谷仓与之相比仿佛只是个小屋。那些石头和木头外墙上都抹了涂料,看上去相当华丽。屋顶呈拱形,上面铺着层层叠叠的木瓦。街道——

街道由石板铺成,而非泥土。货车和马匹在路上奔走着,发出隆隆的声响。镇里的居民几乎比乌迪贤这辈子见过的人还要多,很多人都穿着成套的华丽服饰,让他觉得自己就像个乞丐。事实上,他们五人中,只有莉莉娅的衣着仪容看起来与当地人仿佛。

有人大声跟他们打了个招呼。他们中没人来过帕萨镇,乌迪贤有些僵硬,暗自怀疑对方为何会如此热情。不过那并不是陷阱,打招呼的年轻人径直朝阿奇里奥斯跑来。

"嘿,你好啊,塞德里克!"猎人也大声回应道。他揉了揉男孩乱糟糟的头发,"我和你说过我们很快就会来吧!"

"我还、还叫了我父亲!"塞德里克气喘吁吁地回答道。

果然,在男孩身后,一个庄重的男子走了过来,他比乌迪贤大了至少十岁,身穿黑褐相间的飘逸长袍,农夫瞬间警惕起来。塞德里克的父亲难道是某个教派的教士?

"冷静些,"阿奇里奥斯赶忙说,"这是位商人,跟赛勒斯一样,而且甚至可能还跟他认识,如果这孩子说得没错的话。"

"就是他们吗,塞德?"小猎人的父亲问道。这个下巴方正的男人将他及肩的灰白头发撩到背后,打量着这些外地人。他的视线扫到莉莉娅的时候顿了一下,但最后停留在塞兰西娅身上。

"我认得你,你已经长这么大了!你是赛勒斯家的小姑娘……莎拉,对吗?"

"是塞兰西娅。"她回答道,神情随即黯淡下来。

塞德里克的父亲马上意识到自己的失言。他用更郑重的语气说道:"很抱歉,孩子。我不该问你这个……"

塞兰西娅沉默着,感激地点了点头。

镇上的其他人开始在附近驻足,好奇地看着这些访客。这些好奇心显然有一部分源于迎接乌迪贤一行的中年人,他在帕萨的地位想必举足轻重。

"朋友们,我的名字是伊桑·乌·加罗,我对老朋友的离世深感遗憾,同时我也由衷地欢迎他的后人和朋友的到来。"

乌迪贤看着阿奇里奥斯说道:"他们父子似乎都很肯定咱们会来。"

"因为我猜你也许会同意过来,没别的。当塞德里克提到他父亲是个有名望的商人时,我就提了赛勒斯的名字——这一点我很抱歉,塞莉——因为我想起赛勒斯似乎跟这一带很多人有贸易往来。塞德里克说他要跑回去告诉他父亲咱们的到来,还有我提到的关于赛勒斯的事情——"

"我跟赛勒斯谈了好几笔不错的买卖。"伊桑突然插言道,他的眼中泛起追忆之色。

"不管怎么说,既然这条路指引咱们相遇,我觉得这应该是命运的安排。"

"这是马利克的安排,阿奇里奥斯。记住这一点。"

"我的朋友,"商人大声说道,显然想制止他们之间的争论,"出什么问题了?"

"在这儿不便多说。"乌迪贤压低了声音说道,"咱们最好能私下谈谈,伊桑老爷。你们的镇长也需要听听。"

"由于我同时也是帕萨的镇长,所以这件事很好办!不过,来吧,先为我介绍一下今天到来的朋友们。我认识亲爱的塞兰西娅,当年那漂亮的小姑娘已经长大了。你——"他指向乌迪贤迟疑地说道,"我也觉得有些面熟,不过其他人就没见过了。"伊桑的目光再次停留在莉莉娅身上。"有些人尤其陌生,要知道,我一向对人有过目不忘的好本领。"

"我是乌迪贤·乌·狄俄墨得——"

"啊!塞拉姆村的狄俄墨得斯!一个勇敢直爽的庄稼人!你长得

很像他。要是我没猜错的话，你是他的长子吧。"

乌迪贤肯定了帕萨镇长的好记性，依次向对方介绍孟德恩和阿奇里奥斯，然后不情愿地介绍了莉莉娅。他以为商人会对她另眼相待，但伊桑镇长只是微微鞠了一躬说道："看你的服饰和外貌，你应该来自凯基安北部，对吧？"

她轻轻点头回应道："是的。"

塞德里克的父亲显然期待更具体的答复，但莉莉娅没再说什么，他便也像对待塞兰西娅的沉默一样没放在心上，转而看着他们一行人说道："很好，现在既然咱们是朋友了，你们就跟我去寒舍坐坐吧！"

一开始乌迪贤想拒绝伊桑的邀请。商人是出于好意，可他们并不是来交际的。不过乌迪贤转念一想，如果他在这里既有威望又是镇长，那么由他来向民众警告潜在的危险是再合适不过的了。

乌迪贤只希望，赛勒斯的老朋友得知真相后不会把他们一起丢进牢房。毕竟，某种意义上，带来危险的人正是他们。

由于伊桑是徒步行走，他们便也下了马，牵着马匹跟在他身后。乌迪贤注意到，此时镇上的人们把他们当作来访的贵宾，在他们经过时纷纷鞠躬行礼。伊桑镇长显然深得人心，不仅因为他的地位，还因为他的为人。

这样的大人物却没带护卫只身前来，这让乌迪贤有些不安。帕萨镇的居民就如此值得信赖吗？还是这其中有什么阴谋？如果这是马利克设的局，那真是个相当复杂的圈套。乌迪贤看不出任何端倪。这些居民看上去都老实而善良，除了鞠躬之外，很多人还对乌迪贤一行人愉快地点头问好。一些原本围观队伍的人已经回头去忙自己的工作了，显然对他们这些陌生人毫不怀疑。

"我已经很多年没去过塞拉姆村了。"众人穿过一条人声鼎沸的大街时,伊桑对客人们说道,"村子如今怎么样了?我记得那是个安静的好地方。我以前时常去那里,因为我喜欢那里宁静的自然风光,还有跟赛勒斯老爷火热的讨价还价!"

"那里最近遭遇了一场风暴。"孟德恩插话道。乌迪贤迅速扫了一眼自己的弟弟,不过发现孟德恩并不打算继续多说。

"真的吗?我猜那一定是塞拉姆有史以来最刺激的事了,你们真是走运!我爱帕萨这地方,但这儿有太多需要操心的事了,你知道吧。有时候我真愿意跟你父亲换地方待待,塞兰西娅小姐。"

乌迪贤决定确认一些事情,于是开口问道:"那三神教和圣光大教堂的教士没来这儿提供些指导帮助吗?"

"他们?"商人回头看了看乌迪贤轻笑道,"那些尊贵的家伙已经好多年没在帕萨出现过了。他们那儿没我们想要的东西。我们对现在拥有的一切相当满足。他们可以把那些话留着说给想听的人,但愿你不介意我这么说。"

乌迪贤赞许地点了点头,伊桑镇长的话印证了他目前在帕萨镇观察到的风土人情。在这里,精神饱满的人们要么在热火朝天地劳作,要么停下来稍事休憩,吃点儿东西或和旁人聊聊天。石砌的街道干净整洁,街边木石结构的建筑显然经过精心维护。无论身着朴素长袍还是华贵套装,每个人都打扮得清爽而得体。这是个好地方,居民们都十分善良。

这并不是说帕萨镇就完美无缺。这里也有年老体弱和身患残疾的人。一个牙齿几乎掉光的老人正拄着拐杖拖着一条腿蹒跚而行。乌迪贤还看到一个左臂萎缩的小男孩,显然是天生残疾。还有一个狄俄墨得斯之子一眼就能看出是农夫的男人,那人的手臂和脖子上有几道深深的疤痕,很可能是某次意外留下的。

不过这些人似乎并没有被乡邻们避而远之,事实上,他们都有同伴在旁不时帮忙。在伊桑的治理下，帕萨镇明显是个非常宽容的镇子，有些地方就连塞拉姆村都该多多学习借鉴。

他又看了看那个小男孩。孩子可怜的病肢让他想起了自己最小的妹妹，艾米丽。她的右臂虽然大小正常，但却向后弯曲，宛如稻草般羸弱。然而，艾米丽却是全家最积极乐观、最乐于帮助别人的那个——

男孩渐渐走出了他的视线。痛苦的回忆使乌迪贤咬紧了牙关。在马利克那种人像个王者一样大摇大摆横行天下的时候，孩子们却因为命运的捉弄或教派的糊弄而受尽苦难，或许——

他突然停下了脚步。"孟德恩。"

他的弟弟迟疑地问道："怎么了？"

"给。"农夫把他的缰绳塞到孟德恩手中，然后转身朝他们来的方向走去。

伊桑镇长并没有发现身后的情况，他正向众人介绍帕萨的标志性建筑。"你们可能会有兴趣看看那边的带顶建筑……"

乌迪贤经过莉莉娅身边时，她什么也没说，但他捕捉到了她脸上了然的微笑。而塞兰西娅和阿奇里奥斯几乎一直没顾上留意他，直到他远离了队伍。

乌迪贤尽量利用自己的身高优势在人群中搜寻着。大多数人对他并不在意，但还是有几个人饶有兴趣地打量着这个陌生人。

乌迪贤久久找不到目标，不由得开始灰心起来。他努力回想着最后一次看到那孩子的地方——

在那边！狄俄墨得斯之子心跳加速，他推开一个正在理货却被他吓了一跳的小商贩冲了过去。站在男孩前面的是他刚才看到的一个女人。

他靠近的同时，对方转过身来。在她身边，那个手臂残疾的小男孩也跟着转了过来。

乌迪贤直接略过了那个女人，在男孩身前跪下来说："让我看看你的手臂，好不好？"

男孩带着他那个年纪特有的天真，向农夫张开了手臂。然而，他的母亲一脸戒备，将男孩从外乡人的身前拉了回去。

乌迪贤抬头看着她，诚恳地说道："求求你。我并没有恶意。我妹妹也是这种情况。我不会伤害他的。就让我稍微研究一下吧。"

尽管女人没有理由听从他的请求，但她的表情还是逐渐温和起来。最终她点了点头，同意了乌迪贤的请求。

他的手指轻柔地触碰那条病肢。靠近观察后，农夫发现这条手臂的情况比她妹妹当年还要糟。一想起艾米丽，乌迪贤顿时百感交集，他终于意识到，自己这些年来一直在压抑着这种感情。泪水夺眶而出，模糊了他的视线。他真希望自己当年能为妹妹多做点儿什么……为自己的家人们多做点儿什么。如果他当年就拥有这种力量，或许在瘟疫肆虐时，这个家庭也不会支离破碎……

眼泪不断从脸上滑落。乌迪贤丝毫没有察觉，继续握着小男孩残疾的手臂。农夫仿佛刹那间回到了从前，仿佛他现在正握着艾米丽的手臂。她是全家人中命运最坎坷的孩子。艾米丽生来残疾，她甚至还来不及好好体验人生，就离开了人世。

他的脑海里全是死去妹妹的身影，不过有一点不同。此时他看到的妹妹拥有健全的身体。一对健康的手臂。他想象着她正在抓起东西，或者还要更好，她正紧紧拥抱着自己……

直到过了许久，乌迪贤才感觉到确实有人在拥抱他。那温暖的触感将他拉回了现实……只见抱着他的是那个小男孩。

用一对健康的手臂……

乌迪贤望向孩子的母亲，她正用难以置信的表情回看着他。泪水从她的脸颊上滚落。在她身后,一些小镇居民已经聚集过来,他们也同样震惊地看着农夫。

乌迪贤离开孩子的怀抱,看向围着他的人们。他忘不掉之前塞拉姆的村民们令他痛心的反应,于是连连退到角落里解释道:"我不是故意——我不是有意的——"

但他确实是有意的。他注意到男孩的手臂,心底突然涌起渴望,想试着为男孩做些事,他没能为艾米丽做的事。最后,乌迪贤真的完成了自己的心愿。

而现在,帕萨镇也将抛弃他,人们将视他为巫师或更可怕的东西……

男孩的母亲突然扑向了他,抱住震惊的农夫连连亲吻,感激地说道:"谢谢!谢谢你!"

在她身后的人群中,前排的一个男人开始鞠躬。跟着是另一个,然后又有一个,人们一个接一个弯下了腰……

接着有人开始单膝跪地。人群随之纷纷跪倒。转眼之间,乌迪贤身边的所有人都跪在了他面前,就好像他是个国王。

或者比国王更加尊贵……

第十一章

他慵懒地倚在自己房中的躺椅上，六名蜜色皮肤的年轻女子身着曳地的白色长袍，仰着头吟诵着对他的赞美诗。尽管这些姑娘并无血缘关系，甚至外貌也大相径庭，但她们脸上狂热的表情却不知为何使她们看起来几乎一模一样。

这些姑娘对他的仰慕之情毋庸置疑，她们每个人都会欣然接受他的追求——尽管这种事永远都不会发生。因为她们的美貌对他来说不过是装饰，与那些挂在墙上和天花板上的巨大壁画，或是摆在雕花大理石柱上的花哨花瓶没什么分别。她们就是这房间装饰的一部分，用来以某种微不足道——极其微不足道——的方式，帮他重温那段他自愿舍弃的光辉过去。

先知闪亮的蓝灰色眼眸凝望着那幅出神入化的画作，画卷中，长有空灵之翼的形象在天空翩翩起舞。画师可谓技艺精湛，但却永远无法理解其雇主渴望的那种境界。不过，这位画师呕心沥血的作品还是让先知想起了些许过去的情景……那些他抛弃的过去。

他的容貌年轻得不像成年人，但显然他活了不止这般岁数。他的面庞白皙而光洁，没有一根胡茬儿，金色的长发垂在肩侧。先知的身形优雅匀称，不像立在他房门外的审讯卫兵那样肌肉虬结。在所有见过他的人看来，他简直完美无瑕。

先知沉思时显得无辜而纯真，然而今晚他却完全无法平静。那些不可能的事情已经变为现实，而他可不会容忍下去。他眼看就要实现自己的梦想，重建他失去的乐园。

在他休息区域的不远处，四名身穿高领银白色长袍的高阶教士正跪地低头祈祷。他们每个人的年纪看起来都足以做先知的父亲，甚至是祖父。然而就像那群女人一样，他们也待他以无上的尊崇。

先知突然觉得这些声音在他耳边格外嘈杂。他抬起一只手，吟唱声随即戛然而止。片刻后教士们也察觉到他的情绪变化，跟着停下了祷告。

"在下次布道前我必须静下心来。"先知声明道。他的声音如同竖琴奏出的音乐般婉转动听。

那些吟唱者恭顺地接连退出房间，教士们也迅速跟了出去。

先知等了片刻，然后将意念延伸开来，确认无人可以进入或窥听他的房间。然后，他再次抬头凝望那幅伟大的画作，尤其是那些展翅飞舞的神圣形象。但当他注意到某些细节时，先知不禁微微皱了皱眉。那些生灵的翅膀被画得仿如鸟羽，这已经是凡人想象力的极限了……虽然还是差得太远。他们的面容跟他十分相像，年轻而无瑕，同时又显得渊博而睿智。他十分欣赏画家对这一点的诠释，这可能是整幅作品中最有神韵的细节了，尽管许多方面还是漏洞百出……

他已经很多年——不，很多个世纪——没有展露过真容了，哪怕是独自一人时。这一方面是因为他一直在努力忘记过去，专注打造一个没有污秽、没有瑕疵的完美未来。

但更多是因为她……还有她可怕的背叛。他根本不想回忆起那段过去。他用了凡人数个轮回的岁月努力不再想她，然后又花了将近一倍的时间将她封存在记忆深处，才能偶尔装作她从未存在一般。

然而……如今看来，他的一切努力都白费了。

那就随它吧。他终将宣泄自己的愤怒，而她和其他人都将尝到背叛他的下场。届时，他们将重新认识他是谁，是什么身份……在他们粉身碎骨之前。

先知高举起双手……接着他和整个房间都笼罩在光芒里。墙上的画作都像被清晨的骄阳蒸发的露水一般消失不见。随之消失的还有室内的所有东西——华丽的花瓶和支撑的大理石柱，长长的地毯，装饰着每面墙的鲜花花环……甚至还有他刚才躺靠的长椅。整个房间中除了先知再无一物。

他心念一动，整个房间便变了一副模样。从天花板到他脚下的地面，房里的每一个角落都变成了明亮的镜面。先知站在镜面的无数个倒影之间，这些倒影无论被反射了多少次，都丝毫不减他的光辉。

但这依旧不是真正的他。一种陌生的情绪向先知袭来。是渴望。他渴望凝视自己舍弃已久的真身。一瞬间，他几乎无法抑制这强烈的渴望。他盯着面前最近的倒影回忆着，接着，转瞬之间，他脑海中的记忆化为现实。

之前召唤出的光芒如今集中在他身上。那光芒越发耀眼，凡人无论眼睛闭得有多紧，都会瞬间失明。即使如此，光芒还在不断加强，仿如翻腾的白色烈焰……接着变成了真正的火焰。

但这火焰并没有伤到先知，因为它们就是他的一部分，正如他也是它们的一部分。他沐浴在白色的烈焰之中，任它将自己披了多年的年轻皮囊燃烧殆尽。

火焰中出现了一个身形巨大、头戴兜帽、长着一对烈焰翅膀的身影，他没有凡人所谓的面孔，银色的光束仿佛耀眼的发丝般隐在兜帽下，其中只有一片圣洁的光辉。

他周围的火焰逐渐黯淡下来，让他得以一遍又一遍地审视自己圣洁的真身。他的长袍仿若由纯粹的阳光织就，他巨大的胸甲上闪耀着青铜的光芒。有些凡人会把他误认为某种骑士，但他显然绝不属于任何人间的使团。尽管那对已经伸展至整个房间大小的灼灼羽翼并未长在他身上，但任何人都明白，人世间不会有像他这般的存在。兜帽下闪耀的光芒即是他的真身，那是由纯粹力量与和谐共鸣结合而成的独特存在，使他在他伟大的同类中也独一无二。

然后他开始轻柔缓慢地吟诵已被他丢弃的名字，那个曾经被至高无上的众神歌颂的名字。

那个她时常深情呢喃的名字。

伊纳瑞斯……伊纳瑞斯……一个声音陡然响起，或者与其说是声音，不如说是一种同时在他脑中、耳边和灵魂深处回响的共鸣。我再次成为伊纳瑞斯了。

他这样对自己宣告着，内心涌起一阵狂喜。他现在又是伊纳瑞斯了，那个天使议会曾经的一员，天堂军团曾经的指挥官！

那个曾经同时抛弃了天堂和地狱的背叛者……

想到此处，他的喜悦消散了大半。不过并未完全消弭。他当时迫不得已，只能如此。那时双方阵营都深陷战争的泥沼，无法看清他们的争斗毫无意义。创世之初，天界出现了两派阵营，并且没过多久就产生了分歧，从那时起，这两股力量便为了争夺一切而互相厮杀。任何有价值的东西都会成为交战的中心，结果任何珍宝都会在双方的争战中湮灭。天使——人类如此称呼他们一族——与恶魔纷纷陨落，交战的双方则是统治高阶天堂的天使议会，还有他们永远的敌人——三大魔神统领的烈焰地狱。

但伊纳瑞斯渐渐厌倦了永无休止的战斗。那一次次的密谋和反击,全都一无所获。如果由他来掌管议会,他一定不会这么做,但就连他的兄弟——他们并无血缘关系,但比起其他天使,他们的存在更加相似,共鸣也更加协调——也不愿意理智面对。甚至连正义天使泰瑞尔,也不能或是不愿意接受这一事实。

而这就是伊纳瑞斯最终选择在这场斗争中放弃身份的原因。然而,他总觉得一定还有其他存在抱有与他相同的想法,无论他们身处高阶天堂还是烈焰地狱。跟他们取得联系——不管是天使还是恶魔——都相当棘手,但伊纳瑞斯在天使议会中身居高位可不是徒有其名。他不仅熟知天堂的种种机关,对烈焰地狱也十分了解,这让他得以绕开两边的眼线。他很快就找到了一些志同道合者,然后秘密将他们聚集起来。让他惊讶的是,这个群体远比他想象中庞大得多,有如此多的神灵觉得永无止境的战斗毫无意义。更令他震惊的是,有个恶魔早早比他这个天使更勇敢地意识到了这一点。

就是她。那个唤醒他心中的爱意,令他愿意坠入爱河的人,那个他愿意与之携手重建世界的人——那个世界被他的反叛同盟称为庇护之地。

那个将他对美好世界的期待化为一场鲜血横流的噩梦的人。

伊纳瑞斯看着镜中的倒影,又一次看到她出现在自己身旁。她应该不会再以他记忆中的样子出现了,至少现在不会。如果她真的找到了回来的办法,那她一定会伪装成其他模样,很可能是女人,不过也可能是男人。她很狡猾,难以捉摸……威胁着所有理应属于他的东西……

你休想从我这里夺走庇护之地,伊纳瑞斯对脑海中她的身影怒吼着,我不会让你再毁了我的梦想!庇护之地和这世间的一切都不会落入你的手中,哪怕我必须亲手毁掉它……这是我的权利……

毕竟，在她无耻的背叛之后，是伊纳瑞斯一直维持着庇护之地，没让世界分崩离析。在三大魔神和路西昂发现这块净土之后，是他一次次挫败了他们的阴谋，也是他隐蔽了这个世界，让天使议会毫无所觉。这个世界的命运和其中所有生灵都是他的，与其他任何人无关！

天使带着莫名的烦躁驱散了脑海中她的影像，这股烦躁应该就是人类的痛苦之情，不过伊纳瑞斯显然不会有这种感情。他凌驾于一切感情之上，这是当然的。他只会根据形势来做出反应，仅此而已。

事实上，伊纳瑞斯早已对她的归来做好了应对准备。她隐藏得很好，但还不够完美。在他面前，她那些小把戏毫无用处，因为他甚至比她的哥哥还要了解她。察觉到她重新出现在庇护之地时，伊纳瑞斯便已估出她可能现身的地方。那并非难事，更不用说她的计划尽人皆知，她对那个古老的计划实在是过于执迷。

我不会再次容忍奈非天的骚动了。他回忆起上次发生的事。如此邪恶的怪物绝不会再次得逞！他的身体突然迅速变大。他的翅膀填满了空阔的房间，整个大教堂都在他的震怒下微微抖动，虽然他的信徒们还以为这只是场轻微地震。你不该回来，不该去招惹那个本该被深深掩埋的家伙……

伊纳瑞斯凝视着镜中的自己。人类的身体确实有点好处，他决定重新利用那种方便的形态。天使心念一转，变换了外形，金发先知的面孔重新出现在兜帽下。他的眼睛依旧是一股纯粹的力量，但其他部位已经逐渐恢复人形。

更重要的是，伊纳瑞斯现在有嘴了，而他的嘴角正勾出一抹愤怒的弧度。这样一来，他就能更加随意地表达自己的怒意了。

"你不该回来。"天使重复道，细细品味着自己那粗鲁的动作和语气，这显然将他的愤怒展示得淋漓尽致。"你也不该再次试图欺瞒我，莉莉丝……"

* * *

听说了乌迪贤事迹的居民们送来了鲜花、食物和日用品作为礼物。很多礼物就随意地摆放在伊桑镇长的宅子门边，而送礼的人则悄然离开。

"帕萨镇也出现过一些号称能治愈身心的牧师和教士。"商人对乌迪贤说，"然而都是些空话，他们没一个人能兑现自己的承诺！"

"我只是——我只是做了我希望当年能为妹妹做的事。"狄俄墨得斯之子无力地解释，这已经不是第一次了。

男孩痊愈的故事像野火一样传遍了全镇。人们都认为这是神迹，特别是那个心怀感激的母亲。据伊桑说，男孩的母亲四处奔走，向人们展示着乌迪贤为她唯一的孩子所做的事，并向天堂歌颂他的伟大。

"我认识那个母亲，她的名字是伯莎。那孩子是她的珍宝，是她唯一的挚爱。孩子的父亲在他即将出生时去世了。坠马而亡。"镇长苦涩一笑，继续说道，"她一直很担心自己的孩子，但从没在孩子面前表现出来过。她希望教导孩子坚强地面对生活……"

"他们不能继续这样送东西来了……"乌迪贤打断了他的话，从窗户望向大门处。一个穿着斗篷的身影偷偷放下一个篮子，里面似乎装了几条面包和一瓶美酒。站在那里的守卫刻意看向了别处，并未帮乌迪贤出手阻拦。显然，这些守卫跟镇上的其他人一样，对他充满了敬畏。

"这里的民众一向慷慨大方，知恩图报。他们只是想对你的善举致敬，没其他意思。"

"咱们最好还是在事情无法控制之前离开吧，乌迪贤。"莉莉娅申明道,"咱们必须出发去城里了。"

一行人原本说好只在伊桑家里过一夜。然而,一夜变成了两夜,然后又变成三夜。伊桑完全没有逐客的意思,而且乌迪贤发现自己非常怀念这种简单的小舒适,譬如干净的床铺和丰盛的饭菜。他喜欢帕萨镇,喜欢这里的人,尤其是这个和蔼的商人。不过他们过度的慷慨让他有些不自在,他觉得自己没有资格享受如此高的礼遇。

"我不能走。"乌迪贤最后还是拒绝了莉莉娅,"现在还不行。"说完,他便向大门走去。

其他人站了起来,阿奇里奥斯率先开口问道:"你要去哪儿?"

"去做我必须做的事。在这里等我。"

乌迪贤没有给他们争辩的机会。他尤其担心若是自己没有赶快离开,莉莉娅会说些什么动摇他的想法。他们的计划依旧是去凯基安城……只是,不是现在。

他大步走下楼梯,即将走到大门的时候,一个消瘦的身影追上了他。是塞德里克,男孩瞪大眼睛走到乌迪贤身边,跟上了农夫。

"你终于要出去了吗?是吗?你要做像上次那样的事吗?"他兴奋地问道。

农夫做了个鬼脸说道:"我是要出去,但我不想带别人。待在这儿,塞德。为了自己的安全好好待在这儿。"

"安全?有什么危险吗?"

乌迪贤没有回答,只是加快了脚步。他比男孩早一步跨出门槛。当伊桑的儿子准备跟上的时候,大门倏然关闭。

出来之后,乌迪贤稍微松了口气。他的确希望大门能按照他的意愿自动关上,但这事真的实现时,他还是有些吃惊。在乌迪贤到达城镇广场之前,没人能再打开它。到时候,谁都来不及阻止他了……

糟糕的是,原本他希望自己能悄无声息地到达广场,但此时他的能力没能帮上一点儿忙。乌迪贤还没踏出门,人们就已三三两两地围过来,仿佛他们一直在等着他一般……而且看样子这种可能性非常大,他暗自思忖。不过,他从人们的脸上看不出丝毫敌意或恐惧。他觉得更像是某种……敬畏?

不,他并不希望人们敬畏他。塞兰西娅敬畏他,至今他仍对此不大自在。他是个普通人。他是来向他们提供一些东西的,好让他们变成自己这样的人,从而摆脱贵族和法师部族的控制……而且最重要的是,摆脱三神教和圣光教派。乌迪贤不需要他们的崇拜。

不过首先,他必须让他们看到,自己做的那些算不上什么奇迹,他们每个人都身怀此等潜能。

他快到城镇广场时,身后已经聚集了大批民众。乌迪贤仍然感觉不到周围的人有任何威胁。也许他不许同伴们跟来有些多虑了,但人群中还是可能会有人把他视为妖魔鬼怪,就像曾经的塞拉姆村民那样。

帕萨镇的中心是一片铺着石板的开放区域,驾着货车的商人和农民们会在早上带来各式各样的货物——尤其以食物和肉类居多——围着广场上宽阔的圆形喷泉叫卖。喷泉中央立着一座长须学者雕像,雕像腋下还夹着两捆卷轴。伊桑镇长说雕像叫作普罗修斯,此人是帕萨镇的创建者之一,生平推崇仁爱和理解。乌迪贤觉得,站在普罗修斯的影子下,能为自己的计划开个好头。

喷泉的四个角上各有一座跃出水面的飞鱼雕塑,飞鱼口喷泉水,乌迪贤站在了其中两座雕塑的中间。普罗修斯的雕像就在他的身后静静俯视着人群。

原本集市人声鼎沸,在他停下的时候,人群逐渐开始安静了下来。乌迪贤突然感到有些紧张。他口干舌燥,甚至想一头扎进喷泉,不仅是想缓解口渴,更是想逃避自己一直寻求的这些观众。

不过，下一瞬，乌迪贤在人群中看到了一个熟悉的身影。是那个女人，伯莎，她的儿子就站在她身边，那孩子正凝视着这个治愈了自己的男人，眼中满是孺慕之情。

这让乌迪贤顿时鼓起了勇气。他不由自主地模仿着雕像的姿势，环顾了一圈人群，然后高声宣布道："我之前做的事并不是什么奇迹！"

他的话让一些人感到难以置信，而另一些人则疑惑不解。伯莎像是听到一个善意的笑话般露出了微笑。她对自己的亲眼所见深信不疑，而且她的儿子就是证据。

然而，乌迪贤对她摇了摇头，继续说道："那不是奇迹……因为这力量也存在于你们每个人的体内，只要能唤醒它，即使你们无法达到我的程度，也能与我相差无几！"

此时人群开始窃窃私语，显然，很多人觉得这句话比上一句更加离谱。

"请听我说！"狄俄墨得斯之子用最大的声音喊道："听我说！不久前，我跟你们没什么不同！我每天在农场里辛勤耕耘，关心的东西只有当天的农活。我几乎不会想别的事。那些法师部族间恶毒的争斗从来都与我无关，我只求他们别殃及我的村子！我也从不关心三神教和圣光教派那些大空话，因为我知道那些家伙对我的家庭毫无助益，我的家人饱受瘟疫的折磨，在痛苦中慢慢死去！"

说到这里，他收获了一些同情的眼神，还有几个人点了点头表示理解。乌迪贤看到人群中有好几个瘟疫的幸存者，他们脸上带着瘟疫留下的疤痕。虽然帕萨镇看起来欣欣向荣，但显然很多居民都有自己不堪回首的往事。

他摇了摇头继续说道："我说过，我做的那些事不是奇迹，但对我来说，有一天我身上的确发生了奇迹，某种东西在我体内觉醒……一种力量，一种能力，随你们怎么称呼它！然后我身边就发生了一些离奇的事情。有些人因之恐惧,有些则不然。"在塞拉姆发生的事他只能讲这么多了。如果日后镇上的人发现了真相,那就随他们吧。到那个时候,乌迪贤要么已经说服了他们,要么早已被众人当成疯子。"我能够做到一些事,帮助一些人……"

他对男孩招了招手——他发现自己还不知道男孩的名字——示意孩子到他面前来。伯莎轻轻拍了拍孩子的后背,让男孩听从乌迪贤的安排。那孩子跑过去,紧紧抱住了高大的农夫。

"我帮助了他。"乌迪贤一边说明,一边把男孩的手臂举起来让每个人看。男孩害羞地冲他微笑。"我做的这些,你们也能做到。也许没那么快,但是一定可以。"

人们纷纷摇头皱眉。相信他能创造奇迹是一回事,可他们无法相信自己也有这样的能力。

乌迪贤叹了口气陷入沉思。他可能过于心急了,就连如此善解人意的帕萨居民也难以接受他的理论。也许,他需要向他们演示一番。

"伯莎,"狄俄墨得斯之子叫道,"请你也到这儿来。"

她欣喜地跑上前来,恭敬地问道:"有何吩咐,伟大的圣者?"

她的称呼让他皱起了眉。他可不希望自己与马利克之流混为一谈。永远都不要。"我只是乌迪贤,伯莎,我生来就是个农夫,像你认识的许多人一样。"但她的表情告诉乌迪贤,她根本没听进去自己的话。他又叹了口气,最后说道:"就叫我乌迪贤吧,拜托了。"

她点了点头。事到如今,他也只期望对方能在称呼上做个小小让步了。

"站到我身旁。"伯莎听令行事,而乌迪贤开始在人群中寻找脸庞被瘟疫烙下最严重的伤疤的人。"那边的那位,请过来。"

被点到的金发男子犹豫了一下,走到乌迪贤面前。他紧紧抓着手里的帽子,仿佛这样能给他某种安全感似的。

"你叫什么名字?"

"乔纳斯,伟大的圣者。"

乌迪贤努力压抑自己对这称呼的厌恶。总有一天,他会让他们摒弃这个称呼。"可以让我们碰一下你的脸吗?"

男人再次犹豫起来。不过他最后还是点头同意道:"可以。可以,伟大的圣者。"

乌迪贤转向伯莎,拉起她一只柔软的手。男孩的母亲任由乌迪贤带着自己的手伸向那张布满疤痕的脸庞,尽管它看起来丑陋不堪,她却并未表现出任何负面情绪。这让乌迪贤有些刮目相看。看着可怕的面容是一回事,而用自己的指尖去切实感受布满疤痕的皮肤就是另一回事了。对于这番展示,他确实选对了人。

当他们二人的手指同时触摸到那个男人时,乌迪贤闭上双眼,努力想象完好无损的皮肤。同时,他也将意念伸向伯莎,试着深入她的内心,让她感受自己正在进行的事。

他感觉到伯莎突然一颤,但她并没有把手抽走。乌迪贤深感欣慰,将精神集中到面前的男人身上。金发男子显得有些不安,但考虑到现在这么多双眼睛集中在他们三人身上,乔纳斯的情绪不难理解。乌迪贤知道自己必须加快速度了,免得乔纳斯因为害怕而放弃。

乌迪贤努力回想着自己治愈男孩手臂时,心中翻涌的情绪。这一次,他轻松引出了那股情绪,这让他惊讶不已。

悲痛和怅然之情流过他的心头。他知道塞拉姆村也有一些人与乔纳斯一样饱受毁容之苦,但现在他却无法帮助那些村民。也许……也许一切都能如期发展,乌迪贤有朝一日也能回到塞拉姆村,弥补他的错误……

这想法仿佛是什么神奇的钥匙般,突然间,他体内的力量奔涌而出。他感觉到伯莎再次陷入了震惊当中,不过这次,震惊中掺杂着巨大的喜悦。

乌迪贤还感觉到，那个男人正感受着那股涌入他体内的力量，那股力量直奔他布满疤痕的脸庞。

人群中响起一阵惊叹声。乌迪贤鼓起勇气睁开了双眼——

他指尖的触感已经说明了一切，但亲眼看到自己施力的效果时，乌迪贤跟围观的人群一样惊讶不已。受损的皮肤变得粉嫩无瑕……事实上，现在乔纳斯的脸上没有一丝疤痕或瑕疵。

"又一个奇迹！"伯莎惊呼道。

乔纳斯摸着自己的脸颊，惊叹于那光滑的触感。他转向他的乡邻们，让他们能够更清楚地看到这神迹般的改变。

不等他们再次赞颂自己，狄俄墨得斯之子转向伯莎大声说道："伯莎，你感受到这一切了吗？感受到了吗？"

她的表情有些困惑，但最后还是回答道："我感觉到你在治疗他——"

他打断了她的话。"你在自己的体内感觉到了什么？你现在还有感觉吗？"

她摸着自己的心口。人群——包括那个刚才被治愈的男人——都在看着她。

"我感觉到……我感觉到……"她对乌迪贤露出愉悦的笑容。"我感觉自己好像被唤醒了，伟大的——乌迪贤大人！那感觉……我不知道怎么形容它……"

他满意地颔首看向其他人。"一切就是这样开始的。这种感觉会不断增强。这可能需要一些时间，但慢慢地……慢慢地……你们的能力就会像我一样强大，而且可能会更强，可能会强得多。"

这是个相当沉重的承诺，而乌迪贤在说出口的瞬间就后悔不已。然而，现在想收回承诺已经来不及了。在更加了解自己的能力后，他会试着教导其他人,至少在有更强大的人出现前,他都会如此。

这就意味着,他们出发去凯基安城的时间要推迟许久。直到帕萨镇的居民取得一定进展,乌迪贤才能放心离开。

他马上想到了莉莉娅。她刚开始一定会生气,不过就像之前一样,她会改变主意的。当贵族女子看到帕萨镇居民的反应后,就会明白,留在这里是非常有意义的。

至少,他希望她会这么想。

被治愈的男人回到乌迪贤面前,对他请求道:"乌迪贤大人……你能……你能带我感受吗?"

乌迪贤把手伸向乔纳斯,接着迟疑了片刻,最后,他笑了。乔纳斯已经觉醒了,而他之前居然没有察觉到。"我想我没必要这么做了。你应该知道的。好好感受你的内心,你会看到的……"

乔纳斯皱起了眉,随后陡然间满面喜色。这显然与他刚刚恢复完好的皮肤无关。他激动得点着头大声喊道:"我感觉到了……我想,就是伯莎女士说的!我感觉到了,我觉醒了……"

他的发言顿时让人群躁动起来。有人向乌迪贤走了过来,接着所有人都向他拥来。每个人都想成为下一个幸运儿。

被人群围住的乌迪贤挨个满足了众人的请求,他尽可能耐心地对待每一个人。并不是所有人都能像伯莎和乔纳斯那样在极短的时间内觉醒,但他们最后总会成功的。乌迪贤坚信这一点,也正因为他坚信这一点,那些被他帮助的人才会对此深信不疑。

渴望力量的人们接踵而来,他渐渐对自己的决定越来越有信心。帕萨镇的确是个能让他证明自己的完美地方。如果乌迪贤在这里能顺利做好这件事,显然,他也能在凯基安取得难以想象的成功。

不要紧,在镇子里短暂停留几天,不会让他们身陷险境的……

* * *

在众人的包围下,乌迪贤并没有发觉在他身后的远处,那个他最在乎的人正用意味深长的眼神注视着他。莉莉娅站在一段台阶的最下方,越过喷泉将一切尽收眼底。反常的是,尽管贵族女子的美貌格外吸引人,却几乎没有一个人注意到她的存在。

但是她注意到了一切,包括乌迪贤做出的那些会让他忙碌很久的行动。事实上,已经太久了。他现在本该到达凯基安附近了。那才是她的计划,而不是在所有城镇中偏偏跑到这个暗藏危机的帕萨镇。

不过莉莉娅考虑了片刻后,突然露出微笑。计划赶不上变化。

"如果不去凯基安城的话,那就务必在这里完成一切吧,我的爱人。"金发女子轻声自语道,"地点无关紧要。反正你还是会把本该属于我的东西带给我,乌迪贤……你一定会的……哪怕你必须为此送命……"

第十二章

阿奇里奥斯并没有在预料的地方找到塞兰西娅,他还以为赛勒斯的女儿会在乌迪贤身旁协助农夫进行任务。然而,猎人却发现黑发姑娘只是坐在能将这一切尽收眼底的地方,远远地置身事外。她始终注视着乌迪贤,当然,若非如此,阿奇里奥斯才会奇怪。不过猎人靠近时,还是敏锐地注意到她偷偷扫了眼莉莉娅,然后视线很快又转回到狄俄墨得斯之子身上。

"我给你带了点水。"他说着,试图将女孩从自己的内心世界拉出来。猎人将身上的水袋递给女孩,水袋刚在伊桑镇长家灌满。阿奇里奥斯一向行事周全——除了面对爱情的时候——在动身追赶好友前,他先准备了些喝的东西。

塞兰西娅接过了水袋点头致谢。她一口气喝了很多水,远超阿奇里奥斯原本的估计,这说明她已经在这里坐了很久了,这么长时间一直凝望着乌迪贤。看来塞兰西娅是怕乌迪贤会有危险而一路跑来的,然而他却不慌不忙,总觉得乌迪贤不会有事。

等她喝完,他拿回水袋开口道:"真是令人吃惊,对吧,塞莉?"

"对,是的。"

"我跟他从小就是朋友。"他没有询问她的意见,直接坐在了她身边。这几乎用尽了他全部的勇气。尽管他看似很善于交际,但其实阿奇里奥斯在森林中,跟猎物们在一起时才更自在。在社交场合,他觉得自己只比孟德恩强一点,那家伙总会让身边的女人们又焦虑又尴尬。

猎人的话换来女孩紧张的一瞥,阿奇里奥斯怀疑自己是不是说错了什么。塞兰西娅看起来想要说什么,但足足过了一分钟也没吐出一个字来。

而等她终于开口时,谈话的内容却让他始料未及。"为什么你们两个会成为朋友呢,阿奇里奥斯?你们似乎在很多方面都很不一样。"

他不知该如何回答,最后说道:"我想,没什么特别的原因。我们第一次见面就是朋友了。"他耸耸肩。"孩子们就是那样。"

"我想是吧。"塞兰西娅考虑了一会儿又问道,"她是你梦中情人的类型吗?"

现在终于聊到他有所准备的话题了,塞兰西娅绕了好大一个圈子。"莉莉娅?老实说,她是个美人,没有男人会忽略这一点,不过这个评价也能用在其他人身上,她并不特别。"

他的意思再直接不过了,猎人深情地注视着女孩,可她却好像不明白猎人指的就是她自己。"我知道她对咱们来说充满了异域风情,我也明白乌迪贤为什么会迷上她,可那也太快了,阿奇里奥斯。"

"这并不奇怪。"这种情况也曾发生在他身上。前一天,他眼中的塞莉还只是个淘气的小女孩。第二天,站在他面前的就已经是一个美丽的女人了。这巨大的反差让阿奇里奥斯震惊且无法自拔,以至于他接下来的一个星期都没能捕到一只猎物。

塞兰西娅暂时陷入了沉默,阿奇里奥斯则对于可以陪伴女孩心满意足……往往,他们之间的对话也会如此结束。他们看着乌迪贤一个接一个地碰触帕萨居民。每次农夫通过碰触施放祝福时，阿奇里奥斯发现他的朋友和被碰触的人都会露出一脸饕足的模样。

"你当时的感觉也是那样吗？"他终于鼓足勇气对塞兰西娅问道，"像他们一样？"

"是的。"不过她的语气让猎人并不是很确信。

"你的能力到达什么程度了？"

这次塞兰西娅停顿了一下，然后说道："我不知道。"

"你怎么会——"

她的语气变得强硬起来。"我不知道。"

通常情况下，阿奇里奥斯会就此打住，但这次他却想追问下去。"塞莉，你这是什么意思？"

她并没有看向他，而是看着自己的手说道："我能感觉到它，我知道他们很多人也一样，但也仅此而已。我还没发现自己身上有其他新的变化。我试着冥想过，让那些念头成真，但是……但是就我目前的情况来看，一次都没成功过。"

"现在依旧没有成功过？我还以为到现在——"

这下她看向了他，她的眼神异常坚决。"我也以为。相信我，我也这么希望。"

这让他实在想不通。莉莉娅已经成功施展过好几种能力了，比如使灌木开花结果，或是治好被马磕碰的一些小伤口。她还为大家招来过一只兔子，帮阿奇里奥斯省去了打猎的工夫，却也让猎人觉得那小动物被欺骗而来，失去了生存的机会。

"那你呢？"塞兰西娅突然问道，"我也没看到你有任何能力。"

事实上，阿奇里奥斯的确感到体内有什么东西在试图成长，却被他竭力压制。他没有告诉任何人自己的决定。或许很多人渴望得到乌迪贤施与的能力，但猎人不一样。阿奇里奥斯对现在的自己很满意。他只是一个猎人，一个普通人。

"我猜我不是乌迪贤最好的教学对象。"他答道，"与他的要求相去甚远。"

"可是没人教过他，没有人！乌迪贤体内的那股力量来得就像席卷塞拉姆村的那场风暴一样突然……而那风暴显然也是他引来的！"

"乌迪贤当时走投无路，塞莉。他被麦克琉斯修士指控犯下了那起骇人的谋杀案。那些审讯官会把他拖回大教堂，可能还会把他当魔鬼烧死！他当时别无选择！"

但女孩并没有被说服。"当时的情况的确很严重，可为什么偏偏是那个时候？为什么不是在他的家人被瘟疫折磨，痛苦地死去的时候？为什么不是那时候？况且为什么会是他呢？这世上还有好多比他的遭遇更悲惨的人，可咱们以前却从没听说过如此惊人的事！要是有的话，也早该传到塞拉姆村了，这点你是知道的！"尽管他点头同意了她的论点，塞兰西娅却还是继续分析道。"说到这一点，为什么不是孟德恩？他也没少受苦！他几乎举目无亲，他的哥哥还背负了可怕的罪名！这一切本来也可以发生在他身上，但却没有！我没在孟德恩身上发现任何不寻常，你有发现吗？"

她提及孟德恩时，阿奇里奥斯瑟缩了一下。塞兰西娅注意到猎人的反应，怀疑地眯起了眼。

"怎么了，阿奇里奥斯，孟德恩怎么了？他也像他哥哥一样表现出什么能力了吗？"

让猎人瑟缩的不是此时此地女孩的话，而是一段短暂的记忆，发生在另一个时间、另一个地点的意外事件。就在塞兰西娅谈到乌迪贤弟弟的时候，猎人仿佛再次回到了塞拉姆村附近，那个神秘的石头前。他又一次看到孟德恩僵在石头前，而且重新体验了亲手碰触石头的感觉……那种可怕的空虚感瞬间淹没了他，直到他拼命挣脱出来。

"没有……"阿奇里奥斯终于挤出回应,"没有……他和乌迪贤完全不同。"

塞兰西娅还是没有信服,不依不饶地追问道:"阿奇里奥斯,什么——"

突然间,强烈的恐惧毫无预兆地向猎人袭来,但这恐惧无关于他自己。他有种不祥的预感,孟德恩现在出事了。

阿奇里奥斯一跃而起,把塞兰西娅吓了一跳。

"怎么了?出什么事了?"

他很想回答她,但那种不安实在太过强烈。阿奇里奥斯来不及解释,开始拔足狂奔,将塞兰西娅关切的呼喊远远抛诸身后。

然而阿奇里奥斯刚跑出心爱女孩的视线,就猛地停了下来。猎人对孟德恩的担忧丝毫未减,却犹豫着迟迟没有动身。

事实上,阿奇里奥斯根本不知道乌迪贤的弟弟去了哪里。

* * *

孟德恩正走在一条空得出奇的街道上,他周围的建筑突然呈现出某种令人不安的灰色阴影。这里没有一丝风,也没有一声响动。孟德恩本来应该觉得自己形单影只,只不过……他仍然被死于乌迪贤之手的士兵的阴魂包围着。

那些阴魂出现时,他竭尽全力才没尖叫着对大家说出真相。要么这些幻影真的存在,要么就是他疯了……或者兼而有之。孟德恩不知道哪种情况更糟。他只知道自己一心想把身上发生的怪事告诉什么人。

但他没那么做。甚至当他们到了帕萨镇,幽灵并没有如他所愿离开，而是直接飘进镇子的时候，他也什么都没有说。在那之前，孟德恩一直相信这些阴魂不散的东西不会一直纠缠他。可现在，他很怕这些亡魂将永远跟着他。

不过现在，"怕"这个词可能已经不大准确了。这些亡魂让他焦虑不安，但他们跟着他越久，他的恐惧就越淡。他们并没有做什么，只是盯着他。不是在责难他，反而像是在等着他说什么。不过到目前为止，孟德恩几乎没有直接对他们说过话。他曾请求他们行行好，别再跟随他，但亡魂们并没有听从，所以他也不觉得还有什么理由继续尝试进行对话。

眼下，让他担心的事情不是这些亡魂。当孟德恩继续穿行在镇子上时，他注意到周围的建筑物上满是岁月特有的印记，仿佛帕萨镇是个被废弃已久的遗址。每走一步，这种变化就越发明显。灰影变得越发浓重，最后终于变成了黑色……

他突然意识到，这很不对劲。其他人都去哪儿了？他一直跟着乌迪贤，可乌迪贤又在哪儿？孟德恩很担心他的哥哥，尤其担心帕萨镇的居民会如何对待乌迪贤。他清楚地记得在塞拉姆村发生的事，那里的每个人都熟识乌迪贤，最后却对乌迪贤群起攻之……

但接下来映入眼帘的景象却让孟德恩脚下一软，把哥哥的事全都抛在了脑后。他转身想逃……但他转过身后，却发现自己依旧面对着刚才的方向。

他面前是一个久未修葺的墓地。这块墓地看上去年岁久远，它绝对不可能属于帕萨镇。

孟德恩被那群幽灵团团包围，几乎看不清这周围的情景，但这个杂草丛生的墓地依旧让他觉得充满了不祥。然而，当他努力向后退去时，却发现墓地反而越来越近。尽管如此，孟德恩还是试着又退了一步——

下一秒，他就发现自己正站在这片废弃的坟地中间。

他试图理解目前的情况，却只能发出一声无力的喘息。他祈祷这一切只是个噩梦，可他明白这不是。孟德恩接着想到了自己的失忆症状，怀疑现在的情况会不会是老毛病的某种荒唐延续。他显然想不出别的答案了。

他忽然又注意到另一件非常奇怪，同时令他十分不安的事。那些亡魂没有跟着他进来。他们飘荡在拱形大门的上方，仿佛被大门上那只双翼石像鬼挡在了外面。孟德恩头一次希望那些幽灵能陪在他身边，至少，相比之下那些幽灵还让他熟悉些。现在他彻底孤身一人了，不知自己接下来要面对什么鬼东西。

当他刚要把视线转回来时，一个感觉像是手的东西把他推到了墓地的更深处。孟德恩踉跄了几步回头看去，当即咽了口口水。当然，那里一个人都没有。

他低头看向了第一座坟墓。一块月牙形的石碑立在那里。这座墓的时间太过久远，以至于它已经被丛生的杂草掩盖，甚至还有些下陷。孟德恩又转过头来，再次看向那块石碑。

在依稀可见的诡异灰影下，他看到了同塞拉姆村附近的那块石雕上一模一样的符号。

孟德恩瞬间忘乎所以，被自己的发现深深吸引。出于对亡者的尊敬，他单膝跪地，倾身凑近石碑。然后，他终于证实了自己看到的东西。月牙石碑上的符号大多他都曾见过，但他并不认识那些符号组成的图案。

他毫不犹豫地用手指抚过第一列符号。瞬间，他感受到了这些符号散发出的强大力量。孟德恩曾经听说过关于咒文的事迹，似乎法师部族的成员们有时会使用它们，他只能猜测这些符号就是传说中的咒文。

乌迪贤的弟弟抬起头，四下扫视。这里遍地都是石碑，几乎望不到头。墓碑的形状各不相同。除了月牙形，还有星形的石块，敦实的长方形石碑，以及更多。再往前看，孟德恩甚至还发现一座生有双翼，一手持着武器的巨大雕像。

这座雕像深深地吸引了他，他穿行在墓地中，想看得更清楚些。他心底的恐惧已被越发浓厚的兴趣取代，迫切地想要了解更多。这里是法师部族祭奠亡者的某种圣墓吗？如果真是这样，它们跟发生在他身上，还有乌迪贤身上的那些事有什么联系吗？直到现在，他依旧有诸多疑虑。根据他从过路的商人那里收集到的少量信息，那些强大的法师部族往往隔绝于世，专注于彼此间无休止的法力角逐。他们根本没空也没兴趣去折腾一对远离城市的农夫兄弟。

尽管雕像立于墓地的深处，可似乎孟德恩才刚向它走去，它便瞬间自己来到了男人面前。他停下来，想试着弄清楚那到底是什么。那是一个长着翅膀的形象，脸庞隐藏在兜帽下，只露出一张嘴和垂散的头发。它的长袍和胸甲与圣光教派审讯官的打扮有几分类似，不过雕刻用的材质似乎要更好些。它的胸甲上也镌刻着那些神秘的符号。

孟德恩又望了一眼雕像的双翼，发觉它们并不同于鸟类的翅膀。当他靠近观察，才发现自己之前以为的羽翼其实更像画家笔下的火焰。孟德恩知晓的传说中，并没有生就如此双翼的鬼神形象，哪怕是他很小的时候听母亲讲的故事里也没有。

这座宏伟的雕像左手握着一把巨剑，剑的尖端抵在底座上。它的另一只手指着下方，在孟德恩看来，它不仅在指示自己下方的坟墓，还有它周围的那些坟墓。他有一种直觉，这手势应该对他有什么意义，可究竟是什么，乌迪贤的弟弟也说不上来。

在这种困境下，孟德恩的信心渐渐被懊恼掩埋。他向来是个有耐心的人，但看来有人正试图——而且成功地——让他到达忍耐极限。

"那好吧！"他大吼道，他的声音在一片死寂中不断回荡。"如果你想从我这里得到什么，那就告诉我到底是什么！告诉我，我要知道！"

话音刚落，他耳中便响起一个刺耳的声音。孟德恩咽了口口水，恐惧地看着雕像伸出的手慢慢指向了底座上的铭文。

孟德恩等着它再做些什么，但双翼雕像重又静止下来，一动不动。他慢慢地鼓起勇气，低头看向底座。

他看到的依旧是那种古老的文字。虽然，他也没期望能看到别的内容，但还是变得越发困惑。

"可我不识字啊！"他小声抱怨道，"我根本不知道这些字在说什么！"孟德恩眯起眼睛，努力回忆着之前他独自在树林里撞上那头恶魔的时候，那些凭空出现的文字。他回想起当时看到的画面和念出的字句，可那些还是不足以帮助孟德恩理解眼前的文字。

重温那场噩梦般的回忆无济于事，孟德恩终于大着胆子倚在墓上研究起每一个符号。他张了张嘴摆出几个口型，但也仅此而已。根本没有任何头绪，没有！

"这说的是什么？"他压着嗓音咆哮道，"这说的究竟是什么？"

龙已选中了你……

孟德恩猛地站起身来。他之前听到过相似的声音，还在塞拉姆村的时候，仿佛是赛勒斯的声音……

赛勒斯的声音，死去的赛勒斯。

他身体的一部分想尖叫着把这个发现甩出脑海，但另一部分却已经开始琢磨刚才听到的话。龙已选中了你……

他盯着眼前古老的铭文，重新认着那些字。"龙已选中了我——你……龙……已经……选中了……你……"

突然间，乌迪贤的弟弟发现自己能读懂那行字了。更重要的是，其他字符现在似乎也变得可以理解了。孟德恩感觉自己即将参透所有文字的含义，并发掘近来这一连串事件的真相。

可那句话到底想表达什么呢？孟德恩又屈膝凑近，重新研究起那个最重要的字符……龙。一个扭转的密闭环形，没有起始和终点。孟德恩对龙的了解来自神话，可为什么这个字符会代表那种生物呢？又为什么一定是那种生物呢？

"刚才是什么情况？"孟德恩轻声问着……接着他意识到自己刚才的表述有些奇怪，不由得皱起了眉头。他本来想问现在是什么情况。为什么他会——

他手掌下的土地突然开始晃动，似乎正有什么东西想要掘地而出。

孟德恩惊恐地瞪大双眼连连后退，却不小心退到了另一座坟墓边。而让他更加惊慌的是，这里也有什么东西在下面骚动。

还有更糟的，他看到所有的坟墓都开始颤动，摇摆。大量坟墓上方的土堆已经被翻开许多，孟德恩不由自主地想象着那些尸骨破土而出的画面。

但就在他的想象即将变成可怕的现实之时，双翼雕像的阴影里突然出现了一个被黑暗笼罩的身影。孟德恩匆匆一瞥间，看到一张与自己勤奋的面孔有些相似，但在其他方面却大不相同的脸。那张脸英俊得有些不真实，仿佛只有雕塑家和画家才能塑造得出来。

那个身影在空中画了一个符号，匕首状的记号转眼间发射出耀眼的白色光芒。同时，一声叹息如惊雷般扫过整片墓地——

坟墓安静了下来。身披斗篷的身影随之消失……而且就在这时，孟德恩周围的景象变了。

他还在帕萨镇，这一点就连他混乱的大脑也能猜到。不过他已经不在墓地之中，而是站在了墓地的大门外。门上的石像鬼咧着大嘴,像是在嘲笑他的恍惚。墓地看上去不再老旧破败,而是被打理得很好,是帕萨镇应有的风貌。

不过孟德恩竭力眺望,都没发现那尊双翼雕像。

有什么东西突然碰了碰他的肩膀,吓得他陡然惊叫起来。有力的手指扣着孟德恩,将他转了过来。

孟德恩松了一口气,原来是阿奇里奥斯,而不是什么坟堆里的鬼怪。

"孟德恩!你没事吧!你在这里做什么?"猎人看起来几乎和乌迪贤弟弟的脸色一样惨白。阿奇里奥斯的视线越过孟德恩,一脸嫌恶地观察着他身后的墓地。

"我——没有。"孟德恩觉得最好还是不要试图解释,因为他自己都不太确定刚才是怎么回事。一场幻觉,一个梦,又或者是精神错乱?

接着,孟德恩转而提出了自己心中的疑问:"阿奇里奥斯,我的朋友,你为什么在这里?你是跟着我来的?"

猎人犹豫了片刻,给出了一个同样令人怀疑的回答:"是啊。我一直跟着你。"阿奇里奥斯咧嘴一笑,拍了拍孟德恩的肩膀。"我可不想让你迷路,孟德恩。这么大的镇子,很多东西会把你带跑的,对吧?"

孟德恩不确定这话是不是有些无礼,他想了想,最终还是没再说什么。或许换个时间,他就能跟阿奇里奥斯分享自己的秘密,而猎人也能对他吐露实情。他相信,那些秘密都跟家乡那块关键的石头脱不了干系。

"你该跟我回广场去。乌迪贤——"

孟德恩感到一阵羞愧,自己居然忘记了哥哥。他焦虑地搓着手脱口问道:"乌迪贤!他还好吗?"

"他好得很，不过你得看了才能明白——"这时猎人恰好低头看到了孟德恩的手，不由得皱眉问道，"你的手上全是土！怎么——"

"我来这儿之前在路上摔了一跤，还好用手挡了一下，才没把脸磕在石头上。"孟德恩迅速打断猎人解释道。"那块地上都是土。"他又欲盖弥彰地加了一句。

让他宽慰又意外的是，金发猎人听信了他的说辞。"在路上摔跤！你也太不小心了！来吧，咱们找点儿东西擦擦你的手，然后赶快出发……"

周围找不到别的东西，孟德恩最后只好在衣服上擦了擦手。身为农夫的他早就对这种做法习以为常，但在帕萨镇当着别人的面这么做，他还是觉得有些丢脸。不过，他们也不能为这种小事先回伊桑镇长家一趟。孟德恩急于知道广场那边的情况。

他跟上阿奇里奥斯，不过落后猎人几步。确定他的朋友并未注意自己后，孟德恩迅速回身扫视了一圈。

自从野外一战后就一直缠着他的那些幽灵都消失不见了。就好像那个被黑暗笼罩的身影使墓地亡魂安息的同时，也同样安抚了那些三神教卫兵的亡魂。

"谢谢你。"他轻声说。

"你说什么？"猎人停下了脚步问道。

"没……"孟德恩果断地摇了摇头。"没有。"

阿奇里奥斯再次接受了他的答案，这让乌迪贤的弟弟感激不已。然而他们赶路时，孟德恩的心思并没在他哥哥身上，而是想着自己刚经历的那场实在令人不安，甚至极度凶险的遭遇。

有一个问题萦绕在他的脑海中。不是他的遭遇，不完全是。而是他的奇遇带来的新问题……或者说，是两个显然有所联系的问题。

什么是龙……为什么它选中了自己？

***

尽管阿奇里奥斯还是一脸随和，但他的心情其实比动身找孟德恩之前更阴郁了。猎人完全没料到会在那种地方发现乌迪贤的弟弟。这让他再次忆起之前触碰那块石头时感受到的恐惧。

他费了很大力气才掩饰住自己心底翻涌的痛苦，很庆幸心事重重的孟德恩并未察觉到。然而不幸的是，孟德恩的心事重重又重新吸引了猎人的注意……阿奇里奥斯甚至此时还在为他担心不已。

猎人询问孟德恩是否进过墓地的时候，对方矢口否认了。然而，即使不是阿奇里奥斯这样敏锐的猎手，也知道乌迪贤弟弟手上的那种泥土不可能在街上找到。它又干又硬，充满岁月的痕迹，其中还混杂着野草的碎屑。

这种土不难找到，在墓地里随处可见。

这又让阿奇里奥斯想起另一次，还在塞拉姆村的时候，当时麦克琉斯修士想去查看被害传教士的坟墓……随后他对众人宣称有人亵渎了它。大检察官曾坚信乌迪贤无论如何脱不了干系。乌迪贤，或是某个与乌迪贤十分亲近的人。

而现在，孟德恩出现在另一块墓地，手上沾着泥土。而孟德恩本人，在村里多次出事期间都离奇失踪。

孟德恩……相比乌迪贤，此时，孟德恩更让猎人畏惧。

第十三章

在帕萨镇的日子一天天过去，乌迪贤的任务仿佛看不到尽头。那些向他寻求教导的人确实感受到了体内力量的涌动，但除此之外，他们再没有任何实质上的进展，远远无法达到乌迪贤自己或是莉莉娅的程度。这让乌迪贤困惑不已。当他和莉莉娅一同躺在慷慨的伊桑镇长为他们安排的精致房间里的大床上时，他对贵族女子吐露了自己的烦恼，不过莉莉娅却似乎完全不担心这个不尽如人意的结果。

"这说明你比芸芸众生特别得多，亲爱的，而我早就知道了。"她轻抚他的胸膛，柔声说道，"不过再多等几天吧。我想你会逐渐看到你期待的结果。"

"我很高兴你这么想。"他还是有些忧郁。"而且我知道当初我们决定在此地逗留，而非出发前往凯基安时，你不大高兴。我非常感激你的善解人意。"

"不说别的，我的适应性是非常强的，亲爱的乌迪贤。我此前的经历让我必须能适应各种环境。"

乌迪贤本想就着她的话继续提问，可当他再看向她时，却发现莉莉娅已经迷迷糊糊地睡着了。几分钟后，他也进入了梦乡，接下来几个小时，他终于能愉快地暂时摆脱烦恼了。

* * *

贵族女子的预言仅仅过了两天就变为现实。目前为止，乌迪贤已经接触过镇上绝大多数居民了。令人惊讶的是，犹豫是否要唤醒体内天赋的人少得出奇，被他拒绝的人更是少之又少。

伊桑镇长提议，应禁止某些人与乌迪贤接触。那些人都是些作奸犯科之徒，根本靠不住。作为帕萨法庭的首席法官，这个商人认识镇上的大部分罪犯。当他了解到乌迪贤的打算后，便一直跟在农夫身旁，以免那特殊的能力被赋予错误的人。

"那边那个人，"伊桑提醒道，"不要给他任何东西……"他接着又指向另一个人。"他很可能在你过去打招呼的时候割开你的喉咙，所以也要当心这个家伙。"

刚开始，乌迪贤认真地听从了镇长的每个提醒。不过这天，农夫又遇到了第一个被镇长指为恶徒的男人，那人名叫罗姆斯，蓄着胡子，令人望之生厌。一道丑陋的伤疤横在他的大半个光头上，那大概是他某次为恶的后果。他发现人们正打量着他，便马上转身准备离开。然而，乌迪贤突然想跟这个声名狼藉的家伙谈谈。

"罗姆斯！罗姆斯！到我这儿来！"乌迪贤喊道。

数百双眼睛直直看向罗姆斯。他别无选择，只能在警卫和镇民们的怒视下向农夫走去。

伊桑镇长也不悦地说道："乌迪贤，我知道你是好意，小伙子，但他这种家伙要是得到力量会更危险——"

这时，莉莉娅轻轻将手搭在商人的手臂上，温柔地打断了他："可是亲爱的伊桑，你怎么知道那些被乌迪贤唤醒力量的人中，还有没有其他像罗姆斯一样的人呢？你能说自己认识镇上的每个恶棍吗？"

"不能，我的女士，但我认得该死的大多数——请原谅我这么说——而且这个家伙是最坏的！"

她没有因此被说服。"你看到过那些被唤醒的人的表情。你自己也感受过那股力量。请你扪心自问，你觉得你可能会用它做坏事吗？"

伊桑支支吾吾地说道："不……绝不会……可是……"

"没人会那么做，"莉莉娅坚决地说道，"没有人会。"

不等镇长再说些什么，乌迪贤就把手伸向了罗姆斯，他看上去不大像危险分子，倒更像是个受惊的孩子。这个光头男子被一大群人围在中间，而乌迪贤几乎被这些人视为神明。

"别害怕。"乌迪贤安抚着他，转而对人群说道，"请给他让出点儿空地。没事的！"

人群依言散开，狄俄墨得斯之子将罗姆斯拉得更近了些。后者皱起了眉头，不过并没有反抗。

莉莉娅还留在伊桑镇长的身旁，她身子微倾，目光热切而专注。

其他人则戒备地注视着他们，罗姆斯显然臭名昭著。大家都准备好若是发生什么变故，随时拥上来保护乌迪贤。

不过乌迪贤本人并没有这种担心。他碰到罗姆斯双手的瞬间，体内的力量就奔涌而出，在光头男子体内翻江搅海。罗姆斯倒抽了一口气，露出了愉悦的表情。此时，这众人戒惧的恶徒看起来像是完全变了一个人，变得万分可靠，甚至能让乌迪贤托付性命。

"这是——这是——"罗姆斯结结巴巴地说道。

"是的，这就是。"

乌迪贤像往常一样退到一旁，让觉醒的人慢慢适应自己的变化。罗姆斯像个孩子一样吃吃地笑了起来，一滴眼泪从他的脸上滑落。他双手抱额，体悟着自己新生的力量。

当他的手离开头顶后,莉莉娅突然惊呼道:"乌迪贤!看看他做了什么!看他的伤疤!"

然而乌迪贤没能看到伤疤……因为它已经消失了。之前被歪歪扭扭的伤疤覆盖的皮肤现在已经变得健康粉嫩,像乔纳斯的脸一样恢复如初。

而这并不是乌迪贤的功劳。

周围的人显然并没有马上意识到这一点,还在为乌迪贤的最新杰作鼓掌欢呼。乌迪贤迅速高举双手,示意大家安静下来,然后大声宣布道:"你们看到的不是出自我手!完全不是!你们刚才目睹的……你们见证的那个奇迹,是罗姆斯自己做到的!"人们显然无法接受这个说辞,登时嗡嗡地议论起来。乌迪贤更加严肃地说道:"我说的是事实,我很清楚!你们谁敢说我的话是错的?"

在场的任何人都不能。大家开始惊讶地打量着罗姆斯,而他却拼命摇着头,像前一刻的镇民们一样试图否认这个事实。

但乌迪贤不会让他这么否定自己。"罗姆斯,到喷泉这边来,站到我旁边!让他们都看看!"

男人一言不发地走到乌迪贤身边。人们拥上前来,相互私语着,对着罗姆斯痊愈的头部指指点点。罗姆斯瞬间涨红了脸。现在的他跟伊桑镇长最初指认的那个冷血恶人已经判若两人。

"真不可思议……"镇长在人群后嘀咕着,"这可能吗?"

莉莉娅紧紧握着镇长的手臂,轻声说道:"当然可能!现在你明白了吗?"

"是……是的……我想我明白了……"

与此同时,乌迪贤再次发言,重新吸引了人群的注意力。"可能再过一段时间,才会出现下一个成功制造奇迹的人。不过现在你们也看到了,这都是可能的!请大家不要怀疑,你们每个人都有能力完成同样的事……而且比这还厉害！"

他的话让人群欢呼起来。许多人对乌迪贤跪地致谢，然而他们的举动却让乌迪贤非常困扰。

"快起来！快起来！"他急忙要求道。他的怒气震慑了在场的众人。大家都惶恐地盯着他。

他并不在意人们的反应，他们必须了解他的感受。"都不要对我卑躬屈膝！我不是国王，也不是哪个法师部族的尊者！我以前和现在都是个普通的农夫！我可能已经失去了我的土地和家园，甚至还被赋予了力量，但我的身份不会改变！我是来分享力量，不是来统领你们的！永远——再也——不要向我下跪！这里没有首领！只有平等！"

尽管乌迪贤如此申明，但他知道人们并不会完全按照他的意愿去做。他们会向他寻求答案，寻求未来的方向。他只能自我安慰，现在众人只是将他当作导师，用不了多久，他们中的绝大多数就不再需要他了。到时候甚至还会有人超过他，而乌迪贤就要反过来向他们学习了。

尽管眼下还是要全靠他，不过罗姆斯的惊人表现还是让他重燃希望。每个人都是不同的。身为农夫，他很清楚生长的多样性。他只需更加耐心。

他还有时间。凯基安城也未必期待他的到来。他可以待在这里，直到他有十足的把握。这样他便能更从容地向城里的居民展示自己。

重拾信心的乌迪贤转向了下一个请求自己引导的人……接着又一个……之后又一个……

* * *

马利克这次谨慎了许多。并不是因为他对面对乌迪贤有任何顾虑，而是希望这次的任务毫无差错。就某些方面来说，摩鲁无疑是把双刃剑。他们非常强大，但他们的嗜血程度几乎不亚于恶魔。幸好主人指派了强大而忠心的仆从达莫斯，而达莫斯也挑选了五名得力战将。总体来说，他们的力量远胜之前教士率领的手下。

达莫斯此刻正阔步走在队伍的最前面，像野兽一样嗅着空气中的味道。其他摩鲁则躁动不安地坐在马鞍上，等待杀戮的讯号。

"他们走的这条路。"达莫斯用刺耳的声音说道。他仰起戴着公羊颅盔的脑袋，再次嗅了嗅。"他们在这里拐弯了……这条路。"

马利克看向达莫斯手臂所指的方向，问道："你确定？"

摩鲁头子咧开大嘴笑了起来，露出一口尖利的黄牙。"我闻到了血的味道，高阶祭司……"

"他们是朝凯基安城去的。上次我遇上他们的时候，他们正在去往那片低地和丛林的路上。走那个方向可是在兜一个大圈子。"

达莫斯耸了耸肩。对他们摩鲁来说，这样的顾虑毫无意义。唯一重要的是能在哪里找到猎物，而非猎物被捕前跑去了哪个方向。

教士抚摸着自己骇人的手臂，自他的手臂被主人变形后，他便形成了这种下意识的习惯性动作。利爪般的手指抽搐着。就在队伍出发前，主人终于告诉了他这只手臂的新能力。马利克迫不及待地想尝试一下……不过在那之前，他必须追上自己的猎物。

"那咱们就走那条路。"高阶祭司最后发出指示。

达莫斯咕哝着回到了自己的暗色坐骑上。所有摩鲁都很清楚，他们要做的就是追踪线索，不过他们知道自己的身份，所以没对教士的废话表示什么。只要他们还效忠于三神教，马利克就能随意处置他们的性命。他们不会质疑教士的权威，除非主人发话。

在马利克的率领下，一队人马开始疾速狂奔。奇怪的是，他们所过之处完全没有留下一丝痕迹，甚至也没有马蹄声。如果此时有其他人目睹这支队伍，或许会发现那些马蹄并未碰到地面。

　　　　　　　　* * *

　　夜晚再次降临了帕萨镇。筋疲力尽的乌迪贤一头栽倒在床上。他根本不曾留意莉莉娅也跟着躺倒在他身边，就被睡意吞噬了。

　　一场梦境随后入侵了他的睡眠。在农夫的美梦里，他成功帮助各地的老弱病残学会了如何治愈自己，或是让焦灼的大地重现生机。乌迪贤看着这世间变为乐园，它的子民过着幸福美满的生活……

　　接着，在一片祥和与仁爱中，灾难降临了。一瞬间天崩地裂，就好像他的家园被藏在一个巨蛋之中，而现在却被什么东西从外面打破了。

　　下一秒，天空中出现了诸多生有灼热双翼的身影，裂缝中也爬出长满鳞片的恐怖军团。这两支令人胆寒的队伍立刻开始相互打斗，人类也被牵连其中。男女老幼被肆无忌惮的战士们撕扯成血淋淋的碎片。转眼之间横尸遍野。

　　"住手！"乌迪贤咆哮着，"住手！"

　　但那帮家伙根本没有听到他的呼喊，而当他想用自己的能力放大自己的呼声时，却什么都没发生。

　　"他们到处都是！"阿奇里奥斯突然在他身旁喊道，"想想办法！我的箭快射完了！"事实上，猎人已经拼命干掉了近百敌人，可还是有更多的战士如潮水般向他们拥来。"这都是你的错！"阿奇里奥斯愤怒地吼着，"你的错！"

　　"不！"乌迪贤转过身来，不想面对猎人和他的指责，却发现塞兰西娅在远处凝望着自己。她站在一群狂热交战的战士中间，对自己危险的处境毫不在意。刀锋几度扫过她的头边,可赛勒斯的女儿却只是继续痴痴地望着乌迪贤,就像白天帕萨镇广场上的那群观众一样。

"我相信你。"她郑重地说道,"我真的——"

一把久经战事、破败不堪的斧子利落地割下了她的头颅。鲜血瞬间喷涌如柱。塞兰西娅的头颅滚落在地,信任的表情凝在了她脸上。

"塞莉!"他哽咽地喊着。乌迪贤努力向前冲去,但一只手突然把他拉了回来。他回头看向那个阻止自己去找她的人,却发现那不是别人,正是自己的弟弟……不过现在的孟德恩却令他胆寒。

"别再担心她了。"枯槁的身影不带感情地说道。孟德恩面如死灰,周身笼罩着似有若无的阴影。他裹着一件黑色斗篷,尽管四下无风,那斗篷还是飞舞飘摇。"别担心她了,再也不用。她是我的人了,现在。"

直到这时,乌迪贤才看到孟德恩身后还有其他人,都是他认识的来自塞拉姆村和帕萨镇的面孔。然而,他们像孟德恩一样面色枯槁,而且当他靠近时,发现他们满身都是丑陋的伤口和撕裂的皮肉。

他们都死了。

乌迪贤得出这个结论的同时,孟德恩像影子一样从他身旁飘过。在他身后,无辜惨死的尸体们纷纷爬起来跟随着他。塞兰西娅的尸体周围,战斗依旧激烈地进行着,尽管她已经身首异处,可她的身体依旧直挺挺地站在那里。

孟德恩做了个手势,那躯体活动了起来,跟上了他。

"等等!"阿奇里奥斯边跑边喊。他丢下了自己的弓,抓着塞兰西娅滴血的头颅拼命追赶孟德恩。"等等!"

乌迪贤试图跟上,可彼此厮杀的军团堵住了他的通路。带翼的战士和长鳞的怪物的激战愈演愈烈,然而,尽管双方都损失惨重,可他们的人数却似乎不曾减少。双方的援军源源不断地拥来，几乎填满了整个世界。

乌迪贤曾经看到的人间乐园已经烟消云散。大地变成了炽热的屠宰场，天空弥漫着滚滚浓烟。

然后，在他即将陷入绝望之际，忽然听到莉莉娅的声音在呼唤自己。乌迪贤疯狂地四处找寻着她的身影，最后终于看到了贵族女子——她浑身闪耀着光芒——穿过沙场向他轻盈地走来。激烈交战的战士们没有碰到莉莉娅分毫，事实上，那些战士似乎都急于躲开她。她直直冲进乌迪贤的怀抱，两个人紧紧相拥。

"莉莉娅……"他哽咽着，难以置信地松了口气。"莉莉娅……我以为我也已经失去了你……"

"可你永远都不会跟我分开的，亲爱的，永远……"她收紧了手臂温柔地说道，她的脸埋在他的胸口。"我们已经永远紧密相连了……"

乌迪贤满怀感激地低下头去亲吻她，莉莉娅也把脸抬了起来——

他感到一阵窒息，无力地试图挣脱贵族女子，可莉莉娅的怀抱却仿佛牢不可破。乌迪贤恐惧地看着她的双唇向自己靠近。

"你不吻我了吗，我的爱人？"她微笑着问道……一个尖牙毕露的微笑。她的眼睛没有瞳孔，眼睑下只有一片暗红色的邪恶阴影。她的皮肤上布满了鳞片，覆在头发下面的耳朵变得又长又尖。她的头发依然垂顺，不过现在是由一根根丑陋的翠绿色翎羽组成。

尽管发生了如此惊悚的变化，可乌迪贤心中却还是对她充满了欲望，一种强烈到令他害怕的欲望。她之前穿着的华贵衣物都消失不见，彻底没有了，虽然还有类似衣物的鳞片遮住全身，但她那曼妙的曲线显露无遗。

"不！"他大喊着拼命想把她推开，"不！"

莉莉娅嘲笑着他无力的反抗。她的尾巴——尾尖长了三根匕首般的尖刺——正兴奋地拍打着血流成河的地面。她后退了一步——那双腿生着蹄子，看起来仿佛山羊腿一般——把躯体完整地展现在了农夫睁大的双眼前。

"我不是你梦寐以求的吗？我不是你全部的渴望吗？"魔鬼般的女人再次狂笑起来，她的笑声令无助的农夫浑身战栗，他心底的欲念却也不知为何愈发强烈。"来吧，我的爱人。"莉莉娅继续说着，带着尖爪的双手引着他触碰自己诱人的躯体。"来吧……你是我的，肉体和灵魂，灵魂和肉体……来我这里……"

她低吟的同时，那些嗜血的战士突然停止了杀戮，转身面向乌迪贤。他们慢慢朝他走来，他们的步伐与莉莉娅声音的节奏完全契合。

"……肉体和灵魂……灵魂和肉体……肉体和——"

乌迪贤试图尖叫，却没能发出任何声音。他陡然从噩梦中惊醒，挣扎着转向一边，发现莉莉娅正搂着他，她的脸上——那张美丽动人的脸——充满了关切。

"乌迪贤，亲爱的，你病了吗？"

"我看到——其他人——你——"他把脸埋在手里，努力让自己镇定下来。"我梦见……我做梦了。没什么。只是个噩梦。"

"噩梦？"莉莉娅把她光滑——无爪——的手伸向他的脸颊。乌迪贤回想起梦里的画面，本能地躲开了她的抚摸。"那个噩梦一定很可怕，能让你这么害怕我！"莉莉娅接着说道。

"莉莉娅……很抱歉……"

她摇了摇头，松散的金发自然地垂落在裸露的身体上。即使夜色暗沉，她还是让人心神荡漾。乌迪贤心底的欲火再次燃起，那场可怕的噩梦也被他抛在脑后。

莉莉娅用纤弱的手臂环住乌迪贤，在他耳边轻声说道："让我帮你放松一下吧,让你看看我根本没什么可怕的……"

"莉莉娅,我——"乌迪贤试图解释。

"嘘!"

他们的双唇纠缠在一起,直到乌迪贤喘不上气来。农夫大口呼吸着空气,而贵族女子则在一旁轻笑,她的笑声极其悦耳,完全不像噩梦中那般诱人又讽刺。

"这只是开始,我向你保证。"她的手充满爱意地拂过他的手臂,轻轻抚摸着他的胸毛,将它们理顺。

噩梦的最后一丝残像随之淡去。乌迪贤嬉笑着吼了一声,向前扑去抱住了她。他们两个滚到床的另一边,狄俄墨得斯之子疯狂地宣泄着自己的欲望,以确保那些恐怖的回忆不会再回来……

* * *

乌迪贤再次睡去,这一次,他的心情舒畅,想必会好梦连连,再不会被噩梦侵扰。他趴在床上,一条胳膊随意地搭在莉莉娅身上,鼾声响亮。

可莉莉娅却没睡着。她躺在床上,目光空茫,思绪陷入了自己的记忆深处,一个远离床榻和乌迪贤之处。

许多人类都相信梦是现实的某种征兆,而莉莉娅知道他们的想法距离真相并不太远。梦可以是一种预兆,这一点她比大多数人更清楚。在他们欢爱的时候,莉莉娅设法哄骗着乌迪贤无意识地说出了一些细碎的片段。那些片段拼凑出的情景让她一度失神,好在她迅速施力治愈了自己失控在农夫背上抓出的那道深痕。

是的,梦可以是一种预兆,乌迪贤的梦也有这种可能。然而,梦还有另一种解释,莉莉娅最担心的那种解释。还有另一个原因会导致这种情况，这也是莉莉娅最担心的。

梦——尤其是噩梦——也可以是一种警告。

莉莉娅很清楚那些警告的内容，但她猜不透这警告源自何方。她已经竭尽所能对那些能认出自己的人掩去本来的面貌。他们虽然已经有所怀疑，可为了确保万无一失，不得不小心行事。否则，这一切就会被暴露于高阶天堂面前。没有人，甚至包括他，想让那些家伙发现庇护之地的存在。

这样就让她还有可乘之机，至少就她来看。

可乌迪贤的噩梦还是困扰着她。那个梦听起来不像是那些家伙为了阻止她实现目标而做的尝试……那么，还会是什么人呢？

那不重要，她告诉自己，她依旧可以掌控事态的发展。是她唤醒了身旁这个蠢货体内的奈非天之力，而通过他，她能够唤醒更多凡人。什么都不能阻挡她。

如果乌迪贤·乌·狄俄墨得什么时候无法继续乖乖当她的傀儡，那莉莉娅就会杀了他然后找个新的工具。毕竟，这世上男人多得是……

第十四章

　　一行人又在帕萨镇待了四天，乌迪贤愈发习惯这种安逸的生活。前往凯基安城依旧在他的计划中，可随着日子一天天过去，他的计划被一拖再拖。

　　从乌迪贤这里获得了力量的人将消息传开，其他人也开始从距离这里一日骑程的农庄和小村落纷纷前来。当然，乌迪贤接待了每一个来客，并对他们竭尽自己所能。尽管进展缓慢，但至少现在，他已经证明了自己之前说的都是真话。除了罗姆斯之外，已经有二十多个人也显露出了一部分能力。那些能力五花八门，从治疗小伤口到绽放花蕾，还有个孩子突然间能令小鸟落到自己手上。每种能力都截然不同。这令乌迪贤着迷不已，于是他花了些时间试图研究为何人们会觉醒不同的能力。

　　乌迪贤没再做过那个噩梦，而且他现在忙得焦头烂额，很快就把它忘了个一干二净。与此同时，排在他面前的队伍越来越长，盛况空前。帕萨镇是个贸易要地，因此途经的商旅之人每天都会在这里歇脚。他们往往会被这里热烈的气氛感染，很多人出于好奇，接受了乌迪贤的碰触。当然不是所有人都如此，就连帕萨镇还有人对此心怀疑虑。然而，每当有奇迹发生，比如某个老人被女儿懵懂间治好了盲眼，那些固执己见的人就会随之减少。虽然，那个女孩没能再次重现那等奇迹，但乌迪贤还是认为慢慢会有更多人拥有如他般强大的能力。

尽管那些人经历了此等巨变，可他们中的大多数却还是埋头过起了平凡的生活。他们从前也并没有其他的规划，无非种种庄稼，养养孩子而已。而伊桑镇长则主动承认，他十分喜爱自己多年来从事的工作，尤其是几年前他妻子离世，接着两个年长的儿子去往凯基安城之后。

事实上，正是因为对这份工作的热爱，他今晚无法继续陪伴自己的客人。"我要为我今晚的缺席向你道歉，亲爱的乌迪贤。我的一个商人老友想让我去他的马车那儿看看他的新货！他跟我一样曾受你指引，不过，也像我一样……好吧，他打心底里希望做个商人。"

"你不需要道歉，伊桑老爷。我非常感激你近日以来的盛情。你已经为我们做了这么多。"

"我？我？"长者笑着说道，"噢，乌迪贤，你可能是我认识的最谦逊的人了！我已经做了这么多！你可是永远改变了这里每个人的生活啊！"

伊桑大笑着起身离去，而乌迪贤则有些尴尬。

莉莉娅见状，试图宽慰他。"你应该高兴才是！亲爱的，你只是在做你自己，没什么可羞愧的！"她吻了他一下，"不过他说的没错，你真的非常谦虚，这是事实。"

"可能吧……"他突然有些坐立不安，"我得出去走走。"

"那我们去哪儿呢？"莉莉娅问道。

乌迪贤越发尴尬地答道："我想一个人走走，莉莉娅。"

"在帕萨镇？"她的声音里带着笑意。"我敢说你走不了太远，亲爱的乌迪贤，不过你可以去试试。祝你好运吧。"

他明白她的意思。只要有一个人看到他，下一秒人群就会像变魔术般突然出现，把他团团围住。不过现在是晚上，大部分人应该都回到家里了。旅馆和酒馆应该还开着，乌迪贤打算避开那些地方。

"我就沿着路去庄园的右边走走，然后可能就直接回来了。"

"可怜的乌迪贤，你不用向我报备你要做的每一件事！"莉莉娅给了他又一个深吻，然后说道，"祝你散步愉快！"

如果这话从其他任何人口中说出，乌迪贤一定会觉得话里有嘲讽的意思，但从莉莉娅口中，他只听出了关心和爱意。他不止一次地感叹自己能遇到她有多么幸运，这简直就像是命运的安排。

在他们的第三个热吻后，他把女孩留在伊桑镇长的书房转身离开。乌迪贤打算先找到自己的弟弟，不过他没什么信心，因为前几次他都没能在附近找到孟德恩。虽然其他一切似乎都十分顺利，但孟德恩和他却渐行渐远。更糟的是，有那么几次，乌迪贤本来可以跟弟弟好好谈谈，却都被他的追随者打断，无一例外。他不愿拒绝他们的请求，最后只能放弃那几次宝贵的机会。

可总得找个时间。孟德恩的状态很不好，乌迪贤可以肯定。孟德恩隐瞒了什么，而且一定事关重大。至于到底是什么，或许只有阿奇里奥斯知道，可猎人也总是在乌迪贤要找他的时候不见人影。就连集会时塞兰西娅的到场也没能让他出现。

乌迪贤再三发誓要尽快处理这些事情，无论如何，他都要找出真相。不过此时此刻，他需要先理清思绪，让自己放松一下。

夜晚清冷的空气几乎马上就帮他冷静了下来。他走到大门口时，伊桑的手下纷纷默默向他行礼。他们和众多镇民一样，体内力量已经觉醒，却依旧满足于一成不变的平凡生活。值得庆幸的是，他们已经知道要尊重乌迪贤的私人空间。

"我不会去太久。"他对他们说。

"您请随意,乌迪贤大人。我们会在这里等您回来。"

他已经不再要求其他人停止对他使用这种尊称了。至少,比起"伟大的圣者"之类的称呼,这要强多了,虽然现在还有人这么叫他。

他选了一条灯火最暗的林荫小道,匆匆向前走去。黑暗安抚了他的身心,在夜色的遮蔽下,乌迪贤暂时摆脱了自己的身份,这才是他眼下最需要的。他想起了自己的农场,那里要么已经彻底荒废,要么就是被觊觎已久的贪婪邻居据为己有了。乌迪贤希望至少有人会照顾好那些牲口。

微弱的响动声提醒着他有人正从对面走来。乌迪贤只想一个人待着,便加快脚步,转身走到一条更加漆黑的小路上。他从依稀可闻的对话中听出那是两个正在巡逻的帕萨卫兵,不时与路过的镇民打着招呼。

乌迪贤不知道这条新的小路通向哪里,不过他迫切希望独处,于是继续向前走去。交谈声很快被他甩到身后,他开始享受这种睡眠也无法带给他的放松。自从塞拉姆村的那场灾难之后,狄俄墨得斯之子第一次感觉自己又是普通人了。

接着,另一个声音响起,这私语声吸引了他的注意。乌迪贤看向左边,他判断声音是从那边传来的。

但紧接着,从他右边传来了第二声低语,和前一声一样低沉难辨。然而这语气中的某种东西让乌迪贤汗毛尽竖。

"谁在那儿?"乌迪贤大喊道,"是谁在那儿?"

第一个声音再次从左边响起。乌迪贤不再浪费时间,猛地朝着那个声音冲去……然而他伸出双手,却只摸到一片黑暗。

第三个声音突然从前面的某个地方传来。乌迪贤发出一声怒吼,转向那个方向……又一次一无所获。

他小心翼翼地退后几步，然后扫了一眼身后。他本该瞥到不远处的那条林荫小道，但乌迪贤却只看到一片漆黑。

突然间，所有声音开始一同疯狂低鸣。更糟的是，几个新的声音也加入进来，它们如出一辙的尖厉声调让乌迪贤濒临崩溃。他转了一圈，寻找着声音的来源或是逃离的出口，却一无所获。

"出来啊，妈的！"他终于大喊道，"快出来！"

他试图召唤体内的力量……却没能成功。乌迪贤改变战术，开始凝神想象耀眼的光明——以便揪出那些躲在暗处的家伙——或者哪怕来一场大风把他从这里带走。然而，这些方法也都毫无效果。

完全没有……

一个声音突然在他的右耳边响起。他刚要转身，一只粗壮的手臂从另一边勒住了他的喉咙。

乌迪贤几近窒息，拼命想要挣脱缠着他的东西。他甚至无法分辨那东西是一只手臂还是某种触手，只知道它比钢铁还要强劲。

缺氧让乌迪贤渐渐神志不清，他的思绪飘向了莉莉娅。他猜测这场袭击与马利克有关，很担心高阶祭司接下来会去对付她。可是，再担心莉莉娅，也无法助他脱离此时的困境。

这时，不知从什么地方传来一个嘶哑的声音，跟着是一声咆哮，听起来像是发自一头凶残野兽的喉间。与此同时，乌迪贤的身体瞬间被本能接管，他身上的每一块肌肉都绷了起来。

空气震颤着。一声叹息响彻夜空，撞击声紧随其后。

乌迪贤颈部的压迫感消失不见，随之消失的还有他耳边的低语。片刻间，只剩下他激烈的喘息声回荡在四周，除此之外，还有一阵轻巧而急促的脚步声。

"乌迪贤！"一个熟悉的声音对他喊道，"乌迪贤！我似乎看到了……该死的！我不知道我刚才看到了什么……"

尽管遇到了一些阻碍，阿奇里奥斯显然还是射出了精准的一箭。在黑暗中，他很有可能一箭误伤乌迪贤，这对任何一个弓箭手来说都相当不易。不过，乌迪贤对老友的箭术非常有信心，他知道自己一定不会有危险，至少不会被弓箭所伤。

"谢、谢谢你……"他喘息着说道。

阿奇里奥斯扶起乌迪贤，让他倚在自己肩上。"别跟我客气。我倒是很抱歉没能杀死那个抓住你的家伙……真见鬼，不知道那东西为何没死，我明明射中了那东西的后颈！如果那只是个刺客，他现在就该死在咱们脚下了。"确定乌迪贤能够自己站立后，猎人跪倒在地，搜索了一阵后喃喃说道："这儿有什么东西，不过感觉不像是血。反正不怎么新鲜，不可能是攻击你的家伙留下的……"

乌迪贤倏地回想起自己曾遭遇过的那些恶魔，心中有些疑虑。不过眼下，他还是愿意相信阿奇里奥斯的判断。

猎人敏捷地站起身来，跑向方才撞击声传来的方向。一分钟后，阿奇里奥斯重新出现，脸上的表情昭示着他的不满。

"有个很沉的东西撞上了那栋建筑。"他指着自己刚才经过的一片漆黑说道，"撞得很猛……不过不管那是什么东西，它马上就爬起来逃走了。"

这个消息也没让乌迪贤感到意外。马利克一定派出了比之前几个爪牙还要强大的家伙。他们这次设下的陷阱也要高明得多，等着他自己单独行动。高阶祭司已经对他相当了解，想必早就料到自己的猎物迟早会寻找独处的机会。

接着他突然好奇起猎人为什么也会出现在这里。乌迪贤早已不再相信巧合。

不过没等他发问，阿奇里奥斯就接着说道："我提议咱们快离开这儿，去个人多的地方。你再享受独处时光，也要顾及自己的安危。"

乌迪贤点了点头，跟着他的朋友走上来时的路。阿奇里奥斯在夜里的视力明显好于乌迪贤，他们很快就回到了伊桑镇长的宅院附近。直到这时，他们俩才停下脚步，平稳呼吸。

"现在好多了。"金发男子说道。

"再次谢谢你。"乌迪贤回道，"现在告诉我，你怎么会正好在我需要你帮助的时候出现在那里？"

阿奇里奥斯抬起头。"那你刚才为什么需要我的帮助，乌迪贤？你在那里遇到了什么？"

乌迪贤不想回答他的问题，反正现在不愿意。"回答我，阿奇里奥斯。"

犹豫了很久后，猎人终于回答道："我觉得你会遇到危险。"

他的措辞让乌迪贤更加困惑了。"这是什么意思？"

阿奇里奥斯解释道："我就是有种会出事的感觉，所以我跟随了直觉。就是这样。"

"然后你就一路跟随直觉找到了我。"

猎人耸耸肩道："这没什么新鲜的，就是一种本能，我父亲一定会这么说。"阿奇里奥斯的父亲也是个优秀的猎人，声名远播，除了他的儿子无人能超越。"我想这大概也是我能成为一个好猎人的原因。"

不过乌迪贤觉得并非只是本能那么简单。农夫忍住没再多问，不过心底有些怀疑，或许阿奇里奥斯已经把体内的力量转变成自己需要的独特技能了。或者，这能力至少已在猎人的家族内传承了两代。

这就意味着，他们的力量或许远比乌迪贤想象中更加强大。他意识到，自己甚至很可能不是第一个领悟到天赋的人，只不过是第一个了解到这一惊人事实的人。

"刚才袭击你的东西到底是什么？"阿奇里奥斯问道，"你看到它了吗？"

乌迪贤决定先不去深究阿奇里奥斯的情况，至少现在不是时候。"我觉得，可能是那个高阶祭司的爪牙。"他思考了一番又补充道，"它应该伪装成了人类，而且我觉得它应该穿了盔甲。"

"好吧，我的箭没射到盔甲。我听到的是一声闷响。我的箭本该造成更大的伤害……"

乌迪贤对此并不在意，他正在思考其他更重要的事。这次的袭击就发生在如此深入帕萨镇的地方，这让他下定决心要做些什么。"阿奇里奥斯，我有事想拜托你。请你一定要答应。"

猎人并没有马上答应。"你得先告诉我是什么事，老朋友！你应该了解我的！"

乌迪贤急切地说道："那你要认真听清楚，更要认真想清楚。阿奇里奥斯，你是我唯一能托付这件事的人。我想好了，其他人在这里只会遇到危险。我希望你把他们带到远离我的地方去。你会帮我吗？"

"你说'其他人'，我猜你应该特指莉莉娅吧？"

"是你们所有人……不过，也没错，我当然希望你能帮助她。"

阿奇里奥斯环视四周，确认附近是否还有别人。然而整条街都空无一人。他接着说道："我理解你为什么想让他们三个远离这里。而且你也知道，最想让塞莉平安无事的人就是我。"

"阿奇里奥斯——"

猎人挥手打断了他的话："在她眼里我永远比不上你，但我能接受。不过，就算咱们一致同意他们不该留在这儿——而且我明白你也想让我平安，这是自然。"他说到这里轻笑了一声。"但我知道他们没有一个人会同意离开，就连你的弟弟也不会。他们一定会反对的，乌迪贤。"

"这里对你们任何人来说都不安全!你今晚已经看到了!"

"是,可若是把今晚的事告诉他们,他们更会坚持留下……而我也不可能怪他们!你赶不走他们,也赶不走我,老朋友!你没办法……"

但是的确还有一种方法,乌迪贤想,最糟糕的方法。

尽管知道继续争辩毫无意义,乌迪贤还是开口想说些什么……却被一阵马蹄声打断。他们俩立刻紧张起来,阿奇里奥斯摘下了弓。

然而,从漆黑的街道策马前来的身影不是别人,正是伊桑镇长。商人看到他们,随即勒住缰绳停在了二人面前。

"乌迪贤,猎人,你们俩怎么站在这里,而且还满脸忧虑?"

阿奇里奥斯笑着答道:"只是有些紧张,伊桑老爷,没什么!"

狄俄墨得斯之子迅速点了点头,附和道:"我想透透气。"

"我对这一点可不觉得意外。"伊桑翻身下马。他一只手牵着缰绳,用另一只手拍了拍乌迪贤的肩膀。"你做了太多,乌迪贤·乌·狄俄墨得!做了太多……"他犹豫了一下又补充道,"如果还有别的任何我能为你做的事,请别客气,一定来找我。"

乌迪贤有些不好意思。幸好伊桑突然把注意力转向阿奇里奥斯。"我说过你的弓有多棒吗,猎人?我第一次看到它时就注意到了。"

"这是我父亲的,伊桑老爷!父亲一直精心保养它,我也尽了全力好好照顾它!一个猎人的技巧有一半取决于手中的弓……"

"竟然有那么重要?我可以拿一下试试吗?"商人伸出手问道。

"当然可以。"阿奇里奥斯说着把弓递给了镇长。伊桑用手指轻轻抚过这件精致的手工品。乌迪贤也很欣赏这把弓,他甚至还在这些年里用它射过好几箭,现在他重新审视着这把弓。在制作弓箭的手艺上,几乎没人超得过特莱莫斯,也就是阿奇里奥斯的父亲。

但是,特莱莫斯在手工制作上的卓越天赋,是否也是那股力量的某种变异呢?

仔细审视过这把弓后,伊桑镇长终于把它还给了它的主人。"真是一件杰作,没错。我很期待看到它在实战中的表现。"

他的话令乌迪贤二人迅速交换了眼神。这个帕萨镇长根本不知道自己在要求什么。乌迪贤敢肯定小道上的突袭只是个开始,接下来还会发生更加凶险的事……它能够吞噬整个镇子。

甚至还能轻易将镇子连同居民全部摧毁……

* * *

一群羊拥出神庙,它们还没有意识到自己的灵魂——还有更多东西——将被献给路西昂。

不……不是献给他,大祭司心下暗忖,用虔诚的表情掩饰着突如其来的担忧。确切地说,是要献给无上荣耀的父亲大人和其他魔神。

不过,墨菲斯托之子并不介意享受那份荣耀带来的好处。

为了继续维持荣耀,最终掌控庇护之地,一切都必须按照路西昂的计划进行。然而近来接连发生的意外打乱了他们的计划。计划必须重新按部就班地进行。作为一个恶魔,路西昂算得上非常有条理的了。他喜欢把所有的事情安排得井井有条。

另外两个高阶祭司——赫洛迪斯和巴尔萨扎——走过来向他尊敬地鞠了一躬。通常情况下,大祭司对三大教团布道结束后,他和他最忠心的追随者们会举行一场秘密会议,进一步讨论三神教伟业的进展。

不过今晚却不一样。路西昂必须集中精力弥补现在的局面。虽然他的仆从很有用,不过事关核心计划,他还是最信任自己。

"明晚月亮升起后,我们再一起讨论。现在去忙你们的任务吧……"那些任务包括向他们最狂热的信徒灌输三神教的真正教义……憎恨，毁灭和恐惧。大祭司和其仆从操控那些蠢货的方法多种多样，从寻常手段到施展法术应有尽有。有些信徒对此相当配合——那些意志薄弱之辈，大祭司及其爪牙会从人群中挑出这些人，带他们去特殊的布道场。在那里，大祭司会通过精心设计的私密布道形式，窥探那些凡人心底深处最邪恶的念头。

不过在路西昂解决麻烦的这段时间，这种事就只能交给那两个凡人了。路西昂将他们遣走后，匆忙赶回了自己的密室。这种偷偷摸摸的行径让他很是愤怒，不过总要有些牺牲……尤其是如果她的确也参与其中的话。马利克的行动会让她分心好一阵子，这样，她就无法察觉路西昂的打算了。

四个卫兵在他经过时马上立正行礼。他们的穿戴与和平卫士别无二致，但实际上，他们都是摩鲁。任何打算擅闯密室的蠢货都会迅速发现他们与普通卫兵的不同……在被撕碎的前一秒。

阴影笼罩着密室，路西昂现在的任务更适合在黑暗中进行。他向另外两个站岗的摩鲁那边看去，他们正守着一个身穿初级教士灰袍、神情畏缩的年轻男子。那些被高阶祭司选中的教徒最初开始修习时，并不会穿任一教团的长袍，最终会由大祭司来决定他们最适合效忠哪一支教团。

"伊卡利昂……"路西昂叫道。他摆出最慈祥的表情，可眼前的年轻人却不为所动，因为他已经知道了自己主人的真实身份。

"伟、伟大的主人。"伊卡利昂单膝跪地，磕磕绊绊地说道，"慈悲的主、主人……"

伊卡利昂的话让大祭司轻笑出声，他显然比这个凡人更了解自己。他把手伸向跪在地上的年轻人，轻轻抚摸着教徒的下巴。"亲爱的伊卡利昂，你知道，要换上修士的披风就要付出代价，是吧？"

"我对您的恩赐万分感激!"年轻人战战兢兢地答道。

"是吗?你的姐妹们本该被带到这里,做我们忠诚的侍女……"路西昂对人类女性有着非常低俗的嗜好,尤其对那些未经人事的少女。能否自愿将自己的姐妹奉献给大祭司,已经成为辅祭们忠心与否的重要标志。"不过看来,她们的旅程相当漫长……"

"主人,我——"

摸着他下巴的手倏地收紧,合上了他的嘴。路西昂用一成不变的温和语气继续说道:"不过她们没走太远,多亏了托马尔修士,你的好朋友。就在昨晚,我刚跟你的姐妹们愉快地探讨了她们各自拥有的天赋……"

"不!"伊卡利昂做出了错误的决定,挣扎着向他的主人扑去。

一个摩鲁举起巨斧利落地一挥,试图反抗的年轻人就被割下了头颅。

那颗头滚到了路西昂手中。他倒提着这颗头颅,以免颅内的东西倾倒出来。墨菲斯托之子更喜欢自己亲自动手,不过他不能因为自己的私欲而责怪手下。

"尸体留下,"他对摩鲁命令道,"你们解散。"

身披铠甲的卫兵们鞠躬行礼后,离开了主人身边。路西昂略停片刻,然后抬头望向一片深邃的阴影,叫道:"阿斯特洛伽!我知道你在看着,我有个礼物给你……"

"那么代价是什么?"头顶传来嘶哑的声音,"代价是什么,路西昂?"

"你绝对付得起,迪亚波罗的忠犬。我们等会儿再谈这个,先带走你的尸体……"

几根白色的绳状物朝尸体喷来,仿佛蜘蛛吐出的丝网一般,只不过要大得多,似乎藏在天花板后的东西至少像路西昂一样巨大。

没有头颅的躯干被丝网迅速拖进了阴影中。片刻后，那里响起一阵令人毛骨悚然的啃食声。

他已经被收买了，路西昂暗自思忖，现在只剩下最后一个。

大祭司用空着的手在空中画出一个跟三神教的标志完全不同的三角形。那图形闪耀着狂野的暗红色，缓缓飘到地上，牢牢印在那里。

路西昂把伊卡利昂修士的头丢进了三角形的中央。它稳稳落地，暴凸的双眼盯着上方，大张的嘴仿佛正在尖叫。鲜血洒在周围，为这个燃烧的图形提供力量。

"古拉格……我有东西给你。过来拿吧。"

头颅下方的石头地板突然开始变幻，就好像它们变成了液体。带着法力的图形和下面的石头都保存完好，却不停翻滚漂摆，仿佛身处惊涛骇浪中。

然后，旋涡般的裂口在图形右侧张开。它只是个圆形，内部却能看到参差的牙齿。这张"嘴"围着三角形转了两圈，试图吞掉它。

它的每次尝试都激起黑色的火花。最后，长着牙齿的裂口停了下来。

"愚蠢的古拉格，"阿斯特洛伽恐怖的声音在头顶响起，"跟他的主人一样……"

"你有你的点心了，蜘蛛。"路西昂斥责道，"安静……"

头顶的恶魔安静了下来，重新发出象征着进食的啃噬声。那张可怕的大嘴再次尝试吞掉头颅，结果又一次被三角图形挡在外面。

"出来吧，古拉格……"大祭司召唤道。

地板突然开始鼓起，一个似人似猪的身形呈现在眼前。它的躯体仍保持着石头地板的原貌，大约在脑袋的位置长出三只眼柄。

"路——西——昂——"它的声音就像临死之人最后的吐息。"想——要——"

"你会得到它的,毁灭之王巴尔的仆从,不过还要等一下。你和阿斯特洛伽必须帮我完成一道咒语。可以吧?"

天花板上的吞食声再次停了下来。"这顿饭太贵,我要再想想……"

路西昂的表情骤变。他的眼珠深陷进眼眶,身体瞬间胀大了一倍。"你已经接受了,蜘蛛,还是老规矩。不动脑子的交易也是交易……"

"只能这样了……"那头恶魔不情愿地回答道。

墨菲斯托之子的表情缓和了些,转而对第二头恶魔说道:"还有你,古拉格,不问代价就接受了我的馈赠,你还有什么要求?"

"毁——灭——"

恶魔的要求如此简单,让他不由得露出了微笑。"好的,这肯定少不了。"

"头——颅——"

巴尔的仆从的这个回答基本算是默许了。路西昂对着三角图形做了一个手势,移开了它。

古拉格的嘴瞬间张到几乎整个身体大小。伊卡利昂修士的头颅滚进无底的血盆大口,随即消失不见了。

恶魔闭上嘴,用石板的纹路挤出一个粗糙的笑容。

路西昂点点头。他把手指搭在一起,闭目沉思道:"很好。现在……我希望你们帮我完成这件事……"

第十五章

和平的假象已经被粉碎，乌迪贤时刻处于高度紧张的状态。马利克就在附近，而且毫无疑问正在密谋更加恶毒的计划。和往常一样，乌迪贤并未担忧自己，而是十分担心莉莉娅和其他同伴。然而，就像阿奇里奥斯说的，他们绝不会自愿丢下他离开，而农夫也不知道怎么才能让他们改变心意。

伊桑镇长察觉到他的心情日益低落，于是在第二天晚餐后把他拉到一旁，关切地问道："你有些不大对劲，是有什么烦心事吗？"

"没什么。"

镇长漆黑的双眼凝视着他。"不，我觉得你还是有心事，只是你现在不想说。"伊桑皱着眉继续说，"那天晚上，我说过我会尽自己所能给你提供帮助，我想现在正是你需要的时候。或者，咱们可以等其他人睡下后单独见一面，我至少也能给你一些建议。"

自从父母亡故后，乌迪贤这些年来基本只能依靠自己的判断力，偶尔才会向赛勒斯或是他父亲的其他朋友寻求建议。不过，这个商人更加见多识广，他对事物的看法肯定比农夫要明智得多。

乌迪贤终于感激地对慷慨的长者点了点头，说道："谢谢。我很愿意听听您的建议。"

"那就待会儿见，"伊桑镇长低声回答道，"晚上十一点怎么样？"

乌迪贤再次点点头，回到了莉莉娅和其他伙伴身旁。他竭力压抑自己的焦虑，一分钟漫长得仿佛一小时，一小时煎熬得像是一辈子。当他终于找借口离开莉莉娅后——贵族女子已经渐渐习惯了他的深夜漫步——乌迪贤几乎一路狂奔着穿过房间，迫不及待地去书房找商人倾诉自己的心事。

半路上，他差点儿跟一个身形瘦弱的年轻人撞在一起。塞德里克抬起头来看向他，那孩子的脸色异常惨白。

"塞德，你怎么还没睡？"

男孩把视线转向一旁，好像想急着离开眼前的男人。"父亲……我父亲刚才找我。现在我要去睡觉了。"

乌迪贤感觉自己跟伊桑镇长的会面已经要迟到了，于是他拍了拍商人儿子的肩膀说道："对，很晚了。你快去睡吧。"

不等男孩回答，乌迪贤就继续向书房走去。走廊里光线昏暗，只有几盏油灯幽幽地散发出些许微光。乌迪贤一路上都没遇到一个守卫，商人显然觉得自己家里相当安全。不过等他听完农夫要告诉他的事后，肯定就会改变想法了。

书房的门紧闭着，门缝中没有透出一丝光亮。乌迪贤看了一圈空无一人的走廊，然后再次敲了敲门。

伊桑的声音从房中传出，叫他只管进去。乌迪贤松了口气，闪进房后迅速关上了身后的门。

房间里唯一的光亮来自一旁桃木小桌上的一根孤零零的蜡烛，蜡烛旁摆着一瓶葡萄酒和两只高脚杯。乌迪贤的眼睛逐渐适应昏暗的光线后，看到老商人坐在桌旁的皮椅上，举起了其中一只酒杯向他示意。

"我觉得今夜的安宁更能让人放松，"伊桑镇长抿了一口酒解释道，"而且喝点儿酒也更有利于思考。"

乌迪贤迅速在镇长指着的另一把椅子上坐下。"谢谢您跟我见面。"

"在发生了这一切之后，我怎么能不管你？乌迪贤，我不可能不答应你！"他抬手指了指另一个高脚杯。"请吧……我推荐你来点儿这个。"

尽管乌迪贤想让头脑保持清醒，但他突然感到有些口干舌燥，便任由伊桑镇长给自己倒了些酒。酒液像甘醇的火焰一般流过他的喉咙。

"这是烈酒，不过我得说，它是那种能触动灵魂的好东西。"伊桑放下了他手中的酒杯。"你非常苦恼，我的孩子。"

乌迪贤双手紧握高脚杯，向前倾身，开始诉说自己对朋友的担忧，以及对帕萨镇的顾虑。长者安静地听着，不时点头表示了解。

乌迪贤讲完后，伊桑镇长摩挲着下巴陷入了沉思。忽明忽暗的烛光在他的眼中闪烁跳跃，让农夫看得有些出神。

"你对我的人民和自己朋友的担心不偏不倚，乌迪贤。希望若是我遇到你的情况，能做得不亚于你。"

"可我要怎么做才能让他们——让你们所有人——不受伤害呢？我不知道自己能不能保护每个人不受三神教的迫害。我曾经以为我可以，但在那晚之后……"

帕萨镇长站起身来，在乌迪贤面前慢慢地来回踱步。他显然正在努力思考。

"是的……那天晚上，正如你的描述，你的力量离奇地失效了。那是个耐人寻味的夜晚。"伊桑停下脚步，俯视着乌迪贤道，"你也许是对的。以你的力量可能不足以对抗三神教那样强大的势力。他们拥有强大的兵团作为武器。我曾从某个可靠的消息来源得知，和平卫士在那个军团的战士面前，只能瑟瑟发抖。还有人说，那些身披盔甲的黑暗斗士甚至无法被凡间武器所杀——"

他的描述让乌迪贤为之一震。"没错！是路上袭击我的那个家伙！就像我讲的那样！阿奇里奥斯本该将他一箭毙命，结果却只是吓跑了他……"

长者从烛台边走开，几乎完全隐入了对面墙角的阴影之中。"所以，那些小道消息还有些用处。我有一个建议……不过，不行，你绝不会那么做的。"

"什么建议？"乌迪贤追问道，他几乎愿意尝试任何事情，只要能保护他心爱的那个女人——那些人。"告诉我吧！"

伊桑镇长再次转过身来看着他。如果不是商人眼中映射着烛火的光芒，乌迪贤根本无法从对方脸上读出任何情绪。不过他在镇长的眼中看到了坚决，这更加让他下定了决心。

"有一个办法能保护他们，还有我深爱的帕萨镇，可我连提出口都觉得羞愧难当。"

"请别这么说，伊桑镇长，我绝不会怨恨您的！您是我们极好的朋友，极热情的东道主。"

镇长艰难地开口道："好吧。可能的话，我年轻的乌迪贤，你只有悄悄离开这里才能保全大家。若是三神教的走狗确实已经来到了这附近，你就趁着夜深人静的时候离开大家，离开帕萨镇。然后你出镇去见那个马利克——"

听到这里，乌迪贤不禁跳了起来，手中的酒杯掉落在地，身下的椅子向后翻倒。他难以置信地问道："什么？"

"听我说完！马利克是冲你来的，他只要你一个人！不管你跟他以什么结局收场，只要离开帕萨镇和其他人，你就能让他们完全脱离危险！三神教也不会再来找他们麻烦！"

可怕的是，他说的话乌迪贤并不是不曾考虑过。然而，听别人如此直白地说出来，还是让他胸口发堵。

但是这样的话，他们就都安全了，尤其是莉莉娅……

不过，他还有其他顾虑。"可那高阶祭司的爪牙已经来到了帕萨镇。可能已经来不及挽回局面了。"

"他们在监视你，他们一定会发现你离开的。哪怕你决定现在就走，那些怪物也会马上去追他们的猎物……还是你觉得我分析得不对？"

乌迪贤觉得他的分析再合理不过了，然而，伊桑镇长的建议却完全没有考虑乌迪贤本人的安危。

可这是唯一的办法！他心中有个声音坚持道。

商人静静地站着，让乌迪贤自己做思想斗争。丢下大家离开是唯一正确的行动。无论如何，这是他和马利克之间的私事。

"你觉得他们都会跟着我。我是说高阶祭司的那些爪牙。"

"我敢保证。不然的话，事情就太荒唐了。"伊桑肯定地说。

他的回答终于让乌迪贤下定决心。"那我必须这么做。"

听到他做出这个艰难的决定，伊桑对他鞠了一躬，说道："我会尽全力帮助你，把我知道的所有法子都用上。"

伊桑向他伸出一只手，乌迪贤也做了同样的动作，可就在两人的手要握到一起时，一股不祥的压迫感突然向农夫袭来。他把手抽回来，盯着商人的眼睛。感觉这里有什么不太对劲……

他从商人身上移开了视线，忽然觉得自己应该看看天花板。

可是已经晚了。头顶的黑暗中，一个全副武装的沉重身躯落到了农夫的身上。乌迪贤被他带着重重摔倒在地，撞碎了身下的地板。

"每次都有什么东西来搅黄我完美的计划！"一个并不属于商人

的声音怒吼道,"我开始怀疑都是你那古怪难料的能力搞的鬼……"

尽管乌迪贤还跟敌人扭打在一起,他还是认出了这个声音。是马利克的声音。马利克,伪装成了伊桑镇长的样子……

"计划很简单……或者说本该很简单。就是把你引到郊外,在那儿就能一口气搞定你。结果还是像上次一样,只要碰上你,没什么是能轻松搞定的,是不是,乡巴佬?"

乌迪贤的脸几乎被按进地板里,他喘着粗气问道:"伊、伊桑在哪、哪里?"

"怎么了,就在这儿啊。"一个既像马利克又像商人的声音回答。"让他抬头看看。"教士对压着乌迪贤的手下命令道。

一只粗大的手从身后揪着乌迪贤的头发,用力扯着他仰起头来。商人还站在他面前。"就在这儿,在这身体里。"伊桑用高阶祭司的声音笑言道,"至少现在,我还裹着他的皮囊。"

他抬起苍白的手摸着自己的脸。脸上凡是被手碰过的地方,皮肤瞬间就像融化了一般向下滴落。接着,大片皮肤开始流至他的下颌,成块地垂在下面。

乌迪贤的胃里翻江倒海。他拼命想要挣脱束缚,却被丑陋的敌人抓得更牢了。

一番令人毛骨悚然的变化后,高阶祭司那阴沉的面孔开始逐渐显露。马利克把手拿开,可怕的融化随即停止。他向乌迪贤展示着自己的手掌。

眼前的一幕比融化的脸还要恐怖,那不是人类之手,更像是跟马利克魔鬼似的内心相配的邪恶之物。高阶祭司活动着类似手指的东西,乌迪贤十分惊讶自己刚才竟然没有发现他的畸形手臂。

"只是个简单的误导和幻象。"马利克端详着农夫的神情,试图窥视对方的内心。他把手臂伸得更近了些。"我的主人为了助我这次抓你而赐的。摩鲁在那商人回家的路上抓了他，我对着他试了两次。他可是我不可多得的试验机会。"

乌迪贤冲他吐了口唾沫，可惜距离差了分毫。控制他的卫兵——高阶祭司叫那家伙摩鲁——把乌迪贤的脸再次砸向地面，惩罚了猎物不安分的行为。

"够了。"马利克命令道，不知道是对自己的囚犯还是手下说的。"让这蠢货站起来。"

另一双有力的手握上乌迪贤的右臂，刚才的摩鲁则移到左边。两个全副武装的大块头把乌迪贤牢牢抓在手里。

"虽然跟我原先的计划不同，不过也行得通——"马利克继续说道。

这时房门突然打开。乌迪贤望向那边，惊恐地发现塞德里克又回来了。

"快走！"他对年轻人大喊道，"跑啊！"

但塞德里克却没有逃跑或是表现出丝毫恐惧，反而无视了他的警告。他对马利克说道："那女人不在房里。"

乌迪贤的血液瞬间凝固。和镇长一样，伊桑的儿子发出的不再是男孩的声音。

"不……"他大口喘息着，"不……"

"她肯定在那儿！"教士坚持道，"哪怕现在，我还能感觉到她在那儿。我的手臂也证实了这一点。就像主人说的，它会被那女人吸引。你找错房间了。"

塞德里克摇了摇头。他朝目瞪口呆的乌迪贤轻蔑地耸了下肩，然后咕哝道："房里全是这家伙的气味……床上也是。根本没有她的。没有气味，没有痕迹。"

马利克思考了片刻后说道："我懂了。那是个狡猾的猎物，显然比这头蠢驴强……"

乌迪贤完全听不懂他们说的一切，他只清楚地知道一点——马利克派了这个可憎的怪物去抓莉莉娅。一想到镇长家的男孩已经惨遭毒手，乌迪贤不禁潸然泪下。不过值得庆幸的是，他们目前还没抓到莉莉娅。

"赶快找到她，达莫斯。"高阶祭司继续说道，"别去其他地方，我刚才施的法术只能压制这个房子里的声音。时刻记住这一点。"

"我会捉到她的，大人。然后她就离死不远了。"冒牌塞德里克喷着野兽般的可怕鼻息说着，然后转身离去。

马利克对他的俘虏微笑道："看来我们马上就能挽回局面了。然后，你就该去接受大祭司早就为你准备好的洗礼了。"

"他们不会让你离开帕萨镇的，教士！"乌迪贤咆哮道，"镇上的人都非常爱戴他们的镇长！他们会阻止你的！他们会为你的恶行把你撕成碎片！"

"可他们为什么要阻止我呢？"马利克阴险地问道，同时把他畸形的手掌覆到脸上。在乌迪贤目瞪口呆的注视下，那些皮肉被移回原处，盖住了脸上露出的部分。转眼间，马利克重新变回了镇长的样子，就连身高都不差毫厘。这个法术的效果几乎完美无缺，令人胆寒。"他们为什么要阻止自己敬爱的领袖呢？"

确实，他们没有任何理由。乌迪贤现在明白了。那些守卫和任何一个旁观者都会像他一样被蒙蔽，尤其在漆黑的夜里。

"她肯定正跟别的家伙在一起。"马利克的话题又回到了莉莉娅身上。"说不定她已经在勾引其他人来取代你了——"

这话对于乌迪贤来说极其恶毒。农夫浑身血液沸腾，莫名的怒火席卷了他全身。他猛地向后一挣，试图摆脱摩鲁的控制。

然而他并没有像自己期待的那样后退几步，同时把摩鲁带倒在地上，而是跟那两个家伙一起飞过了书房。

飞过了书房……然后穿过了窗户。

乌迪贤和摩鲁开始坠落，窗户的碎片砸在他们身上。尽管他们身处险境，那两个凶残的战兵仍然抓紧了他，仿佛这么做就能保全他们的性命似的。而乌迪贤察觉他们即将落地，尽力蜷起了身子。

随着一声巨响，他们重重跌落在地，荡起一片尘土。骨头碎裂的声音回响在乌迪贤耳边。一个摩鲁发出刺耳的号叫，随即松开了农夫的手臂。

乌迪贤立刻试图挣脱另一个家伙，但那个摩鲁却死不放手。他们扭打着，翻滚着，最后几乎以面相抵。摩鲁的大半面孔在夜色中模糊难辨，不过如此近的距离，还是足以让狄俄墨得斯之子看清他眼部的两个黑洞。

拳头打在摩鲁的下巴上毫无效果。他们俩又同时伸手去掐对方的脖子。摩鲁几乎捏碎了他的气管，然而不知为何，那家伙又缩回了手。

乌迪贤用了好几秒才明白过来是怎么回事。他们还是想活捉他。不然为什么要偷偷带走他呢？

虽然这给了乌迪贤一些希望，但保不准摩鲁会一时脑热忘记命令，顺手杀了拼命挣扎的农夫。这个透过骇人的公羊颅盔盯着他的家伙不是人类，至少现在已经不是了。他的对手随时都可能陷入嗜血的狂热中。

乌迪贤集中全部意念，试着唤出刚才那股将他和两个沉重的怪物抛出这么远的力量。他咬紧牙关又朝摩鲁挥出一拳，这次对准了对方重甲之下的胸口。

摩鲁伸手挡住他挥来的手腕，减缓了他的攻击。乌迪贤握紧的拳头在巨震之下不由自主地松开了。他的手掌轻轻拍在敌人的胸甲上，几乎毫无威力。

然而被他攻击的摩鲁却陷入地面，仿佛被无形的巨锤砸了下去。那摩鲁陷得如此之深，甚至从地面已经看不到任何踪迹。

乌迪贤刚想喘口气，另一只手就抓住了他。这时远处突然爆发出一阵呼喊声，可能是伊桑镇长的卫兵们正赶来保护镇长。乌迪贤想警告他们小心马利克的可怕伪装，可一同坠下的另一个摩鲁已经恢复过来，正死死压着他。

也许"恢复"一词并不恰当，因为当摩鲁把乌迪贤的脸转过来时，狄俄墨得斯之子发现那家伙的脑袋已经完全折到了右边。摩鲁的脖子以一种诡异的方式连在一起，而且凸出一大块。尽管如此，这个狂暴的怪物却似乎毫不在意。

摩鲁再一次掐住了乌迪贤的脖子，挤压着他的喉咙。这一次的力道不足以致命，只是让他无法呼吸。他知道敌人只需要等他逐渐缺氧休克，然后，马利克就能得到他的猎物……也就没人能去救莉莉娅了。

乌迪贤伸手一把抓住摩鲁的半边脑袋，咬着牙全力拉扯。

随着一声可怕的抽吸声，那颗头脱离了身体。

摩鲁的身体颤抖着，手指随即松开。他的手盲目地在空气中抓取着头颅，而乌迪贤则拿着头向后退去。

像一出诡异的木偶戏一般，乌迪贤引着摩鲁的身体来到伊桑宅院的围墙边上。然后，他用尽全身的力气，把头扔到了墙外。

摩鲁的身体向前扑去，却只是撞在墙上。那身体又试了一次，结果却还是一样。第三次徒劳的尝试后，无头身体跌跌撞撞地倒在地上，最后终于一动不动了。

乌迪贤长舒了一口气，马上回头向房子看去。书房里已经不见人影，而院子周围正有守卫匆匆赶来。其中两人向乌迪贤围过来。

认出农夫后，他们便放慢了脚步。乌迪贤指着房子对他们喊道："在里面！里面还有更多！小心！你们必须砍下他们的头！"

他们满面惊恐地看着乌迪贤，但乌迪贤并不关心他们是否相信自己。他跑过两个守卫身边，一心害怕马利克已经找到了莉莉娅……和其他人。

他刚冲进大门，就被黑暗中的什么东西绊了一下。乌迪贤转向地板，惊恐地发现了一具商人家仆的尸体。他的胃里又是一阵翻江倒海，因为尸体全身的皮肤都消失了。

先是伊桑父子，现在又是这个可怜人。厌恶和苦涩同时包围着乌迪贤。这些惨案几乎都跟他有关。不过乌迪贤并未蠢到将所有过错揽在自己身上，马利克才是这些恐怖罪行的真正凶手。马利克，在大祭司操控下的马利克。

乌迪贤再次怒火攻心。他对那个神秘的路西昂根本无计可施，不过他可以设法让那个高阶祭司不再来骚扰他们，哪怕他不得不为此送命。

刚才跟他说过话的两个守卫停在了门口，其中一人手上的火把照亮了他们眼前惨绝人寰的一幕。他们都目瞪口呆地望着乌迪贤。

"小心这房子里任何拿着武器的人，或是任何外表是伊桑父子的人。如果他们是真正的伊桑和小塞德里克——"他不得不压下自己的伤悲，否则会让守卫们怀疑事情的真相。"那他们父子一定会明白，把他们关起来是为了他们好！"

"把他们关起来？"一个守卫惊讶地脱口问道。

"是为了他们好，也是为了你们自己！相信我！"

如果乌迪贤是其他凡人，守卫们可能会拒绝他的要求，但他们知道他的非凡之处。乌迪贤无声咒骂着，只盼能有几个人展示出跟他相似的力量。这一刻，他非常希望罗姆斯或乔纳斯能在他身边。

或是阿奇里奥斯也好。

猎人是他唯一的希望。阿奇里奥斯之前曾差点儿杀死马利克，而且当时要是猎人知道方法，还能再干掉其中一个摩鲁。

当守卫们还在努力搞清状况的时候，乌迪贤已经向二楼冲去。他脑海中满是莉莉娅横死的画面，这种恐惧让他不顾伤痛加快了脚步。

他跟女孩同住的房间就在正前方。乌迪贤鼓足了劲，用身体狠狠撞向房门。

猛的一下，门被撞开了。乌迪贤马上爬了起来，做好面对无数敌人的准备。

然而阴险的教士并不在房里，莉莉娅也不在。相反，只有一个年轻女子瑟缩在最里面的墙角处。乌迪贤认出她是被伊桑镇长安排来照顾莉莉娅起居的侍女之一。

"她在哪儿？"他没有顾及女孩的恐惧急切地吼道，"莉莉娅在哪儿？"

侍女一言不发地抬手指向一个巨大的橡木衣橱。除了刚来时身穿的那套衣服外，莉莉娅还从好客的镇长那里得到了很多新衣服。伊桑镇长的其他客人也得到了相同的关照。年长的商人用无尽的尊重和关怀对待他们，他的死是乌迪贤永远无法释怀的噩梦。

更糟的是，他现在非常害怕自己深爱的女人也已惨遭毒手。不然，为什么侍女会如此惊恐颤抖地指向那个紧闭的衣柜呢？

接着，乌迪贤猛地一惊。一个侍女……一个家仆……

乌迪贤想起了那个假冒的塞德里克，居然有某种法术能将庞大的摩鲁藏进男孩的瘦小身体里。

这可能吗？

他转过身来……只是他再次晚了一步。

那家伙越过床向他冲来，身体在皮囊下慢慢膨胀。脆弱的皮肉随即四分五裂，露出了藏在下面的盔甲。可怕的怪物压倒他的同时，那张侍女的人皮面具被撑得扭曲变形，乌迪贤不禁再次讶异于马利克的法术如何能将毫不匹配的庞然大物装进这样的冒牌身体里。

他们撞在衣橱上，衣橱被撞散了架。皮囊的碎片从摩鲁邪恶的脸上脱落，只见他举起了手，手中握了一把锋利的斧头。

伴随着一声刺耳的尖笑，他挥起斧头砍向乌迪贤。

第十六章

阿奇里奥斯突然从梦中惊醒。他迅速穿上衣服,然后从旁边的椅子上一把抓起长弓和箭筒。猎人没听到任何响动,可有什么东西让他绷紧了神经。他轻手轻脚地走到门边,停在那里听着外面的动静。

起初外面一片寂静,但随后阿奇里奥斯就听到了模糊的脚步声,那人要么体形瘦弱,要么就是刻意让脚步轻快。他把弓挂在肩上,从腰间摸出了猎刀。然后,他小心翼翼地把门打开了一条缝。

墙上唯一一盏昏暗的油灯发出点点微光,足以让猎人看清走廊。一个身影在微光的边缘外移动着,不过这个身影过于矮小,不像是伊桑镇长或任何家仆。

事实上……他觉得那个身影看起来像是小塞德里克。

男孩沿着走廊慢慢前行,时不时在每扇门前稍作停留。他在塞兰西娅的门前停下了脚步,接着继续往前走。这让阿奇里奥斯不知为何松了口气。

猎人不知道塞德里克在做什么。他的行为绝不寻常。阿奇里奥斯开始担心男孩的脑子可能不太对劲……又或者是,考虑到最近发生的种种情况，也许有什么人或什么东西控制了他。

想到此处，猎人做出了决定。他迈出房门，像猫一样轻盈地来到走廊。他拿好猎刀准备随时对付……对付什么，他也不知道。不过肯定不是对付这个可怜的孩子。伊桑的儿子是无辜的。

塞德里克继续查看着每一扇门，同时窥视着墙边的壁龛，甚至还时不时望一眼天花板。阿奇里奥斯有些纳闷那男孩想在头顶看到什么，不过他觉得，自己还是不知道为妙。

猎人的眼睛适应了周围的昏暗，他紧紧跟随着毫无察觉的猎物。他走到塞兰西娅门前的时候犹豫了片刻，把耳朵贴到了门上。里面传来了均匀的呼吸声，看样子塞兰西娅安然无恙。

猎人直起了身子，打算重新紧盯塞德里克……然而那男孩儿不见了。在猎人确认塞兰西娅安全的短短几秒内，塞德里克的身影就莫名其妙地消失了。

阿奇里奥斯皱着眉头加快了脚步。伊桑镇长的儿子肯定就在前面某处，除非他刚才趁阿奇里奥斯不注意闪进了后面的某间房里。不过那种可能性基本不大。猎人绝不可能错过如此明显的动作。

不过当阿奇里奥斯快走到尽头的时候，他才慢慢觉得，对于塞德里克的消失，唯一合理的解释，就是男孩进了某个房间。然而，那些房门都紧锁着，而且要是男孩真的进房间了，他刚才一定会听到门把的响动。

阿奇里奥斯又走了几步，来到走廊尽头。他困惑地用手摸索着墙壁，觉得或许能找到一个暗门。然而遗憾的是，他什么也没发现。这是一面实实在在的墙壁。

接着，某种直觉让他抬头望向天花板……只见上面虽然一片漆黑，却也没什么可怕的东西。

阿奇里奥斯皱起眉，思索着为什么自己会突然感觉头顶似乎潜伏着危险。

依旧沉浸在对塞德里克消失的不解中,他转过身来——

伊桑镇长的儿子就站在离他不到一米的地方,严肃地看着高大的猎人。

阿奇里奥斯几乎被吓得跳了起来。"塞德!"

"我刚才在找她,"年轻人镇定地沉声道,"跟乌迪贤一起的那个人。"

"你是说,莉莉娅?为什么她会——"

"莉莉娅。"塞德里克重复道,仿佛在努力记住这个名字。"你知道她在哪儿吗?"

"我猜正跟乌迪贤在一起,就像你刚才说的,小伙子!"阿奇里奥斯笑着打趣道,"不过我可不想现在去打扰他们!可能会很不是时候!"

"她没跟他在一起。"

"那么你是怎么知道的?"不知为何,猎人突然觉得周遭寒气逼人。阿奇里奥斯俯下身子对男孩说,"塞德,你还好——"

塞德里克突然猛地把他推到墙上,力气之大让猎人感觉到身后的木板都碎裂了。

阿奇里奥斯跌倒在地,他暗自庆幸碎的不是自己的骨头。塞德里克又挥来一拳,击中他头顶上方的墙壁,那样的破坏力绝不可能出自男孩这瘦小的身体……甚至就连阿奇里奥斯这样的大人也很难做到。

猎人踢出一脚,想把敌人钩倒,但他踢到的仿佛是块坚硬的石头。冲撞的力量震得他浑身发麻,塞德里克看上去却毫无反应。事实上,阿奇里奥斯甚至可以发誓,他看到男孩对自己无力的攻击报以轻蔑一笑。

瘦小的身体步步进逼，猎人不禁有些自责，他为何会认为自己是在跟镇长的儿子打斗呢。这不是塞德里克，甚至可能都不是人类。阿奇里奥斯对荒野中遇到的那些恶魔记忆犹新。很显然，眼前的家伙也属于其中之一。

凭借追踪野兽练就的敏捷身手，阿奇里奥斯成功躲过了对方的攻击。他向前一钻，闪过了披着塞德里克皮囊的生物。

不巧的是，猎人刚想起身，一只手就拽住了他的衣领。塞德里克得意地哼了一声，狠狠将猎人甩在走廊上。

阿奇里奥斯重重摔在地上，但撞击地面的声响却异常模糊。他怀疑除了自己甚至都没人能听到。与那个伪装成男孩的怪物一样，这显然也是法术所致。猎人担心不已，这无疑意味着一队人——在高阶祭司马利克的带领下——能够在整个屋子横行，却无人知晓，等到人们发现时已经无可挽回了。

这帮恶棍一定是在找乌迪贤，他们甚至可能已经抓住了农夫。可是那样的话，他们为什么还想找莉莉娅？猎人觉得，要么就是自己方才判断失误，他的朋友已经逃出了高阶祭司的魔掌——所以他们才会想利用贵族女子做诱饵——要么乌迪贤已经被抓了，他们需要用莉莉娅来逼农夫屈服。

但不管是什么原因，她并没有跟农夫在一起。阿奇里奥斯迅速爬起来躲避着敌人的攻击，心底暗自庆幸，她的逃脱意味着还有一丝希望。

猎人此刻无暇顾及乌迪贤和莉莉娅，因为突然间，塞德里克手中多了一对几乎与他一般高的可怕利剑。阿奇里奥斯根本不知道这对武器从何而来，但这怪物的剑术极其精湛，他在空中挥舞了几下，顺手砍上了近旁的木头护栏。木屑随之飞荡。

这怪物越胀越大，好像有什么东西想要从男孩的皮囊下挣脱出来。阿奇里奥斯想象着这孩子可能的遭遇，心中寒意更甚，这男孩曾是他的朋友，这孩子曾希望能成为像阿奇里奥斯一样优秀的猎人。

塞德里克的皮囊开始四分五裂。下巴右侧的皮肉脱落，露出了被黑色金属笼罩的惨白肉体。伪装成塞德里克的怪物现在变得跟阿奇里奥斯一样高，而且更加强壮。

变形的同时，怪物的攻击并未停止。阿奇里奥斯躲过一剑又一剑，甚至几乎来不及喘口气。绝大多数人在这样的攻势下可能早就被砍成碎片了。猎人知道任何一个小失误都会让他丧命，但他此刻最担心的还是他的伙伴们。他不敢想象自己一旦失败，塞兰西娅和孟德恩将会有怎样的下场。他甚至不敢对他们发出警告，因为他们一踏出房间就会遭遇危险。况且，若是他没猜错的话，他们甚至可能都听不到他的呼声。

其中一把剑再次深深插进了护栏，这一次怪物的攻击顿了片刻。阿奇里奥斯正需要这样的时机。他在撞到墙上的时候弄丢了猎刀，但猎人的应变能力极佳，他迅速搭弓抽箭。

在如此近的距离下，他几乎不可能失手，问题是他到底该射向哪里。这家伙无疑跟之前在路上袭击乌迪贤的那个恶魔类似，因此射中普通部位恐怕徒劳无功。事实上，只有一个部位阿奇里奥斯相当肯定会有效果。

诸多思绪在他脑海中一闪而过。下一瞬，阿奇里奥斯开弓放箭，直直射向了敌人的一只眼睛。那家伙的眼睛此刻透着一片不祥的黑暗，仿佛那里没有瞳孔，只有无底的黑洞。但不管怎么说，那黑洞总能看到东西吧……

他本应该轻易射中目标。虽然那家伙似乎有所察觉，抬起那对剑就要挡脸。然而，那支箭不仅没射中眼睛，甚至完全不合逻辑地偏离轨迹，深深插进了敌人身旁的墙壁里。

那怪物大笑起来。他扯掉了脸上最后一块塞德里克的皮肉,身体随之胀大,最后变成了一个身穿盔甲的庞然大物,头上还戴着看起来像是动物头骨的骇人头盔。

阿奇里奥斯咒骂着踉跄后退,同时搭上第二支箭。他牢记着上一支箭发射的方向,再次放箭。

这次,箭从盔甲的肩膀处弹开。

恐怖的怪物狰狞地笑道:"不太行啊。"那嗓音仿佛死亡之声,令猎人毛骨悚然,霎时间想起了他在塞拉姆村附近触碰到那块石头时的感觉。"你的身手可不太行……"

一双利刃犹如两股旋风般疾速向他袭来。这一次,阿奇里奥斯闪得太慢了,一把剑直接刺进了他的大腿。猎人惨叫一声,跌倒在地。

"你会是个好摩鲁。"怪物扯着嗓子说道,"虽然比不上我达莫斯,不过还是相当不赖。或许我会把你的尸体带回去给主人……"

说着他举起了两把剑——

这时,达莫斯身后响起了低低的吟唱声。阿奇里奥斯觉得自己似乎认得这个声音,然而,那声音和摩鲁一般,仿佛蕴有某种怪异的东西。

巨大的怪物突然像被线操控的木偶一般抽动着。他发出一声嘶吼,转身去看他身后到底是什么人。阿奇里奥斯趁机拿起弓,却不知道该射向哪里。唯一暴露的部位就是脖颈附近,但猎人之前的那次攻击并没有产生任何效果。

"你是谁?"达莫斯吼道,"你嘴里念的是什么?"

那人又用阿奇里奥斯无法理解的语言说了什么。

摩鲁发出一声哀号。他痛苦地弯下了身子,一把剑从手中跌落。

"停下来!停下!"达莫斯疯狂挥动着剩下的那把剑,却只是徒劳。他大口喘息着单膝跪地。第二把剑也从手中脱落。

摩鲁身后的黑影又念了一个音节。

达莫斯再次哀号起来,浑身抽搐。一阵腐肉的恶臭突然从摩鲁那边传来。

发出最后一声凄厉的号叫后,身着盔甲的巨怪歪歪扭扭地瘫倒在地。腐臭的味道越发浓烈。

阿奇里奥斯捂着自己的口鼻,望向尸体旁的那个身影。

"孟德恩?"他试着喊道。

乌迪贤的弟弟凝望着阿奇里奥斯,眼神却好像透过他看着远处。某种难以言喻的东西萦绕在孟德恩身上,猎人瞬间想起了塞德里克的悲惨遭遇,不禁浑身一颤。但那并不是邪恶,而是非常不同的感觉,让阿奇里奥斯再次回想起那块古老的石头和触到它的感觉。

"Kyr i' Trag' oul discay."孟德恩终于开口说道,仿佛在用这句莫名其妙的话解释一切。

阿奇里奥斯站起来扫了一眼地上的摩鲁。从这股气味和他瞥到的情况来看,他敢发誓这怪物已经死去良久,甚至可能不止几个星期。尸体在他眼前几乎就要开始腐烂。

猎人又看向孟德恩,后者的脸色如尸体般惨白。突然,乌迪贤的弟弟眨了下眼,脸色渐渐恢复过来,他看着眼前的情景,露出了迷茫和恐惧的神情。

"阿奇里奥斯……我这是怎么了……这是哪儿?"

就在这时,周遭变得嘈杂起来。楼下和附近的房间充斥着撞击声和喊叫声。一声巨响从乌迪贤和莉莉娅的卧房传出,而猎人受冒牌塞德里克欺骗,还以为那个房间空无一人。

旁边的一扇门突然被打开,塞兰西娅身穿伊桑镇长赠予的高领睡袍冲了出来。她先看到阿奇里奥斯,然后是孟德恩,最后发现了地板上可怕的尸骸。值得称赞的是,她忍住了几欲脱口的尖叫,马上问道:"乌迪贤和莉莉娅在哪儿?他们还好吗?"

阿奇里奥斯还没来得及回答,又一声巨响从乌迪贤的房间那边传来。猎人立刻转身向声源处跑去。塞兰西娅刚要跟上,猎人马上喊道:"你们两个待在这儿!照我说的做!"

他不知道他们两个是否会听自己的话,不过他希望至少孟德恩能做出正确的抉择,起码确保塞兰西娅远离危险。阿奇里奥斯不明白孟德恩是怎么搞定那个凶残的摩鲁的——他也不知道那怪物身上到底发生了什么——不过他希望那种力量能在他们遭遇攻击时再次发挥作用。很难说这里现在到底还有多少怪物。

两个守卫冲上楼梯,他们的目标显然同他一样。先到门口的守卫一手抓上了门把——

突然间,一个巨型摩鲁从隔壁房间破门而出,冲到了走廊上。他猛地撞向那两个受惊的守卫,把其中一人撞下了楼。另一个守卫试图反抗,却被凶残的怪物用巨斧开膛破肚,鲜血喷洒得到处都是。可怜的家伙向后倒下,那无助的双眼无神地望着阿奇里奥斯。

猎人已经开弓准备放箭,他清楚地记得自己那两次失败的尝试。这次,他凭借多年的捕猎经验,迅速计算了一下,最终射出一箭。

按理说,那支箭瞄准的位置与目标相去甚远,可它最后却突然改变了方向,就像阿奇里奥斯期待的那样。他现在已经能够断定,自己的武器不知何时被施加了某种魔法。最近碰过长弓的除了他自己,就只有乌迪贤和伊桑镇长……

那支箭深深插进了他希望射中的位置。摩鲁大叫着,伸手去拔嵌入其漆黑眼洞的箭矢。

阿奇里奥斯毫不犹豫地放出了第二支箭,看着那支箭直直刺入摩鲁的另一个眼洞,露出了冷酷的微笑。

巨兽应声跪地。试图拔出第一支箭的手垂落在地上,接着,挥动染血巨斧的另一只手也无力地下垂。然而，这个摩鲁还没有完全倒下。

阿奇里奥斯冲到这怪物身边，一把抢下了摩鲁的斧子。摩鲁无力地伸手抓他。猎人敏捷地一闪，然后把弓挂回肩膀，高高举起了斧子。

下一瞬，猎人将斧子深深劈入摩鲁的脖子，利落地砍下了他的头。这时，摩鲁的身体才轰然倒地。

阿奇里奥斯握紧斧子，转而看向乌迪贤的房门。他眼前的一幕令他瞬间慌了神，塞兰西娅已经站在了门前，手里还握着一片尖利的护栏碎片，孟德恩则紧跟在她身后。

"我让你们待在——"

女孩无视他的警告，猛地推开了房门。阿奇里奥斯生怕她遭遇什么危险，迅速跃到她身后。

他们一进门就看到乌迪贤和另一个摩鲁正互相掐着对方的脖子。塞兰西娅倒抽了一口气，立刻冲到摩鲁身后。阿奇里奥斯以为她会用手中的碎片乱打一通，但是她却把碎片的尖端对准摩鲁的后颈。

正常情况下，碎片只会毫无威力地再次断裂，或者最多留下些小伤口。然而当塞兰西娅全力刺下去的时候，碎片的尖端燃起了白光，然后轻而易举地刺进了摩鲁的脖子里。

被偷袭的摩鲁松开了手，挣扎着试图拔出碎片。他跪在地上绝望地抓着刺进脖子里的凶器。

塞兰西娅连退几步，显然被眼前的情景吓坏了。而乌迪贤则俯身查看摩鲁，然后抓住木头碎片用力扭动，几乎快要把摩鲁的头整个切下来。

这名摩鲁就这样死去。

乌迪贤得出了结论。"头……头是他们的弱点。要攻击他们的头部……"他忽然抬起头来,"莉莉娅!她跟你们在一起吗?"

"没有!"塞兰西娅立刻答道。

"刚才有个怪物也在找她。"阿奇里奥斯赶紧补充道,"他似乎在这边没能找到她。"

"我不明白,除非——"他推开其他人边跑边喊,"她肯定是去找我了!她一定去了书房……我刚才在那里遇到了马利克!"

* * *

孟德恩并没有跟哥哥和其他人一起去救贵族女子。他不是不想帮忙,是有什么东西让他停下脚步再次看向了摩鲁,刚被杀掉的这一个,还有死在走廊的另一个。他靠近摩鲁的尸体时,心里涌起了一股不祥的预感。他似乎感觉到在那惨不忍睹的躯壳下,某种充满活力的火苗——并不是生命——还留在骇人的尸体中。

出于本能,他伸出一只手悬在了尸体背部。古老的符号再次出现在他的脑海中。一如既往地,孟德恩非常清楚它们的发音,而这一次,他似乎隐约有些明白这些符号的意义。

他念出这些咒文的时候,感到一阵凉意从手掌向外发散。一团月光般的微弱光晕出现在他的手掌下方。

摩鲁的尸体激烈地颤动着,仿佛下一秒就会重新站起来。孟德恩几乎想丢下一切迅速逃走。但他的心底深处有种强烈的直觉,若是他现在离开,后果将不堪设想。

尸体愈发激烈地震颤。接着,一坨苹果大小的黑云从尸体中升起。它在空中盘旋片刻,随即飘向孟德恩的手掌……然后在那里消散不见了。

摩鲁再次一动不动,他的尸体看上去像是泄气了一般。孟德恩再也感觉不到任何异样。

他又走到楼道里对另一个摩鲁施以同样的法术。孟德恩回头看向他和阿奇里奥斯遇到的第一个摩鲁。直到现在,他还是无法回忆起自己当时是如何从床上来到走廊的,还有那个摩鲁为什么会倒在自己脚边。孟德恩唯一能肯定的是,自己当时已经对那家伙施过咒,所以他现在不需要去处理那个怪物了。

奇怪的是,孟德恩突然想起来,他在对付那个怪物的时候,感觉自己并不是一个人。他可以发誓,当时有个身影就在自己身后,是那家伙及时念出了那些重要的咒语。

可那是谁呢?孟德恩暗自思忖,会是谁?

不过,孟德恩突然意识到,这里肯定还有许多摩鲁,或许他们仍在待命,或许已经死亡。但无论如何,孟德恩都必须挨个检查一遍,确保他们不会死而复生。

这个决定让他振奋不已,乌迪贤的弟弟立刻开始行动。

* * *

一定在书房。某种直觉让乌迪贤认定莉莉娅去了那里。她肯定以为自己的爱人正跟伊桑镇长在书房里谈话,于是毫不犹豫地进入了房间。

然后马利克就会抓走她,利用她来要挟自己。高阶祭司知道,他为了保护莉莉娅愿意做任何事。

乌迪贤瞬间怒火中烧。可万一她已经受到了伤害……

书房的门紧闭着。这一点相当蹊跷,因为此刻众多家仆和守卫都在这栋房子里奔走查看,试图弄清楚刚才究竟发生了什么。然而没有一个人去书房找他们的主人,这里面一定有问题,感觉像是高阶祭司的圈套。

乌迪贤越想越乱,终于猛地朝房门撞去。

两扇门被轰然撞开,其中一扇门更是被强烈的冲击力直接撞碎。乌迪贤倒在地上,接着迅速爬起来准备搜查房间。

"马利克!"他吼着教士的名字,准备面对最糟的结果。"这是你和我之间的——"

可眼前的一幕令乌迪贤瞬间两腿发软。书房的中央躺着一个摩鲁,他的头和身子完整分离,胸前有一片焦黑的痕迹。那颗仍然戴着公羊骨头盔的脑袋似乎正怒视着天花板。

然而这一幕根本无法与躺在稍远处的那具尸体相提并论。那具尸体的皮肤被剥得干干净净,鲜血从破裂的血管中喷涌而出。尸体的身躯高大健壮——至少支离破碎的肌肉和筋骨还勉强可辨——而且虽然被剥了皮,衣服却还留在身上。

那是马利克,三神教墨菲斯教团的高阶祭司。

第十七章

　　马利克畸形的手紧紧抓着自己的喉咙。他本人早已断气，那只恶魔般的手臂却又抽搐了两下，仿佛还没有彻底死绝。

　　在这惨烈的场面后方，浑身颤抖的莉莉娅正望着乌迪贤。

　　"亲爱的！"她失声喊道，接着跑到他身边紧紧抱住了他。她浑身散发着薰衣草香和其他花香，与眼前骇人的场面形成了强烈的反差。乌迪贤深吸了一口气，打心底里希望刚才发生的一切都只是一场可怕的噩梦。

　　不幸的是，那一切都太过真实。他离开金发女子的怀抱，看着死去的教士问道："莉莉娅……这里到底发生了什么？"

　　"这是……我的运气还算不错，而且我被你唤醒的能力帮了大忙。我醒来时发现你不在床上，就往这边来了。我在门口听到些动静，就敲了敲门。"她颤抖着说道，"我听到亲爱的伊桑叫我进去，我进门时，他就站在门口等着我——"说到这里，贵族女子把脸埋进了乌迪贤的胸膛。"噢，乌迪贤，求你别再逼我说下去了！"

　　"那么先做个深呼吸放松一下。我们需要听听你方才的经历，这其中可能有些你没发现的重要信息。"乌迪贤安慰道。

这时，孟德恩从其他人身旁溜过去，跪在了摩鲁的尸体前。乌迪贤对弟弟病态的爱好稍微有些不快，不过还是选择暂时忽略。

"我、我会尽量。"莉莉娅打起精神说道，"我进门后，那扇门就立刻在我身后关上了。我刚闪开就看到了那个可怕的家伙——"她伸手指着马利克的手下。"接着我发现窗户被关紧了。伊桑突然大笑起来，他的声音变了。我听出那是高阶祭司的声音。然后……然后……噢，乌迪贤，他身上披着可怜的伊桑的外皮。"

"我知道，莉莉娅，我都知道。塞德里克和一个仆人也遭受了相同的命运。"

"还有那个男孩？太可怕了！"莉莉娅惊呼起来。

他抱紧了女孩，继续问道："之后呢？"

莉莉娅的情绪似乎有所舒缓，她继续说道："马利克……他向我伸出那个……我从没见过那样的手！那只手不知道怎么钻进了我的脑袋，可能想要像对待伊桑那样对我！我唤醒体内的力量，扑向他，把他的手臂猛推进了他自己的胸口！"

孟德恩起身离开摩鲁，走到了教士的尸体旁。"然后就变成了这样？"他问道，"那么快，在他的反抗下？"

"就好像扯开雕像的幕布一样！我永远都忘不掉！他甚至根本来不及惨叫，更来不及反抗……"

乌迪贤倒是对这个结果非常满意。农夫希望马利克至少能跟被高阶祭司害死的那些人——尤其是年轻的塞德里克——那样痛苦地死去。

"那这个摩鲁呢？"乌迪贤的弟弟离开无皮尸体问道。他睁大的眼里充满了好奇，并未对眼前的血腥表现出丝毫厌恶。"这也是你干的吗？"

她沉着脸解释道："那个怪物在主人死后就向我扑来！我不知道

自己到底做了什么,我就是像切东西一样向他挥了一下手……然后他的脖子就断了,像你看到的这样。"

乌迪贤明白了方才的事情。绝境下的压力唤醒了她体内的力量,就像他当初一样。她求生的本能压倒了一切,而且幸运的是,她的反击正中摩鲁的要害。

"他的胸口也被烧焦了,"孟德恩强调道,"烧伤很严重。"

"那肯定是一起发生的。我不记得了,而且我也不想记得这么恐怖的事情。"

外面响起一阵骚动。乌迪贤紧了紧抱着莉莉娅的手臂。"这就够了。"他对弟弟说道,"咱们都幸运地活了下来……"

孟德恩点了点头,不过接着又问了一句:"你还干掉了其他怪物吗,乌迪贤?"

"外面有两个。一个被深深埋在地底下,另一个被我把头拧下来扔到墙外了。"

他的弟弟认真地点头确认后,突然走出了房间。乌迪贤眨了眨眼睛,不明白为什么孟德恩会对这信息如此在意。

一个守卫突然出现在门口。他惊恐地看着眼前的惨状,叫道:"伊桑镇长!镇长在哪儿?"

"伊桑镇长死了,还有他的儿子。"乌迪贤沉痛地说,"尸体不知被藏在了哪里。他们的尸体或许会像——会像这具一样。"他指着马利克补充道。

"老天啊!乌迪贤大人……这里发、发生了什么?"

乌迪贤没时间重复整个事情的经过,于是说道:"恶魔干的好事。咱们先搞清楚状况,然后祈祷能找到镇长和他儿子的遗体,以便好好安葬他们吧。我猜测,恐怕要到镇子外面才能找到伊桑镇长的遗体……"

这时，另一个守卫走了进来。两人迅速交谈几句后，第二个人就离开了。"我负责守着这里。"留下的守卫满面痛苦地说道，"人们很快便会知晓这个可怕的消息。乌迪贤大人……你不能为他们做些什么吗？"

乌迪贤愣了一下才明白卫兵话里的意思，他只能无奈地说道："不……不能，我什么也做不了。"他心烦意乱，喉咙艰难地滚动着。"非常抱歉。"

守卫悲伤地点点头，然后站到了走廊中。

阿奇里奥斯轻拍乌迪贤的肩膀，说道："等我们离开这里，一切或许会好起来。"

"也许咱们当初就该彻底离开帕萨镇。"乌迪贤咬牙切齿地说道。他的担忧已经变成了现实，他的朋友们还有无辜的人们都因为他而惨死。"我们应该尽快离开此地……"

* * *

他们没过多久就找到了伊桑儿子的遗骸。塞德里克躺在自己的床上，在乌迪贤的推动下，大多数人都相信男孩是在睡梦中安详离去的。没有人愿意去想其他的可能。

摩鲁和高阶祭司的尸体被粗暴地焚烧殆尽。没人想过要告知三神教，虽然大家心里都清楚迟早会有人来寻找这个失踪教士的下落。不过，大家目前都不愿去面对那种情况……或者可能的话，最好永远都不用面对。

按照帕萨人的习俗，在烧掉那帮恶魔的第二天，塞德里克的遗体被庄重地火化，骨灰被葬在了他的家族墓中。葬礼上没有人说话，但几乎所有帕萨人都前来为他哀悼。

直到两天后,他们才找到了伊桑镇长的遗骸。摩鲁把他藏得很好,要不是阿奇里奥斯察觉到附近聚集的食腐生物,最后恐怕都不需要进行火葬了。伊桑镇长的骨灰被安葬在他的妻儿旁边,接下来的几天,哀悼的人都在胸前佩戴着深黑色的饰带,这是凯基安地区对杰出之人的纪念方式。

乌迪贤很想离开这里,他不想再因为自己引发更多的悲剧,可这里却总有事情需要他操心。先是安葬塞德里克,然后是开导每一个寻求安慰的人。刚忙完这些,伊桑的遗体又被找到,然后又是新一轮的循环。每个人都向乌迪贤寻求指引,而乌迪贤还是只把自己当成普通的农夫。

不寻常的是,这时另一个人挺身而出,帮助帕萨人走出丧失敬爱领袖的痛苦——孟德恩。当几个人前来拜访乌迪贤的时候,乌迪贤正好外出会见其他人了,孟德恩突然自告奋勇地去跟他们交谈。他的见解很不寻常,乌迪贤刚听到的时候不禁担心不已。不过他的话还是给那些听众带来了些许解脱。

孟德恩谈到了死亡,不过他没有把死亡视为一种终结,他提出死亡只是一种状态。伊桑镇长和塞德里克并不只是躺在冰冷的墓地里,他们此时正存在于另外一个国度。他们已经超越了凡间的挣扎,去面对崭新而令人兴奋的挑战了。乌迪贤的弟弟坚称不必去害怕死亡,而是要更好地认识它。

事实上,没人比孟德恩自己更惊讶于这些观点了。有人问起时,他也无法解释这些理论从何而来,总之就那么出现了。

帕萨镇的居民对乌迪贤离开的打算一无所知。这正是农夫希望的。因为他担心一旦他们发现真相,镇上恐怕会发生动荡,很多人会放弃自己的生活来追随他。莉莉娅似乎认为这是件好事,可是他已经给这里带来了太多麻烦。乌迪贤想在没有更多伤亡的情况下顺利到达凯基安城。他告诉自己,到了那里,一切就会不一样了。没人能在人口繁多的城中对他进行攻击。

当然,这是自欺欺人,不过他宁愿选择相信。

不过让乌迪贤意外的是,他发现同行的人比他想象得还要少。这个消息来自阿奇里奥斯,同时还伴随着一个他始料不及的情况。

距离他们出发的日子只有两天了,莉莉娅还在劝说他不要偷偷离开。贵族女子对他说,人们想追随他不是正中他的下怀吗?难道他不想向凯基安的人民展示自己的成果吗?还有什么比追随者的数量更有说服力呢?何况他们中还有人能展示自己刚获得的能力,无论那能力多不起眼。

乌迪贤不愿与自己心爱的女人争辩,于是又去了漆黑的小路独自漫步。为了避免再被偷袭,他总是尽量待在人群之中。很难说马利克手下的那种怪物会不会还有更多,不过没人能知道。

然而,尽管已经有所防备,他还是感觉到有人在悄悄跟着自己。乌迪贤拐到一个角落等了一下,才发现跟着他的人是阿奇里奥斯。

"嘿,乌迪贤!"猎人立刻大声喊道,"我不是摩鲁,我发誓!"

"你早就知道我会听见你的动静然后停下来等。"乌迪贤回答道,"否则,我绝对听不到任何声响的。"

他的朋友咧嘴笑道:"没错!我就是那么厉害。"

"你想做什么呢?"

阿奇里奥斯立刻严肃了起来。"我想私下和你谈谈,来这儿找你似乎是唯一的办法。如果这种做法不大合适的话,我向你道歉。"

"你可以跟我谈任何事,阿奇里奥斯。你知道的。"

"甚至包括……塞兰西娅?"猎人试探道。

猎人跟乌迪贤一样,总是用塞兰西娅的昵称叫她。而他现在如此正式的称呼让农夫不禁抬起了眉毛。"塞兰西娅?"

猎人紧张地清了清嗓子。乌迪贤从没见过阿奇里奥斯如此局促不安。"她希望我这么叫她。"

"你想怎么样呢？"

"乌迪贤……你和莉莉娅之间的关系……还牢固吗？"

他们聊了半天终于开始进入主题。"比春天的雷雨还要汹涌，比奔涌的河流还要热烈。"

"你跟塞兰西娅之间并没有什么特殊的情感。"

"她就像我亲爱的妹妹。"乌迪贤澄清道。

阿奇里奥斯勉强挤出一个笑容说道："但她对我来说远不止于此。你知道的。"

"我一直都知道。"

猎人不好意思地轻笑道："是啊，可能除了在她面前，我表现得都挺明显的。"

"她知道的。"这一点乌迪贤敢保证。塞兰西娅并不迟钝，不会对阿奇里奥斯的爱慕一无所觉。"现在告诉我你想说什么吧。咱们只剩一个晚上了。"

"乌迪贤……你离开的时候，塞兰西娅想留下来。我也想陪她。"猎人终于坦言道。

塞兰西娅想留下来的决定让乌迪贤大为吃惊，不过猎人想留下来陪她倒没那么令人意外。乌迪贤发现自己听到这个消息时，竟然有些如释重负，虽然他同样为与朋友分别感到心痛。"我想让你们所有人都留在这里。既然塞莉——塞兰西娅——现在想这么做，我绝对没有问题。我也很高兴你为她留下来，阿奇里奥斯，不过……她知道你的决定吗，而且，如果她知道的话，你觉得你们之间的关系会进一层吗？"

最后的提问让阿奇里奥斯笑得更灿烂了。"我最近已经得到了一些进一步发展的暗示。"

这消息甚至更棒——不，应该说更让人欣喜。"那我就更高兴了。我一直希望她能像你欣赏她一样看待你，阿奇里奥斯……而且你们两个留在安全的地方也让我感到高兴。"

"最后我想说，在所有人中，我最不该抛下你。危险远未结束，今后还会出现其他的马利克！我应该跟你并肩作战——"

乌迪贤打断了他。"你已经为我做了太多了，正如塞兰西娅和孟德恩一样！我之前对你说过，我希望你们都远离我。你说得没错，之后还会有别的马利克找来，尤其只要那个大祭司还执掌着三神教。我希望下次危险来临的时候，你们谁都不在我身边……甚至包括莉莉娅。"

"可她绝不会离开你的！"猎人毫不犹豫地脱口而出。

"我知道……但是我必须想办法让她明白过来。如果我成功了，请你一定要帮我照顾她……还有孟德恩。"

猎人伸出一只手，乌迪贤紧紧地握住了它。"你知道你能对我提任何要求，"阿奇里奥斯轻声抱怨道，"甚至是要我留下来。"

"若是你能让其他人跟你一起留下来，就是对我最大的帮助。"

"那帕萨镇的人们怎么办呢？他们发现你失踪后我该怎么说呢？他们不会愿意接受的。"

关于这一点乌迪贤曾考虑过很久，但他现在也只能给出"告诉他们继续成长"这样的答案。

这是农夫能想到的唯一答复，也是他最真实的心声。他希望人们能够理解。他也希望人们能原谅自己永远改变了他们的生活。他们的生活从此将不再平静。

再也不会有平静的生活了……

* * *

孟德恩维持着表面的平静，但他的内心几乎快要崩溃了。在过去几天里，他逐渐明白了很多真相，但这些真相同时带来了成千上万无法解答的新疑问。他仍然不知道自己到底会变成什么样，只知道影响自己的力量跟哥哥或其他人的那种完全不同。他们的道路似乎是在朝着生命的方向拓展，是一种成长。

他的道路却与死亡息息相关。

他完全不介意这一点，至少现在不会了。其实，孟德恩发现他比刚开始时更适应自己的能力，而且事实上，他太适应了，他甚至开始躲开人群，独自消磨大量时间。独处的诱惑和神秘的暗影似乎在召唤着他。他现在很清楚，有什么人在暗中观察他，不过到底是谁他还无从得知。这一点也激发了孟德恩的好奇心。没错，他很想知道对方的身份。然而除此之外，还让他觉得有意思的是，他并不害怕那个答案。

按理来说，他本该会害怕。

孟德恩对万物的理解逐渐加深，他自己也开始有所改变。他以前的衣着总是与乌迪贤相近，但颜色要稍浅一些。而现在他发现，自己更喜欢静夜的颜色。他还注意到，人们对他的态度更尊敬了，不过也带着些许不确信。每个人似乎都看到了他在逐渐改变，不过其他人并不太了解孟德恩的情况，而他们好像都认定这一切与乌迪贤的力量有关。出于这种想法，人们都主动来找孟德恩以慰失去领袖的痛苦，而他则会向众人传播自己的新信仰。让他欣慰的是，他们都把他的话记在了心上，哪怕他们并不完全理解他真正的意思。

那些暗影陪伴他的时间越来越长了。他现在甚至整晚都会保持清醒。也就是在这个时候，他开始听到私密的耳语。听了两个晚上后，他终于鼓足勇气，尝试跟随它们。

不出所料，它们把他直接带到了墓地。

这次，孟德恩毫不犹豫地走了进去，尽管这天晚上，夜幕一片漆黑，没有月亮，也没有星星。他丝毫不感到害怕，因为在他面前的并不是神秘无垠的死亡之地，而是帕萨人民深爱之人的安眠之地。正因为如此，这里是一块最安详的土地，充满了喁喁私语和永恒的梦。

不过在最中心的地方还有一些其他的东西，一些更古老的东西。那东西唤醒了这些耳语，也诱惑着他向前走去。

孟德恩最近发现自己的夜视能力越来越好了。事实上，他感觉自己现在看得几乎跟白天一样清楚，就连阿奇里奥斯也无法与他相比。

他接近了这奇异感觉的源头。在这里，耳语声变得越来越清晰。大部分声音来自周围的坟墓，它们谈论着自己的生活，仿佛它们的生活一直延续到这一刻。

必须去把豆子煮熟，然后把面包放进烤炉。孩子们的衣服也该补了……

那匹马会下一匹小马驹，嗯，一旦它长得足够大了，我就把它卖掉……

波比说别去河边玩，可河里亮闪闪的，还有鱼儿在里面跳舞。我就只去看一眼，我会很小心的……

它们就这样喋喋不休地说着。如果孟德恩眯起眼睛，他甚至觉得自己能看到坟墓上方浮动着模糊的影子，那些影子正在交头接耳。

不过虽然这一切都令他痴迷，但它们并不是他此刻出现在这里的原因。吸引他来的是躺在墓地中央的某样东西。不过当乌迪贤的弟弟第一眼看过去的时候，那里的杂草下只有一块字迹已经淡去的古老石碑。

他俯身凑了过去，结果却大失所望。上面的碑文是一种古老却浅显易懂的文字，并不是他期望的那种古老符号。孟德恩刚准备离去，却突然间想起一件事，跟他现在的位置有关。

他眼前的这块地方，就是当初那尊巨大的双翼雕像所立的位置。

这个发现让他站住了脚。孟德恩犹豫地伸出手指，轻触刻着名字的地方——

一股惊人的力量瞬间把他抛出了一米多远。

孟德恩撞到另外一块石碑上，周身疼痛不已。他的视线开始模糊……

一个巨大的半透明影子突然出现在石碑上方。它完全不像人类，可似乎也不像是恶魔。暗影和星光——来自夜空以外的星光——勾勒出它的外形。只见它如蛇一般的口鼻转向了孟德恩。

你必须跟他在一起……它缓缓念道，哥哥揭露了妹妹的秘密，妹妹会为此大开杀戒……

孟德恩的视线终于清晰起来……那个神秘的影子消失了。一切都恢复到他触碰石碑之前的样子。

不过不知为何，他很清楚并不是石碑上的文字把那个……无论那是什么东西……召唤出来的。不，真正的源头被埋在坟墓之下。碑文只不过起到了类似连接的作用。

可它是什么意思呢？孟德恩思索着它的话。你必须跟他在一起……哥哥揭露了妹妹的秘密，妹妹会为此大开杀戒……

"哥哥？妹妹？"这些话对他毫无意义，他只知道那个神秘的影子警告他，这对兄妹之间的争斗会带来死亡。反常的是，它警告的"死亡"让孟德恩近来头一次感到如此不安。他感觉这件事会引发一连串更恐怖的悲剧。

你必须跟他在一起……

他突然一跃而起。这句话就是关键。警告只可能指向一个人，而孟德恩第一个想到的人除了自己的哥哥还会有谁呢？

"乌迪贤!"他立刻在墓地里狂奔起来,急切的心情让他顾不得保持庄重。不管那个警告指的是什么,很快就会应验。

如果事情还没有发生的话……

* * *

在漆黑的夜色中,大教堂完全就是一座明亮的灯塔,欢迎着所有人的到来。无论什么时候,这里总是有人迎接深夜拜访的朝圣者或是迷失的灵魂。这是先知的决定,他说人间的救赎不能因为太阳的落下而停止。

人们经常能在深夜看到先知的身影,因为伊纳瑞斯不需要睡眠。然而,尽管他不愿承认,但他近来愈发焦躁不安,这让他无法在世人面前展露自己的无上荣光,反而选择了逃避。他只能在自己的螺旋塔楼中来回踱步,有时还会出现在他的信徒们最想不到的地方。

这天晚上,光彩夺目的年轻人正站在塔楼的最高处。这里能让他俯瞰绵延不绝的平原,仿佛他再次在天空中翱翔。

伊纳瑞斯不那么做并不是因为害怕,而是因为谨慎。他需要妥善对待与路西昂的这场游戏,既不能惹出什么麻烦,也不能将庇护之地暴露给他的同胞。他有足够的把握对付恶魔,无论路西昂从烈焰地狱召唤出何种恶魔。毕竟,这个世界是他伊纳瑞斯的杰作。没人能从他手中夺走庇护之地……恶魔不能,她不能,更不用说某个寿命不及他眨眼一瞬的普通农夫了。

而且他们很快就会认清事实了。

第十八章

乌迪贤刚鼓足勇气,准备告诉莉莉娅无论如何她都必须留下来,忽然听到外面传来了喊叫声。他今晚接连两次尝试都失败了,尽管两次尝试都以他和贵族女子的欢爱结束,却丝毫没有减轻他的负罪感。而现在,就在他重新振作起来,下定决心第三次开口的紧要关头,他弟弟的声音却突然响遍了伊桑镇长的府邸。

帕萨镇的居民现在似乎已经把这里视为乌迪贤的房子了,不过他只打算再待个一两天……然而即便这样他也已经满心愧疚。等他离开后,莉莉娅他们也可以尽情地在房子里住下去,直到他们整理好自己的生活。

不巧的是,看来孟德恩现在就有问题需要解决。乌迪贤从床上起身,去查看弟弟有什么麻烦。

"别去太久。"莉莉娅轻声呢喃道,娇嗔的语气牢牢勾着农夫的心。

他点了点头,随便穿了件衣服走出房间……差点儿跟门外的弟弟撞在一起。

"乌迪贤!谢天谢地!我担心得要死!"

孟德恩的焦急引得他瞬间警惕起来。"怎么了，是和平卫士还是摩鲁？难道是圣光教派的审讯官？"

孟德恩细细打量了他一番，说道："不！不是！乌迪贤！你没事吧？"

"我没事。"农夫并不打算现在就把自己离开的打算告诉弟弟。孟德恩之后就会知道了。"现在，到底怎么回事？"

"我担心……我以为……"孟德恩有些语无伦次。

"什么？"他的哥哥一头雾水。

孟德恩懊恼地摇了摇头说道："没什么，是个噩梦，乌迪贤。只是个愚蠢的噩梦……"他的眼睛瞥向哥哥身后，乌迪贤突然发觉他从这里能隐约看到床上一丝不挂的莉莉娅。"我真的很抱歉。请原谅我……我不知道自己是怎么想的。"

乌迪贤沉吟片刻，最后说道："你一直没怎么睡觉，孟德恩，没日没夜。这样可不太好。镇长遇害后，你在安抚镇民这事上耗费了大量精力。我想你需要好好休息一下。"

"也许吧……非常抱歉打扰了……"他的弟弟犹豫地答道，同时眼神再次瞟向乌迪贤身后。

不等乌迪贤说什么，孟德恩就转身冲向自己的房间。

乌迪贤关好门，重新回到了莉莉娅身边。他钻到女孩身旁时，后者露出了疲倦的笑容。

"你弟弟没事吧？"

"他就是累过头了。"

金发女子用手指温柔地划过他的胸膛，拨弄着上面的胸毛，接着问道："那你呢？"

"一点儿都不累。"乌迪贤把她搂在怀里回道，"让我证明给你看。"

* * *

  三个小时过去了。在这三个小时里，莉莉娅曼妙的躯体再次让他如痴如醉。在这三个小时里，他们始终依偎在一起。

  三个小时后的现在，乌迪贤刚刚备好了马鞍。

  这是农夫解决目前局面的唯一办法。不再考虑，不再解释。当他确信贵族女子睡着后，便蹑手蹑脚地爬起来穿好衣服。他轻巧地溜出房间，穿过整个房子，即便阿奇里奥斯看到，也会赞叹他此时的灵巧。他经过几个站岗的守卫时——他们发誓会像为前主人效命那样为他值守——谁都没有看到他悄悄溜走。不过这也不能怪他们，因为看来乌迪贤的能力这次顺利奏效了。他希望这些人看向别处……然后他们就照做了。

  乌迪贤怀着越来越强烈的愧疚感，安静地骑马穿过街道，最终离开了帕萨镇。帕萨镇民们才刚开始明白自己身上发生的变化，就像他不久前刚面对自己的能力时一样。乌迪贤知道，没人能比他更理解他们，而他正是那个让他们发生改变的人。这一切都在要求他马上掉头，回镇子里负起责任。

  但死亡的威胁更加沉重。他丢下所有人，只身前往凯基安城可能是个糟糕的决定，可是……

  乌迪贤在马背上摇了摇头。他没有精力去想任何"可是"。

  四周的树木仿若安静的哨兵。夜色似乎比以往都要漆黑。乌迪贤试着催促坐骑加快脚步，但马却跑得时快时慢，仿佛在害怕暗影里潜伏的什么东西。

  这条小路蜿蜒地绕过一座座低矮的丘陵。从帕萨镇到凯基安城有一条更好走的路，不过乌迪贤不想被人轻易追上。除了能够理解他突然离开阿奇里奥斯，可能没几个人能追上他。走这条难留痕迹的小路也能避免他遇到其他旅人。

他的行李少得可怜，主要是背上的几件衣物，一把勉强能用的破剑，还有他溜走时努力收集的少许口粮。他离开得过于仓促，几乎没时间做更多准备。他只有一袋水，还是在马厩附近灌的，不过他认为在路上很快就能找到其他水源。

刚想到那袋水，乌迪贤突然就感觉口渴得厉害。他从马鞍旁拽下水袋大口喝了起来。水微微发咸，不过还可以忍受。

咽下最后一口水后，乌迪贤看着眼前漆黑的小路，考虑着自己接下来的旅程。低地和凯基安城就在东面。丛林地区的边界并不太远，如果继续沿着现在的方向前行，他很快就会进入一片气温更高的地区。赛勒斯曾说起过那里的地貌突变，简直就像某个强大又调皮的精灵突然心血来潮，把那里分成了两个世界。某天，塞兰西娅的父亲告诉他，在那里，上一刻你还穿着一件暖和结实的大衣抵御漫天大雪，下一秒你就会发现自己在酷暑中呼吸困难，每走一步都得拼命驱赶鸟一般大的蚊子。

乌迪贤从没完全相信过老商人的故事，虽然一些途经塞拉姆村的商人的确证实了东部地区有这么一块神奇的地域。多年以来，那里生活着少许肤色黝黑、眼睛细长的人种，据说这些特征是丛林深处人种的主要特征。有传言说那里还有肤色更深的人种，他们有着炭黑的皮肤，另外，那里还有些皮肤金黄的家伙。

法师部族中据说有许多这样奇异的人种，而凯基安城应该就是个种族大熔炉。莉莉娅就是很好的证明，伊桑镇长甚至还猜测过她的家族到底来自哪里。想到自己将只身前往巨型城邦，农夫突然有些畏缩。他希望自己至少能有贵族女子陪在身边——她最了解凯基安城了——然而遇到危险时，乌迪贤最不希望她被牵连。他匆忙离去，最迫切的原因就是担心莉莉娅会陷入险境。

她美丽的面容充斥在他的脑海中。或许有一天他们能再次重逢，不过那要等到乌迪贤确认万事无虞后。无论如何，莉莉娅会一直陪着他的，哪怕只是在他的回忆中，在他的心里——

"乌迪贤……"一个温柔的声音突然响起。"亲爱的……"

他丢掉手中的水袋，在马鞍上转身看去。他难以置信地在自己身后看到了那个贵族女子。她穿戴整齐，骑着一匹他从未见过的高大黑马。

"莉莉娅！你来这里做什么？"

她的笑容足以动摇农夫的决心。"我当然是来陪你一起的。"

"你该留在帕萨镇。"他努力打起精神坚持道，"我把你留在其他人身边是为了你好……"

她驾着那匹高大的骏马继续前行。"你可以丢下其他人，但你永远都不能抛弃我，乌迪贤。我要跟你有始有终。"

他被女子的奋不顾身打动，只想把她拥入怀中，可他马上又想起了马利克的种种恶行。如果待在自己身边，莉莉娅将永远成为敌人的目标，比如那个高阶祭司……或者更糟，那些家伙的主人们。不管他有多渴望她的陪伴，乌迪贤都不得不让她离开。

"不，莉莉娅。咱们必须在这里分别。我不想让你受伤，更不想看你送死。"

"可你也看到我成功击败了马利克，你想想他有多强大！我能保护我自己，亲爱的，尤其是对付那些想拆散我们的家伙！"

她的这番话很有说服力，乌迪贤自己都曾被大祭司的仆从逼得无力反抗。不过他非常了解自己的能力，他觉得莉莉娅那次大概只是运气好，下次她可能就会发现，自己面对残暴的敌人毫无反击之力。

一想到接下来会发生的危险，他的决心再次坚定了起来。"不行,莉莉娅。那种事我想都不敢想。你要是发生任何意外,我绝对无法承受!你必须回去。别再争了,跟其他人待在一起,不要再想着来找我。"

金发女子没听他的话,而是直接跳下了马固执地说道:"我不会走的。你去哪儿,我就跟到哪儿。"

"莉莉娅——"

她把自己的马丢在身后,看上去完全不担心它是否会跑走。莉莉娅伸手拉着乌迪贤继续说道:"过来再给我一个拥抱吧,再给我一个深吻。向我证明你能离开我。到时候,如果你还说能离开我,也许我就会考虑一下。"

尽管乌迪贤知道自己这么做很不明智,但他还是跳下马来。只要一个拥抱和一个吻,这能让他在孤寂的旅途中多一些回忆。他还是会坚持让她回到镇里去,他无论如何都不会心软的。

可当她依偎在他怀里,温暖的双唇贴上他时,乌迪贤的决心再次慢慢流逝。要是莉莉娅真的追在他后面怎么办?让她四处追寻自己,岂非比把她留在自己身边更危险?当然,只要他继续学着控制自己的力量,他就更有把握保护她的安全……

他们激吻正酣的时候,乌迪贤突然打了个冷战。他闭着眼睛向后退去。他感到浑身一阵虚弱无力,只能勉强维持站立。

"乌迪贤!你不舒服吗?"

他的力气迅速恢复,几乎像刚才消失时一样突然。他摇了摇头睁开眼睛,发现眼前一片模糊。乌迪贤拼命眨了几下眼,试着恢复视力。

"我想……我想已经没事了。"他低声咕哝道。莉莉娅模糊的身影开始在他面前慢慢聚焦。她的样貌越来越清晰,乌迪贤不禁皱起了眉。有什么不太对劲。她看起来跟原来不一样了,简直就像是——

他强行抑制住一声惊叫，却不禁跌跌撞撞地从她身边远远逃开。一个不小心，狄俄墨得斯之子撞上了自己的坐骑。

那匹马转过身来。乌迪贤听到了一声嘶鸣，接着看到它开始躲闪回避，仿佛它也看到了什么可怕的东西。

"怎么了？"莉莉娅焦急地问道，"乌迪贤！到底怎么了？"

乌迪贤没法儿告诉她，因为他自己也不能确定。

此刻站在他面前的不再是那个金发的贵族女子，而是一个身形更加高大，浑身布满恐怖鳞片的怪物。她的头发是火焰般的翎羽，贴着后背一直垂到……垂到一条底部生着尖利倒钩的爬虫类尾巴上。之前的纤纤手指现在已经变成了利爪——四根，而不是五根。更糟糕的是，她的双脚变得如同分瓣的马蹄。

这怪物一丝不挂，虽然丑陋骇人，却仍然极具女性之美。尽管乌迪贤惊恐万分，可还是被她诱人的曲线所吸引。不过最恐怖的不是这些，而是当他抬头看向怪物的脸——她熊熊燃烧的眼中并无瞳孔，牙齿则狰狞得足以撕碎一切——他仍然能从这张脸上辨认出他心爱的女人的一切特征。

"你不舒服吗？"怪物用莉莉娅甜美的声音问道，她分叉的黑色舌头随着每一个音节在口中吞吐伸缩。

她跟乌迪贤噩梦中的那个怪物既像，又不像。有一瞬间，乌迪贤祈祷着自己经历的这些从头到尾都只是一场梦。然而，直觉告诉他这一切都是真的……而且他看到的莉莉娅也不是幻觉。

"你是——你到底是什么？"

"我是你的莉莉娅啊！"她大声答道，声音听起来既困惑又有些气恼。"我还能是什么呢？"她的尾巴愤怒地击打着地面。

他扫了一眼那条尾巴，视线马上回到了她的脸庞。然而，她注意到了乌迪贤的反应，表情也变得更加狰狞。

莉莉娅不由自主地说出一个名字:"路西昂……"

"路西昂?他跟这一切有什么关系?"乌迪贤吃惊地问道,绝望地努力理清思绪。

"这肯定是大祭司施的法术!他把我变成了这样!"莉莉娅伸出手向他哀求道,"只有你的爱才能救我!"

他向她走去……紧接着某种本能让他停下了脚步。乌迪贤想起刚才她回头看到尾巴时的镇定,仿佛那里有尾巴是再正常不过的事。

他的胃里一阵翻江倒海。乌迪贤拼命摇头,极力否认那个他有些相信的可怕念头。这不可能是真的!一定还有其他的解释。莉莉娅不可能是……这样。

"乌迪贤!"眼前的恶魔苦苦哀求道,"求你了!抱着我!你的冷漠吓到我了!亲爱的,只有你能让我复原!"

"莉莉娅……"乌迪贤忍不住再次向她走去……然而片刻后,他的本能又让他退了回来。农夫仔细观察着她,留意着她现在的外表下每一个让他舒适、让他熟悉的细节。

在他旁边,他的马越来越焦躁不安。它开始挣扎着想逃,乌迪贤只能勉强抓紧手里的缰绳。

奇怪的是,莉莉娅的坐骑仍然安静地站着。对于熟悉动物的农夫来说,那匹黑马过于安静了,简直就像被催眠了一样……

他混乱的大脑努力思索着答案。也许这根本就不是莉莉娅!她可能还在床上睡着,而这头恶魔假扮了她。没错,一定是这样。

他拔出剑来咆哮道:"别过来,你这恶魔!我杀死过你的同类!你别想用她的声音骗我!"

那怪物看上去有些不知所措。"乌迪贤,我就是莉莉娅啊!还记得我们第一次相遇吗?你是怎么发现我喜欢马的?记不记得你身陷监狱的时候,我是怎么不顾一切去找你的?你全都忘了吗?"

她继续列举了好几件事,那些细节一点点打消了这个怪物不是莉莉娅的念头。她本以为这么做能让他重新回到自己身边,结果莉莉娅只让乌迪贤愈发清醒地意识到,自己曾与这种可怕的怪物欢爱过的事实。

然而,尽管农夫的恐惧越来越深,他还是无法将眼睛从她身上移开。她拥有不寻常的吸引力,强烈到让他有种想不顾真相,把她压在身下尽情蹂躏的渴望。她的一举一动都充满了诱惑,似乎在自证清白的同时,也在想方设法地勾引他。

乌迪贤颤抖着强迫自己移开目光。这时他听到了一声狂怒的尖厉嘶吼。

"看着我,乌迪贤!"莉莉娅突然又轻柔地呢喃道,"看看这具你曾经占有过,现在也可以一遍又一遍享用的身体吧……"

某种直觉告诉他,他一旦看了,事情就会不可挽回。他只拥有凡人的意志,然而这个曾与他同床共枕的怪物就没那么简单了。

"离我远点儿,不管你是什么东西!"他用余光微微瞥向那边呵斥道,"快走开,否则……否则我就会像对付其他恶魔一样对你下手!"

他预计对方会变得愤怒或是恐惧,因为她肯定还记得自己是如何干掉马利克派出的那些肮脏怪物的——

马利克……突然间,那件事的真相浮出了水面。乌迪贤之前就震惊于那个阴险狡诈的教士居然如此轻易地死了,而莉莉娅可没有自己解释的那么简单。可怜的马利克根本不知道自己面对的到底是什么东西;也许他曾有所怀疑,但他的怀疑也与真相相差甚远。要不是乌迪贤自己现在正身陷危机,一定会嘲笑马利克充满讽刺的下场。

就在这时,一个奇怪的声音从莉莉娅的方向传来。不是嘶吼,不是咆哮……而是一种令他毛骨悚然的笑声。

"可怜的小乌迪贤！我亲爱的甜心！那么天真，那么好骗！只要是我的话，你都太容易相信了……"

她的挑衅差点儿激得他转过身去，而这可能就是她的目的。"你这是什么意思？"

"你就没怀疑过你被吹捧的力量怎么会成长得那么迅速吗？你也没想过为什么其他所有人——除了你心爱的莉莉娅之外——至今都几乎没什么进步吗？"

他怀疑过，而此刻她语气里的暗示让乌迪贤瞬间汗毛尽竖。

"是啊，他现在才知道真相，或者至少有了点儿头绪。没错，亲爱的，乌迪贤宝贝……是我指导你走出每一步的！你所做的一切，绝大部分都是我的功劳，不是你自己！是我召来了风暴，引来了闪电，几乎把你的所有渴望都变为现实——"

乌迪贤突然又想明白了另一件事。"那么是谁先杀了一个传教士，然后用我的匕首又杀死了另一个！"

他的反应引得她吃吃笑了起来，那曾经被乌迪贤认为是天籁的轻盈笑声，现在却令他反胃。"我必须为你铺路呀，亲爱的！再说了，他们是什么东西，不过是一个背叛的情人和一个愚蠢的哥哥手里的棋子罢了。"

乌迪贤努力理解她最后的话。如果她的话可信，显然她对大祭司和先知了解甚深。一个是她的血亲——假设她身体里有血的话——而另一个应该是她曾经的恋人，不过要在他之前。这个信息让乌迪贤越发惊恐不安。他的整个存在都只不过是假象。他不是什么拥有神力的伟大人物，而是一个傀儡。她的傀儡。

不过……他心中的某个声音并不接受这个结论，而且还在提醒乌迪贤他们今天的相遇显然没有按照莉莉娅的计划进行。她没能克制住自己，冲动地唾弃了路西昂这个名字。然而，假如乌迪贤只是个没用的棋子，那为什么还要搞这一出？为什么路西昂没有直接毁掉他呢？乌迪贤只能认为他要么对大祭司还有些价值，要么就是那个路西昂干不掉自己。眼下，乌迪贤对后一个猜想并不肯定，不过前一个还是有些道理的，毕竟马利克曾提到过不止一次。

如果确实如此，那肯定是因为农夫体内的力量中有某种东西。不然为什么莉莉娅——如果这是那恶魔的名字——会在一开始选中自己呢？

"我刚才警告过你了。"他终于说道，努力让自己的声音听起来充满自信和轻蔑，"现在离开，否则后果自负！"

她再次咯咯笑道："啊，我亲爱的乌迪贤，我已经有点儿喜欢你这种固执的小脾气了！要我说，这是从我这边遗传的，不过也可能遗传自他，那些家伙是那么傲慢，那么装腔作势！"莉莉娅见他不说话，又继续说道，"你甚至都不知道那些事，对吧？你甚至都不知道自己的身世！我本来会在最后把所有真相展示给你，等你准备好的时候！要我现在告诉你吗？我们还可以在一起！你依然可以拥抱我，爱抚我……"

乌迪贤感觉到自己的意志正在土崩瓦解，于是赶忙避开。糟糕的是，那匹仍然挣扎不停的马趁机扯走缰绳逃跑了。乌迪贤迅速转身去追，可那匹马已经跑远了。他眼睁睁地看着马冲进了夜色之中。

"可怜的乌迪贤……不过你不需要那种羸弱的牲口！我可以教你飞或是瞬移到任何地方！这一次，奈非天将重新崛起，而且他们将夺回属于他们的地方！哈！我将夺回属于我的地方，不管高阶天堂和烈焰地狱怎么哭着反对！"

她的语气中带着一种狂热，一丝他从未听过的疯狂。乌迪贤来不及思考就看向了她。

她的眼神立刻魅惑了他。她双唇微启，探出舌头，像是要享用美食一样舔舐着嘴唇。

"他把我赶了出来，而且还以为能永远驱逐我，真是太小看我的决心了！我为我的孩子们杀了他们所有人，既然如此，我为什么还要让孩子们生活在他专制的阴影下呢？他们都是特别的。他们比那些恶魔和天使都要好！我那时就知道他们是未来，是那场可怕战斗的真正终结者！"

莉莉娅抬起一只手爪，乌迪贤感觉自己的右脚不听使唤地向前迈去。她又勾起一根手指，乌迪贤的左脚也动了起来。乌迪贤奋力抵抗，他的脚步慢了下来，不过这只是时间问题，他最后还是会走到莉莉娅面前。

莉莉娅显然意识到了他的抵抗，开始继续讲述，仿佛他们还像以前一样亲密，仿佛他很高兴得知自己曾与怪物同眠。"之前被你称为天赋的那个力量，亲爱的，那远不及天赋那么简单！你……所有人类……都是我们结合的产物！由恶魔和天使结合而生的奈非天，是宇宙万物中最优秀的杰作！我在你体内激发的力量——那股力量也在祈求我释放它——完全就是你与生俱来的力量！他想看着奈非天在你们体内死去，想让你们都像温顺的牲口一样满足他的虚荣心……而我……而我能带给你们更多！"她向他走来。"非常，非常多……"

乌迪贤咬紧牙关咆哮道："你唯一能带给我的，就是让我忘掉发生过的一切！"

"你真的希望忘掉一切吗，我亲爱的？你真的希望忘掉我吗？"

他终于努力停下了前进的脚步。乌迪贤的脸因为挣扎而扭曲，他吃力地反驳道："没有比这更让我高兴的了……"

"是这样吗？"莉莉娅的眼睛发出幽暗的光芒。"是这样吗，亲爱的?"

令他惊恐的是,他发现自己正以不可思议的速度跟跄着奔向她。他的所有努力看起来荒唐可笑,乌迪贤突然意识到,莉莉娅刚才一直在玩弄他。他从来就没能真正反抗过她的力量。她提到的那个,他"与生俱来的力量",不过是一个空洞的谎言。

当他来到她身边后,莉莉娅伸出双臂抱住了他。他也伸手环住了她布满鳞甲的身体,她背上披散的翎羽扎在他的手臂上。她的身体像熔炉般滚烫,然而那诱人的部位还是柔软而饱满。乌迪贤感觉自己腾起的欲望正在同本能的反感激烈交战。

"让我们亲吻一下,看看你有多想忘掉我。"莉莉娅嘲笑道。

他除了服从别无选择。他无法制止自己的身体热烈地回应她的挑逗。

不!乌迪贤在心底呐喊着,尽管他和莉莉娅已经紧贴在一起。不!我不会再成为她的傀儡!

下唇突然的刺痛让他皱起了眉头。她咬了他。乌迪贤感觉她的舌头正舔舐着自己的鲜血,她的举动惊得他浑身颤抖。

莉莉娅收回了舌头。她的表情说明了一切。她很清楚现在乌迪贤对她半是彻底的反感,半是完全的服从。

女恶魔冷笑了一声。乌迪贤心底涌起一股不好的预感——

一股巨大的力量击中了他,把他甩到空中,就像他之前对马利克的和平卫士做的那样。飞到一片树丛时,乌迪贤发出了一声尖叫,以为自己一定会撞上一棵树。

然而,尽管四周全是树,他却几乎没撞上一根树枝,而是直接朝地面落下,狠狠地摔在地上后,又向远处滚了好几米。他的每根骨头都仿佛被摔断,每一块肌肉都在痛苦地尖叫。当他终于停下来的时候,甚至都抬不起一根手指。

尽管乌迪贤飞出了相当远的距离，他还是立刻感觉到莉莉娅在向他靠近。果然，转眼间，她就赫然出现在了农夫面前。

"伟大的乌迪贤，改变世界的领袖！我想你现在明白自己到底有多伟大了吧……"

"可、可恶……"他艰难地喘着气，勉强挤出这么一句话。

"还敢挑衅？"她跪下身来，尽管四周漆黑一片，但她诱人的躯体依旧清晰可辨。"有时候，倔强也算得上是优点……"

她再次吻上来的时候，乌迪贤只能任她摆布。莉莉娅很清楚他内心的反感，于是吻得比上一次更深、更久。

"我想你会回心转意的。"女恶魔离开他的唇畔柔声说道，"不过首先，你还得再长点儿记性，我的爱人。记清楚没了我，你什么都不是。"

突然间狂风大作，宛如嗥叫的群狼般席卷了这片区域。莉莉娅头上的翎羽仿佛有生命一般随风舞动着。女恶魔正站在风中举起双臂，显然就是她引发了天气的异变。

"很好，让我们看看，没了我你算什么东西。"她笑着重复道，"让我们看看你的抵抗能坚持多久！我想，不会太久，是吧，亲爱的？"

乌迪贤竭力召唤自己的全部力量，绝望地朝她的脚踝扑去。他聚集力量想做的不只是扑倒她，虽然没有把握，但他觉得自己必须奋力一搏。

他的这次尝试跟他之前的自大一样令人同情。他的手指仅仅擦到了她的鳞甲。女恶魔一动不动，冷眼看着他的小把戏。

"还不行，还不行啊，亲爱的乌迪贤！接受了这次严厉的惩罚后，你就可以重回我的怀抱……当然了，你得先挺过来！"她昂起了头，"假如你能挺过来的话……"

他咆哮着再次扑向她，可此时风势愈发凶猛，狂风卷着乌迪贤向后滚去。一阵天旋地转后，他终于喘着粗气停了下来。

突然间，狂风骤停。周围一片寂静。乌迪贤终于渐渐恢复了呼吸。他艰难地扭头看去，想知道女恶魔接下来还打算怎么折磨他。

可莉莉娅——如果她真的叫这个名字的话——不见了。

她刚才说，让我们看看，没了我你算什么东西。他不禁浑身颤抖，他知道女恶魔的离去预示着一连串更恐怖的危机。莉莉娅已经清楚地证明了，乌迪贤根本没有真正的力量，之前的一切都是她的欺骗。

他立刻想起了审讯官跟和平卫士。他觉得恶魔和摩鲁们正在黑暗中等着自己，他们渴望着他的鲜血，只等主人一声令下。现在哪一教派已经不重要了，大祭司和先知显然都想见识一下他那"与生俱来的力量"。然而，一旦他们发现自己只不过是一具空壳，一个傀儡，他在他们眼里就失去了价值。

更糟的是，那些追随他的人也会把他视为满口空话的骗子。他们会灰心丧气，转而背叛他。他的朋友们会意识到自己当初白白抛弃了一切。

让我们看看，没了我你算什么东西。

他已经知道自己算什么了……一个愚蠢至极的人，一个罪人。

第十九章

有人在呼唤他的名字。他认得这个声音,但却无法作答。

"乌迪贤!"

他试着挥手,却也没能成功。他的大脑艰难地运转,努力回忆着刚才发生的事。慢慢地,乌迪贤想起了莉莉娅还有她的真面目。惊悚的记忆唤醒了他心底最原始的恐惧,他本能地从喉咙里溢出一声大喊。这含糊不清的叫声终于奏效,搜寻他的声音变得越来越清晰了。

"乌迪贤!我知道你就在这附近!你在哪儿——"

是阿奇里奥斯的声音,乌迪贤终于想起来了。是善良、忠诚的阿奇里奥斯。他试图呼唤猎人,却只发出了一声沙哑的嘶叫。

"在这儿!他在这儿!"这声音听起来像是塞兰西娅。知道女孩也来找自己的时候,乌迪贤既感动,又担心。莉莉娅想必会十分享受对塞兰西娅的折磨。

一双柔软的手托住了他的脸。乌迪贤本能地躲了躲,以为是莉莉娅又回来了。不过塞兰西娅的声音立即驱散了那股恐惧。"谢天谢地!你还活着!阿奇里奥斯!孟德恩!他在这儿!"

灌木丛窸窣作响，提醒着农夫其他人的到来。他听到猎人咒骂了一声。

"他受伤了吗？"孟德恩问道，听上去好奇的意味似乎多过担心。

"他有些擦伤。"塞兰西娅回答道，"不过我没有看到武器造成的伤口，也没发现骨折的迹象。"

另一个身影俯在倒地的农夫身边查看。"他简直面如死灰。"阿奇里奥斯沉声道，"可能还要更糟。"

他开始回忆起越来越多的细节。乌迪贤记得自己当时在担心朋友们和弟弟。他还想起来自己开始往回走，但接着就好像他求生的信念也被莉莉娅夺走一般，他毫无征兆地眼前一黑，昏了过去。要不是伙伴们来找他的话，他都怀疑自己是否还能再次醒过来。不过他猜自己可能终究还是会醒。毕竟，莉莉娅似乎没想要他的命，只是想让他……吃点儿苦头。

"怎么——"他使劲清了清嗓子，又试着开口说道。"你们是怎么知道——"

那三个人的反应很不对劲，就好像乌迪贤刚才问的是要不要跟他一起去杀人放火一样。他们的沉默加剧了他心中的不安。

孟德恩终于开口道："我们知道你遇到了危险。"

乌迪贤陡然想起来，他的弟弟之前曾喊着他的名字在房子里狂奔。"你知道？"

"我们都知道。"

猎人和塞兰西娅点头肯定。"我以为那是场噩梦。"她补充道，"但那实在是太可怕了，我必须得去查看一下。然后我就发现阿奇里奥斯也醒了。"

"我和她刚碰面，孟德恩就来了，他坚持要再见你一面。"阿奇里奥斯接着说道。

孟德恩严肃地解释道:"我始终无法摆脱那种不祥的预感,乌迪贤。我知道你可能会生我的气,但我想再试着去警告你一次……然后我们就发现你……还有莉莉娅……都不见了。"

"莉莉娅!"黑发姑娘突然惊呼道,"我们把她忘了!乌迪贤!她没跟你在一起吗?"

"在一起。"他的声音模糊而沙哑……并不是由于他的身体状况,而是因为那段令人发指的回忆。

而且此时此刻,他身体里的一部分仍然在渴望着她。

他的同伴们急切地查看四周。他迅速摇了摇头。

"不……千万不要……找她。"乌迪贤费力地坐起身来,"凭咱们的运气……你们可能真的会找到她。"

他感觉到他们对自己的话困惑不已。乌迪贤在塞兰西娅和阿奇里奥斯的搀扶下站了起来。他起身的同时,目光跟自己的弟弟相撞。奇怪的是,弟弟噩梦里的场景竟然在他的脑海里重演了一遍。他凝视着孟德恩,后者终于不自在地看向别处,仿佛在为什么事愧疚难安。

"乌迪贤,"阿奇里奥斯不解地嘀咕道,"你是什么意思?我们为什么会不想找到莉莉娅呢?你为什么不想找到她?"

要不是他们已经见识了恶魔和法术的存在,他绝不可能对他们说出真相。而且事实上,乌迪贤过于羞愧,他沉默了很久才终于艰难地开口。

他讲完后,其他人的脸色比他的还要难看。

"这一定是你的想象!"猎人坚持道,"这不可能是真的!"

"一头恶魔?"塞兰西娅拼命摇头,"一头恶魔?"

只有孟德恩从震惊中缓过来后,点着头表示理解。

"这能解释很多问题,"孟德恩终于说道,"如果你们回想一下之前发生的所有事。"

乌迪贤不太确定自己是否赞同弟弟的观点。他只知道自己之前仿佛是个瞎子，是个聋子，是个蠢货。他让莉莉娅把自己当狗一样耍得团团转。很多人因为她的疯狂而死，因为她企图创建一个魔法世界的野心而丧命。

好在他们完全相信了他的故事。乌迪贤没有保留任何细节——甚至包括莉莉娅称这个世界为庇护之地，并且是由那群好战的恶魔和天使创造出来的事实。那个女恶魔有着某种疯狂计划，而且已经惊动到与她渊源不浅的三神教和圣光大教堂。乌迪贤十分希望其他人也能了解这些事。

他想起了女恶魔最后的宣言。她把他独自丢在这里以惩罚他的反抗。这意味着他们所有人都将身陷险境。"咱们必须离开帕萨镇！"他立即说道，"咱们必须赶紧逃命！现在我们必须要逃命！那片低地里的丛林是咱们最好的去处——"

"等等，乌迪贤！"阿奇里奥斯大声打断他，"你这是什么意思？咱们不能逃！逃跑就意味着咱们会变成孤立无援的猎物，丛林中可没有什么防御工事！"

"阿奇里奥斯，之前我以为我能展现种种奇迹，结果都只是谎言！全是她做的！所有都是！"

猎人摇了摇头道："我不知道我是不是相信这个。这听上去不像是真的！"

"而且这也不可能是真的。"塞兰西娅坚持道，"乌迪贤，我观察过你，我感受过你的力量。那不可能都是莉莉娅操纵的！当你触碰我的时候，我感觉到的是你体内的一部分力量！我能感受到你的力量，就像……我能感受到自己的一样。"她说完最后一句就涨红了脸。

尽管乌迪贤很感激她的话，但他认定自己的能力只不过是莉莉娅暗中操纵的巨大阴谋。"你们没看到她控制我有多轻松，她轻轻松松地向我证明,她能让我做任何事。"

"乌迪贤——"

"不,塞莉!只要莉莉娅愿意,她当时就能动动手指头杀死我。你也看到,我刚被你们发现时是什么样子……而现在,我用尽全力也只能勉强站着。"

阿奇里奥斯咕哝道:"好吧,他说得有道理。咱们先把他弄上马去。"

乌迪贤被朋友们搀扶着,才发现经历了与女恶魔的对抗后,自己虚弱得简直就像个婴儿。没错,莉莉娅没有开玩笑,自己离了她什么也不是。其他人用不了多久也会明白这一点。

不幸的是,他们几乎已经没有任何时间。迟早会有人找上乌迪贤。

阿奇里奥斯把农夫托上马鞍后,孟德恩拉着缰绳评论道:"你的说法无法解释塞兰西娅和阿奇里奥斯为何能感应到你有危险,这事并不绝对。"

商人的女儿迅速找到了论据。"没错!这可不像她邪恶计划的一部分!"

"你们必须得认清事实!"乌迪贤从他弟弟的手中扯过缰绳,无力地咆哮道,"这一切都是骗局!这是那些恶魔和另一帮家伙之间的某种争夺游戏,而我则是其中最大的蠢货!"

他痛苦不堪,用力踢了踢马,策马朝原来的目的地狂奔而去。阿奇里奥斯大喊了一声,但乌迪贤没有回头。他本就打算尽早离开,以免让朋友们身陷险境,而现在,这事对他来说显得越发重要和迫切。

可他马上便听到身后传来了马蹄声。乌迪贤暗暗诅咒着,驱策马匹全速飞驰。这条小路本来就险峻,此时的下坡路更是危险重重,但他却完全无所顾忌。要是这马脚下一绊把他摔死,对他来说也不失为一个好结局。这样一来,他不仅不必再害怕自己被那些操控者玩弄，更能确保孟德恩和其他人的安全。三神教和圣光大教堂并未怀疑或关注过孟德恩等人，他们没什么可担心的。

"见鬼，乌迪贤！"阿奇里奥斯气急败坏地喊道，"停下来！"

他被猎人近在咫尺的声音吓了一跳，回头看到阿奇里奥斯几乎就在他身后，再远些是共乘一骑的孟德恩和塞兰西娅模糊的身影。

"回帕萨镇去！"乌迪贤回头朝猎人吼道，"带着他们一起！除了我自己，我不希望再有人因我而死了！"

"讲点儿道理，乌迪贤！你明白我们现在绝不会离开你，尤其在知道了莉莉娅的真实身份和她做过的那些事之后！"

另外两人几乎已遥不可辨。乌迪贤回过头来，只见前方出现一个三岔路口。左边的小径陡然变窄，十分危险。走这条路阿奇里奥斯肯定追不上他。

乌迪贤猛地一转，冲进了那条小径。地势越来越崎岖，他的马险些被绊倒在地。这条路显然已经有很多年荒无人迹了，不过他不在乎。他一心只想借此甩开身后的人。

阿奇里奥斯忽然高声咒骂了一句。乌迪贤没有回头，专注于眼前的小路。身后的马蹄声越来越弱，他的猎人朋友毫无疑问已经被甩远了。

接着，夜色中突然出现一片低矮茂密的树枝，拦住了他的去路。乌迪贤勉强躲开了最外层的树枝，下一瞬右臂就被狠狠地撞了一下。他在马上摇摇欲坠，纯粹靠着顽强的意志才没直接晕过去，不过他起码避过了后面那根更粗大的树枝。

枝杈接二连三地迎面而来，乌迪贤不停地左躲右闪。最后一片树枝划过他的头顶，他感觉有液体涓涓淌下，那无疑是血。

虽然受着伤，乌迪贤却燃起了希望。阿奇里奥斯一定会被那些树枝拖慢速度。这对狄俄墨得斯之子来说是个机会，他要么会被追上，要么就能完全甩掉他的朋友。在朦胧月色下，前方出现一片险地，乌迪贤敢说，就算是经验丰富的猎人也很难在地上找到痕迹。

紧接着，一声巨响让他差点儿驾着马直接撞上一棵树。乌迪贤毫不犹豫地放慢了速度。声音来自身后的那条小径，大概在那片错综的树枝附近。

那些树枝……阿奇里奥斯，万一他没减速的话。

乌迪贤勒住缰绳，停下来仔细听着。

一片寂静……不……有马在打响鼻的声音。不过没有马蹄声。

他开始催马前行，可接着又犹豫了。他还是没有听到除了马之外的其他声音。

乌迪贤低咒了一声，拨马掉头。他只是想甩掉阿奇里奥斯，不希望对方有什么意外。如果猎人遭遇了什么可怕的事……

在漆黑的小径上坡与下坡同样不易。土块和碎石在马蹄下不断滚落，马匹的颠簸一度让乌迪贤险些跌落。

在他前方，一个巨大的黑影赫然显现。是阿奇里奥斯的马，但却不见猎人的身影。他会在哪儿——

左边的陡坡下突然响起一声闷哼。乌迪贤的心一下子提到了嗓子眼。他拉起缰绳，不等马停好就一跃而下。每一块肌肉瞬间如灼烧般疼痛难忍，他刚才在焦急中几乎没有注意到自己的状况，而现在，他的身体正愤怒地向他宣告着自己几乎无法走动的事实。

可尽管如此，乌迪贤还是继续咬牙往前走。他牵着自己与阿奇里奥斯坐骑的缰绳，绑在之前挡路的一根树枝上，然后踉跄着朝呻吟声传来的方向走去。

眼前的状况颇具讽刺意味。阿奇里奥斯挺身而出想帮助乌迪贤，而他却让朋友落得如此下场。现在，他既内疚又羞愧。他还记得自己曾希望哪根树枝能给阿奇里奥斯制造点儿麻烦，却没想到情况会如此严重。无论如何,乌迪贤早就意识到这里有危险,可他并没有关心可能的后果,一心只在乎自己的选择。

脚下的斜坡非常滑,每一步都难以踩稳。周围仍然没有传来其他马蹄声,乌迪贤不禁怀疑孟德恩和塞兰西娅被甩开了多远。他不敢指望等自己把阿奇里奥斯拽回小路后就能碰到他们俩。乌迪贤已经不再相信奇迹了,无论大小。

坡下一片漆黑。他本来希望能看到猎人那显眼的金发,不过现在看来不可能了。乌迪贤越发担忧,他甚至都不知道猎人是不是摔落在这附近。

这时,某种强烈的预感驱使他转向左边,他之前认为猎人应该不会摔在那片区域。然而乌迪贤刚想转身,却发现自己根本做不到。他只好皱着眉继续往深处走去。

不一会儿,乌迪贤就发现了一团伏在地上的黑影。他立刻冲过去,伸手小心地把黑影翻过来。

与此同时,那黑影大咳了一声说道:"乌、乌迪贤?奇怪了。我还以为是我在营救你——"

"我真抱歉,阿奇里奥斯!我从没想到会发生这种事!你还能站起来吗?"

猎人痛苦地闷哼了一声。"左腿有些僵,不过我想应该只是摔疼了。帮、帮我一把。"

乌迪贤刚伸出手,他的身体就再次发出抗议。两个人同时发出了痛苦的呻吟。

阿奇里奥斯虚弱地笑道:"咱、咱们真是同病相怜啊,对吧?"

他的话引得乌迪贤一阵轻笑。"我记得咱们小时候受过比这更重的伤。那个时候咱们可没叫唤过。"

"孩子可比老男人结实多了!"

他们慢慢往原路走着,一路上跌跌撞撞。当他们终于快爬回坡上时,乌迪贤听到了缓缓而来的马蹄声。孟德恩和塞兰西娅终于追了上来。

"我跟你保证了咱们能找到他们。"孟德恩的语气异常平静。"看到了吧?"

女孩根本顾不上回答他,直接跳下马背冲向了——不是乌迪贤,而是——阿奇里奥斯。

"你没事吧?"她双臂环着猎人问道。

"我没事……我很好。"

塞兰西娅看上去并不怎么相信,不过她最后还是转向了乌迪贤。"发生了什么?"

他张口准备解释,但阿奇里奥斯立刻打断了他。"是我不小心,塞兰西娅,就是……就是这样。好在我的好朋友发现我出了事,然后回来找我。"

她用手抚过猎人的手臂、胸膛和面颊,直到确认他没什么大碍,才松了口气。"感谢老天。要是你出了什么事……"

赛勒斯的女儿终于回应了阿奇里奥斯的感情。这是今晚为数不多能让乌迪贤高兴的事之一。他们两个非常般配。

这时他感觉自己快要站不稳了。乌迪贤压低声音说道:"咱们上马吧。"

他和猎人的行动显然都非常吃力,塞兰西娅再次担心起阿奇里奥斯来。"你的腿!"她惊呼道,"是断了吗?"

"没有,只是受了点小伤,跟我的自尊心一样。我本该意识到要避开那些矮丛。"

"把你的胳膊给我。"她坚持道。她几乎从乌迪贤那里一把拉过猎人,搀着猎人走向了马匹。尽管乌迪贤受了不少罪,但这一幕还是让他立刻露出了笑容。

另一双手突然搀住了他。"我来帮你。"孟德恩瞬间出现在他身边,仿佛施展了什么法术般。"把你的手搭在我肩上。"

弟弟的出现让他倍感欣慰,却又更加羞愧难当。乌迪贤小声咕哝道:"谢谢你,孟德恩。"

"只剩咱们相依为命了。"

他的话让乌迪贤心中一震。他从前太关心莉莉娅了,却从没如此对待过他真正该关心的弟弟。可当他重新关注起弟弟时,不由得又开始担心自己会连累孟德恩和其他人。

"托拉然丛林,"孟德恩突然平静地说道,"凯基安城西南部,最深处的丛林。"

"托拉然丛林怎么了?"乌迪贤一头雾水。

孟德恩眨了眨眼睛,看着他问道:"托拉然?是什么意思?"

"你刚才提到了丛林。叫托拉然的丛林,在凯基安城的西南部。"

"我说了?"孟德恩撇了撇嘴,似乎并未对自己的失忆感到吃惊。"如果咱们不回帕萨镇的话,我突然想起这么个去处。"他对着自己的马点了点头,"我有些粮食和水,至少足够咱们出发了。我得承认,刚才我们追你的时候被这些东西拖了后腿,当然也因为上面骑了两个人。"

乌迪贤满心疑惑地问道:"你准备了这些东西?什么时候?"

"这些东西原本就是准备好的。我以为这是你备好的马,结果不知为何没骑走。"

乌迪贤扫了一眼那匹马,确定那不是莉莉娅骑的那种暗黑野兽。不过在他弟弟需要的时候,就出现了一匹载满补给的坐骑,这又该如何解释呢?

乌迪贤无法确定这到底是弟弟的能力还是某种陷阱,于是再次考虑起那片丛林。这个建议的确有可取之处，尽管它的源头很可疑。不知为何，这个建议从孟德恩嘴里说出来，总让乌迪贤怀疑这是那女恶魔的阴谋。

"托拉然丛林。"他又小声重复了一遍，这次的语气更加肯定。

"你想去那儿。"孟德恩的语气中并没有疑问的意味。

乌迪贤坚定地点头答道："我想我别无选择。"

"咱们都别无选择。"

乌迪贤收紧了抓在弟弟肩膀的手，对他的决心十分感激。"咱们。"

"别误会我的话，乌迪贤。我指的还有阿奇里奥斯和塞兰西娅。"

"咱们怎么了？"猎人在马背上问道。说着，他把商人之女也拉上了马。大家都默认猎人该跟女孩同乘一骑。

"我们计划去托拉然丛林。"不等乌迪贤组织好语言，孟德恩简洁地答道。

阿奇里奥斯偏了偏头。"托拉然。我听说那是最茂密、最不为人知的丛林。那儿没什么人。托拉然是那儿唯一的城市，据说当地人都把皮肤涂黑，把牙齿磨成尖刃。"他大笑着打趣道，"听起来可是个不错的去处。"

乌迪贤考虑着接下来的旅程。到达目的地之前，他们必须先穿过另一片人迹罕至、而且可能极为凶险的地区。其实世上就只有一片巨大的丛林，不过为了划分区域，人们就把丛林分为几块，赋予不同的名字。而托拉然丛林就是其中尤为广阔的一块区域。事实上，假设他们真的到了托拉然，可能也要过几天才会反应过来自己已经抵达目的地。

他无法想象塞兰西娅长期在丛林中跋涉的情景。"塞莉——"

"如果你再说一句让我留下来的话，乌迪贤·乌·狄俄墨得，我会让你知道什么叫后悔。不要再问我去不去。"

阿奇里奥斯咧嘴一笑。"你知道我不会跟她争辩的。"

乌迪贤非常清楚，于是点点头。不过他得让他们明白，眼下情况危急。"如果你们跟我走，就不可能再回帕萨镇了。我不会回去的。一旦回去，我们几乎不可能在不惊动整个镇子的情况下，再次偷偷溜走。"

孟德恩立刻表示理解。随后，阿奇里奥斯和塞兰西娅也点了点头。

"我这里有些食物和水。"孟德恩告诉众人。

"我一路上会提供新鲜的肉食。"猎人信心满满地说。在场的所有人都知道，阿奇里奥斯能轻松兑现这个承诺。

乌迪贤只剩一件事要说了，而且他必须现在就说。"谢谢你们……虽然我更希望你们留下来，但是……谢谢。"

孟德恩翻身上马，同时说道："黎明时分大家就会发现咱们不见了。在那之前，咱们必须走得越远越好。"

没人提出异议。当帕萨镇的人们意识到发生了什么后，他们肯定会四处寻找乌迪贤，至少会寻找好一阵。乌迪贤并不想抛下他们，可这么做都是为了他们好。他们很快就会发现他们的天赋其实什么都不是。他们会感到被愚弄，对他的崇拜也会被愤怒替代。

一行人策马前行，乌迪贤忽然想到帕萨镇民们会有多愤怒。要是他把伙伴们留在帕萨镇，他们可能会成为众矢之的。当然，他们肯定会选择逃跑。这样看来，他们三个还是跟着乌迪贤比较好。

至少目前如此。

* * *

路西昂凝视着眼前的那碗鲜血，目光如炬。跟两个恶魔一同施了那道法术后，他就看到了之后发生的所有事。他发现了她——莉莉丝——正躺在那个凡夫俗子的怀里，他通过精心安排，在那个蠢货面前揭穿了他妹妹的真实面目。那是多么美妙的布局啊。她所有的自负最后都变成了徒劳的虚张声势和一腔怒火。她原形毕露后还竭尽所能地引诱着自己的傀儡，最后终于丢下了他。

就是那一刻，莉莉丝犯了最大的错误。

碗中的影像终于开始淡去，意味着血中的最后一缕生命精魂正渐渐消逝。路西昂本可以重施法术，不过那就需要跟阿斯特洛伽和古拉格进行新的交易，而那两个恶魔的要求一定会远远超过他第一次随便给的酬劳。这就是恶魔和人类共通的毛病：贪得无厌。

不，路西昂要独自解决这件事，因为回报太过珍贵，他不想跟任何人分享。瞒过这两个恶魔并非难事，因为它们根本不知道他以大祭司的身份做过的许多事……那些事就连他的父亲也不知道。

"谢谢你打下的基础，亲爱的妹妹。"路西昂嘶声说道。他还感谢死去的马利克和达莫斯，这两个仆从完成了自己的使命，无论他们是否知道。失去他们两个确实有些遗憾，不过路西昂早就留意了能胜任高阶祭司一职的人选，而且他从来不缺凶残的摩鲁。最重要的是当莉莉丝碰触到马利克的邪恶手臂后——既然知道教士的贪婪和他妹妹的自以为是，这个结果不难预料——她不但暴露了自己，还无意中短暂移除了她制造的某种魔法屏障。

就是在那一刻，耐心的路西昂终于施放了那个为破坏她的计划而准备的法术。在他的安排下，在某些条件达成时，乌迪贤·乌·狄俄墨得就会看到她的本来面目。一切都如此完美。莉莉丝的表现更是锦上添花，在她暴怒到扭曲的面孔下，她的傀儡都无法分辨她的话是真是假。

这样一来，乌迪贤就能任他摆布了。

路西昂肆意地笑着,紧接着,某种被窥视的感觉驱散了他的笑容。他飞快地四下查看——不是用眼睛,而是用意念——假装盯着已经失效的碗,试图搜寻隐藏在房间中的家伙。

不过虽然他已经尽力,却还是没发现任何其他人。墨菲斯托之子依然保持警惕,又迅速在神庙里搜寻着那两头恶魔。他在楼下找到了古拉格,那个凶残的怪物为了取乐,撕碎了一个摩鲁。其他摩鲁正疯狂攻击着那头恶魔,打斗造成的伤口瞬间愈合,但这丝毫没有减轻摩鲁们的热情,他们依旧埋头酣战,即使徒劳无功。这头代表毁灭的恶魔知道,只要自己不吃掉那些摩鲁的残肢,他就能继续为所欲为。所有摩鲁都会在一个轮回后被复活,这周而复始的杀戮只是为了让他们成为更加邪恶的战士。

路西昂满意地排除了古拉格的嫌疑,接着开始寻找阿斯特洛伽。作为迪亚波罗的手下,那个蜘蛛要狡猾得多。如果两个恶魔中有谁想出于某种目的监视他,那一定就是那个家伙。

阿斯特洛伽此刻却待在他偏爱的一个阴暗角落里,继续咀嚼着伊卡利昂修士的尸体残渣。在这个外壳坚硬的多肢怪物周围,许多小蜘蛛正来回跑动。它们是这头恶魔的精魂,他无须亲自出马,可以随意派遣这些分身。

会不会是它们中的一个呢?路西昂思考着,不过他知道,阿斯特洛伽口中的这些"孩子"也沾染了那恶魔自身的邪恶气息。如果是它们的话,路西昂肯定早就认出来了。

他依旧一动不动,再次查看了一遍密室,却还是一无所获。恶魔这种生物向来善于猜疑,路西昂自己也无法免俗。

他最终还是把这个插曲抛之脑后。莉莉丝的那个傀儡才是最重要的。她将那农夫带上了这条路,现在将由路西昂来完成对这凡人的教导。

或者，如果最后那个凡人被证实根本毫无价值，就毁了他。

* * *

在一个亦虚亦实之地，一个笼罩在黑暗中的身影突然出现。他的周围只有无尽的漆黑，他却没有表示出任何不适。事实上，这里对他来说就像家一样，跟他在无数个轮回中停留过的任何地方没什么差别。

他沉默地等待着，知道时机一到，他想要对话的那个人就会到来。他明白自己或许要等几天，几个星期，甚至是几年，但那都没关系。在另一个被称为庇护之地的地方，时间并未流逝，他还会回到自己当初离开的那一刻。

不过可能还是太晚了。

这里没有声音，没有风。他能感觉到脚下坚实的大地，但他知道这是幻象。这里存在的一切都只是他导师的梦境。

不知过了多久……上方出现一片光明，温暖的光芒唤醒了他疲惫的筋骨。他向上看去，眼睛立刻适应了光线的改变。上方出现了一排仿佛星辰的物体。开始它们聚集在一起，不过很快就飞散开来。

它们散开的同时，逐渐形成了一个模糊的轮廓。如星座一般，这些星星组成了一个若隐若现的巨大图形，在他看来，那是某种和他一样出现在神话中的巨兽。

"她的哥哥开始行动了，"黑影沉声道，"他还没有。这只意味着一件事……"

另一个甚至能让天使驻足聆听的声音回应道："是的……那意味着死亡……"

第二十章

　　一路上，他们只在必需时稍事休憩。乌迪贤觉得他们已经赶了不少路了，不过因为此前他们谁也不曾远离塞拉姆村，所以就只能根据孟德恩的记忆进行判断。幸运的是，乌迪贤的弟弟再次证明了他对地图过目不忘的本事，他提醒大家注意的那些地标都在随后一一出现。

　　刚才出现在他们面前的是地平线上的一座矮峰，孟德恩说地图的主人称它为"火山"。他们中没人听过这种东西，而当他们听到火山中曾经有燃烧的岩石被抛掷出来时，其他人看孟德恩的眼神都像是在看疯子。对此，孟德恩也只能耸耸肩。

　　乌迪贤经常回头查看，总觉得那些帕萨居民应该在疯狂追逐的路上。不过，那些镇民的身影至今还没有出现过。

　　"这座火山是最后一个地标了，"孟德恩继续说道，"事实上，它就位于丛林的边界。"

　　听到此处，乌迪贤在马鞍上坐直了身子。"所以咱们快接近托拉然地区了？"

　　"不，咱们还有很长一段路要走，不过至少咱们已经到低地了。"

的确，他们都注意到了气温的变化。这里比之前更热更闷。乌迪贤浑身是汗，就连阿奇里奥斯和塞兰西娅也有所反应。只有孟德恩看上去没受任何影响。事实上，他似乎很享受现在的温度。

他们兄弟俩至今还没有讨论过孟德恩近来的变化，艰苦的跋涉让一行人每晚都筋疲力尽。不过就像孟德恩之前表示的，进入丛林后，他们就能稍加喘息……但它也会带来新的危险。乌迪贤希望等他们进了丛林，他能找到时间去跟弟弟谈谈。

他们在帕萨镇得到的衣物已经快被穿烂了。不过因为他们一路上有意避开沿途的城镇，所以也没机会找些新衣服，或是好好清洗一下身上的旧衣服。

食物和水倒是不成问题，就像乌迪贤之前希望的一样。阿奇里奥斯靠打猎给他们提供了基本食物，其他人则采集了一些浆果。从帕萨镇带来的补给已经基本消耗完毕，不过现在鞍囊里的东西也足够他们再撑三天。与此同时，他们依旧随时尽量收集更多口粮。

陪伴他们多天的密林终于在三天前变成了低矮的灌木。大家现在都很信赖孟德恩的知识，而据他所说，明天他们就能看到一些丛林植被的痕迹了。

考虑到这一点，他们在日落前就扎好了营。营地附近连一棵树都没有，这让乌迪贤非常没有安全感，不过他们别无选择，不然大家就只能花半天的时间回到上一片小树林，或是骑一天一夜到达丛林。其他人似乎也有些不放心，这让他更加焦虑了。现在乌迪贤已经知道他曾经深信的力量都是假的，所以他很清楚，要是他们现在遭到莉莉娅或任一教派的攻击，他无法保护任何一个同伴。

好在这一晚风平浪静地过去了，乌迪贤甚至一不小心就一觉睡到了黎明时分。他起来的时候神清气爽，不过也对阿奇里奥斯有些恼火，因为猎人并未在该他轮岗的时候叫醒他。

天空中阴云密布，不过没有打雷或起风。乌迪贤稍显不安地观察着周围，有些怀疑这乌云会不会是某种不祥的征兆。然而，他们当天的旅途却相当顺利，众人不仅在太阳落山前抵达了丛林边缘，甚至稍加讨论后就进入了丛林。

这丛林令乌迪贤既着迷又厌恶。他从没见过如此奇异且茂密的植物。每一株生命似乎都在独自奋战，每一种植物都在争夺领域。

"到处都是绿色。"塞兰西娅惊叹道。

阿奇里奥斯拍掉手臂上的东西说道："而且满是虫子。从没见过长成那样的东西。"

"这里每亩地中生命的数量是塞拉姆村外林子里的二十倍。"孟德恩讲述道。

没人问他是怎么知道的，想来应该是从某个过路的商人那里了解到的。乌迪贤觉得孟德恩的话相当可信，尤其是在他从身上拍掉各种各样惊悚诡异的虫子后。他开始无比后悔选择躲进丛林之中这一决定。

"再往前走有没有河呢？"猎人问道。

孟德恩思考了片刻，回答道："明天吧。明天晚上应该就会遇到一个。"

"咱们的水应该还够喝。"

丛林里遮天蔽日的枝叶加上厚重的乌云，让他们觉得一整天都是在黄昏里赶路。马匹越来越躁动不安，显然完全无法适应这里的地形。它们不停地甩动尾巴，努力驱赶着虫子。

乌迪贤和同伴们走得越远，莉莉娅的那些故事就越是让他困扰不已。她说这个世界是由神明之战两大阵营的难民们——天使和恶魔——同创建的。如此伟大的力量结合确实能解释他眼里这些气候和景致的异变。

这也同时提醒着乌迪贤，自己和同伴们面临着多么难以想象的危险。

当天色暗到无法再继续冒险前行的时候，他们停了下来。过去的几小时里，他们一直在艰难地努力前进。他们把马集中到身边，然后开始进食。随后，除了阿奇里奥斯之外的其他人都开始休息。

乌迪贤很久都没有入睡，这片丛林的方方面面都打破了他的认知，那些异常之处让他很是不安。奇异的生物在耳边鸣叫，昆虫为求偶吟唱着。这里现在似乎比白天更加吵闹。

突然间，一个大家伙从他们的营地附近穿了过去。轮岗中的阿奇里奥斯随即跟进了密林，但没几分钟就一言不发地回来了。不过，乌迪贤还是觉得猎人显得有些不安。

夜晚虽然比白天要凉快，但依然非常潮湿。乌迪贤始终感觉浑身湿黏，他的头发也紧贴在头皮上。丛林中的不适感加剧了他的痛苦和恐惧。他又一次做出了错误的选择。他本该沿着那些他认识的地方前进，至少那些熟悉的环境能缓解他的焦虑。

第二天依旧是阴天。当昏暗的光线终于穿透密林照下来时，他们每个人都已经迫不及待地准备好上路了。最起码，去往河畔的念头给了他们动力。到河边就意味着有新鲜的水源，而且还有机会暂时摆脱头顶厚重的树叶。

他们继续不停地拍打着各种虫子。每个人身上都有被叮咬的痕迹，除了孟德恩。不知为何，这些蚊虫似乎对他苍白的皮肤完全不感兴趣。乌迪贤的弟弟穿得比其他人要暖和，却没有像其他人那样苦不堪言。

快到中午的时候，一行人开始停下来吃喝休息。四个人分完了剩下的水，乌迪贤坚持最后一个喝。

然而，就在他把干扁的水袋举到嘴边时，他的目光突然转向了一旁的树林……那里有个树木粗细的东西，而且肯定不是树。

他马上放下水袋仔细再看……却没发现任何异样。

塞兰西娅察觉到他的反应，于是问道："有什么吗？"

"我想我看到了……我不知道是什么。我以为那是棵树，可……"

"可它并不是？"阿奇里奥斯问道，他的表情有些难以捉摸。"那东西形状又高又粗，对吧？"

他的话足以印证乌迪贤前一晚的怀疑。"你昨晚看到了什么东西。我就知道。"

猎人马上举起一只手为自己辩解道："等等！我看到的跟你一样多，也就跟没看到一样！不管那是什么，它应该也跟这些大树和灌木一样，是这个丛林的一部分！"

"它是在偷偷跟着咱们吗？"塞兰西娅四下环顾，问道。

阿奇里奥斯思索着，犹豫地说道："我一开始也这么觉得，不过现在……我一想起它，就觉得它是咱们的朋友……真是令人好奇。"

"我可不喜欢这种好奇心，"乌迪贤嘀咕道，"你觉得它会有更多同类吗？"

"我只发现了它。可能会有更多，不过它似乎是在单独行动。"

"就像个捕食者？"农夫追问。

猎人只是扮了个苦相。

他们的情绪更低沉了，随即迅速上马离开了那一带。接下来的半天里，他们都是一边看路，一边留意着浓密的树丛。没人再发现什么踪影，但他们一致认为那个神秘的同行者还没有离去。

当他们终于听到水流声的时候，乌迪贤的心中却涌起了一阵既宽慰又怀疑的矛盾情绪。他为到达了这个新地标而欣喜，但这条河同时也是一种阻碍。现在他们身后还有什么东西跟着，乌迪贤开始担心他们所做的一切都只是自投罗网。

阿奇里奥斯显然也有同样的担心,他刚跳下马,就压低声音说道:"我去找个能快速过河的地方,以防万一。"

然后猎人大喊着要去打猎,就匆匆离开了。乌迪贤注视着赛勒斯的女儿,而她正忧心忡忡地看着阿奇里奥斯消失在令人不安的密林里。

"他会没事的。"狄俄墨得斯之子有些局促不安地说道,他知道要不是因为自己,他的朋友也不会沦落至此。"对吧,孟德恩?"

"是啊,他肯定不会有事的。"可孟德恩的语气却有些敷衍,这对此刻紧张的气氛完全没有帮助。孟德恩似乎对河边的什么东西很感兴趣,不过到底是什么东西,乌迪贤也说不上来。显然不是他和猎人之前发现的那种庞然大物,通常在河里能找到的东西就是鱼。

他们灌满水袋后,阿奇里奥斯就很快回来了。看得出,塞兰西娅在控制自己不向猎人奔去。金发猎人走过来后,脸上的笑容越发自信。

"那边有座桥。"他高兴地宣布道,"就往下游走几分钟。看着很破,还缺了些木板,不过马走过去应该没问题。"

乌迪贤心中一震,毫不犹豫地说道:"那咱们去河对岸扎营。"

没人提出异议。他们四人再次上马,这次阿奇里奥斯在前面带路。在猎人的指引下,他们沿着河边一直走,很快就看到了猎人提到的那座桥。

整座桥是就地取材搭成的。桥板显然是由当地的树木切割而成,木板的底部还覆盖着树皮。木板的另一面则被工匠精巧地刨削平整。有三块桥板已经破损或是完全不见了,不过只要他们牵着马慢慢走,就不成问题。

模板被结实的藤蔓和长茎拴在一起,某种棕色物质被填充在木板之间进行加固。考虑到周围的条件，乌迪贤觉得建桥之人已经物尽其用了。这桥确实在他们通过的时候有些摇晃，不过还不至于散架。

过桥后，他们开始讨论下一步的行动。阿奇里奥斯想留在桥附近扎营，塞兰西娅也表示赞同。乌迪贤则倾向于再走远一点。

而孟德恩……孟德恩并未参与讨论。像往常一样，他似乎又陷入了沉思。

猎人最后指出，虽然乌迪贤对神秘跟踪者的担心不无道理，但河岸这边也可能潜伏着某种更直接的威胁。基于这一点，乌迪贤终于同意在河边扎营。

营地扎得很紧凑，人和马都挨在一起。只有阿奇里奥斯离开了营地，他得去打猎。当他回来后，他的平安无事比满载而归更让大家感到欣慰。

猎人带回来的两个家伙似乎是爬行动物，但他们都没见过这样的物种。这两只动物非常大，从头到尾接近两米长。只需要看一眼它们嘴里可怕的利齿，就能知道它们肯定是掠食者，而非普通的猎物。

阿奇里奥斯马上对大家解释道："我绝没有胡来。我猜测这河边可能会有危险，但同时也会有猎物。我发现这对家伙就藏在芦苇丛里。它们准备袭击的应该不是我这样的猎物。"

乌迪贤怀疑地打量着它们。"你确定它们能吃吗？"

"在家乡的时候，我捕过的最美味的猎物就包括蛇和蜥蜴！我猜这两只应该算得上美味佳肴了！"

这两只死去的野兽一动不动……却引起了孟德恩的注意。他轻柔地抚摸着其中一只说道："它们都还小，还是幼兽。"

阿奇里奥斯回道："我也这么觉得，大家伙可能有它们的三倍大。"他又对乌迪贤补充道："当时它们身上是湿的，就像刚在河里游过一样。你之前想离河边和桥远些,我想现在最好还是这么做。"

他们立刻开始行动。阿奇里奥斯在前面搜寻着,最后选定了一处他认为足够远离河边爬行动物捕食范围的地方。即便如此,乌迪贤还是坚持让大家再走远些,虽然夜色已深。

阿奇里奥斯又找了另一处扎营点,最后他们终于满意地驻扎下来。孟德恩和乌迪贤负责拾柴生火,而猎人与塞兰西娅则开始清理并烹饪他们的晚餐。

"别离营地太远。"乌迪贤对同去捡柴的弟弟提醒道,孟德恩的状态让他很是担心。

"我会小心的,你也是。"

虽然这里到处都是树,但能用来生火的木柴却并不好找。这些植物总是极其潮湿。乌迪贤尽可能小心地挑挑拣拣,以免自己的出现惊动了某些藏在树丛里的毒虫野兽。不幸的是,乌迪贤很快发现自己已经违反了不要走远的约定,因为附近实在是没有足够的木柴。

为了弥补扩大搜索范围的不安,乌迪贤一直留心着自己跟营地的距离。他在不知不觉中越走越远,怀里的木柴也渐渐多了起来。

他身后突然传来树枝的沙沙声。乌迪贤知道自己离开营地太远了,猜测是朋友前来找寻自己。他转过身——

手中的木柴散落一地。

一头高他半身,宽他一倍的巨兽站在那里。一开始,乌迪贤以为它是个恶魔,因为它的外形与人类大致相似,有两条胳膊一双腿,还有一颗头,除此之外,外形极其怪异,显然来自另一个世界。

不过,如果它真是恶魔的话,也是非常温顺的那种。事实上,尽管它的脸隐在夜色中,乌迪贤却不知为何总觉得它拥有智慧,而不是被杀戮和嗜血所支配的那种。

巨兽微微挪动了一下,却完全没让乌迪贤感到危险。随着它的移动，它躯体的更多细节也显露了出来。它的躯干上有一层粗糙的表皮，让乌迪贤联想到了树皮。而且，其中一只手臂连接的不是手或爪子，而是一只带刺的巨棒，扁平的棒头上雕刻着某种神秘符号。另一只手臂上长了手，但在肘部附近连着一个宽大微弯的东西，在人类看来宛如活生生的盾牌。

它的头上竖着一对蝙蝠翅膀状的角，还有一对粗短浓重的眉毛。乌迪贤没找到嘴巴或鼻子，而它的眼睛就是两道深深的裂缝。

巨兽迈着异常从容的步伐向他走来，移动的时候没有一丝声响。乌迪贤这才明白，自己之前听到的响动声是它有意为之。这个家伙不想突然出现吓到他。

"你是……就是你一直跟着我们吗？"乌迪贤终于问道。

巨兽没有回答，而是极其优雅地单膝跪在这个人类面前。

就在这时，阿奇里奥斯的声音从营地的方向传来："乌迪贤！你在哪儿？乌迪贤——"

他看向声音传来的方向。片刻后，猎人就出现了。

"是不是你每次离开营地都要我出来找你啊？"阿奇里奥斯打趣道。

这样一头惊人的丛林巨兽就摆在面前，猎人却如此淡定，让乌迪贤惊讶得瞪大了眼睛。他转头去看那个怪物的反应，这才明白了阿奇里奥斯如此平静的原因。巨兽不见了，就像从来没出现过一样。

猎人注意到他紧张的神色，马上收起了嬉笑的态度，问道："怎么了？"

"它……他——"没错，出于某种原因，乌迪贤知道刚才来找自己的家伙是男性。"在这里。"

"什么……那个跟着咱们的东西？"阿奇里奥斯准备去拿弓，但乌迪贤马上阻止了他。

"他没有恶意。他……他刚才在这儿跪下了。"

"在你面前？"猎人问道。

乌迪贤想否认，但最后还是点了点头承认道："他跪在了我面前。"农夫大致讲了一遍细节，甚至还粗略描述了巨兽的外貌。"然后在我朝你那边看的时候，他就那么消失了。"

"这就意味着他想见的人只有你，老朋友。是你。"

"他可能只是从没见过咱们这样的人类。本来也可能是孟德恩或你，而塞兰西娅自从被马利克利用后一般都不会远离营地。"

猎人却并不这么认为。"他有太多机会来见我，尤其是第一次。孟德恩也一样。他就是想见你，乌迪贤。你必须面对现实。"

"可他没理由这么做。"

阿奇里奥斯转身开始往营地走，不过他虽然脚步很轻松，却始终把弓握在手里。"只有你这么想，乌迪贤，只有你这么想……"

* * *

尽管这晚的不速之客没有表现出恶意，但乌迪贤还是没休息好。他觉得接下来还会有其他奇怪的生物随之而来，而且其中肯定有图谋不轨的家伙。然而整晚都没再发生意外。他们吃完昨天的剩肉后，便重新启程。

"现在离托拉然还有多远？"在前进的路上，乌迪贤问弟弟。

"还要走几天。"孟德恩回答道。乌迪贤没等到更多信息，便重新在马背上坐好。他已经厌倦了丛林，也早就厌倦了自己。

树枝间飞舞着各种小动物，有些还能认出来，其余的几乎都像之前那头巨兽一样令人不安。不过，乌迪贤能感觉到它们都是寻常动物，不是什么神秘的智慧生物，与他昨晚见到的那个家伙不同。

那头巨兽为什么来找他呢？他拒绝相信阿奇里奥斯的观点。这件事跟他无关。他只是个愚蠢的笑柄。

他怀着这些念头从日出一直骑到日落。他们走到很晚，直到阿奇里奥斯费了些时间找到一块足够他们休息的空地。

乌迪贤很不想离开安全的营地，但就像往常一样，他和其他人都必须出去找柴火。这次他不愿走太远，可少得可怜的收获让他又一次不得不扩大自己的搜索区域。

乌迪贤小心谨慎地收集着一根又一根木柴。他每时每刻都期盼着那个巨兽再次出现在自己面前，不过目前他唯一遇到的，就是从他捡起的枯枝下面气呼呼地蹦出来的一只有他脑袋大小的蟾蜍。

乌迪贤最后满载而归，而他的心情却像这夜晚一样阴沉。他随便塞了几口阿奇里奥斯的新猎物——某种巨型野兔——然后就迷迷糊糊地睡着了，直到有一只手把他摇醒。

乌迪贤以为是那头巨兽，瞬间向后闪开。不过，只是猎人叫他来轮岗。

"放轻松！"阿奇里奥斯低声说道，"你确定你要守夜吗？"

"我更愿意醒着。"

"那就随你吧。"

乌迪贤拿起他的剑走到了营地边。按照惯例，他先在一处高地守了几分钟，然后静静地走向另一处。通过这样的方式，他能一直保持警觉。

最后，他轮岗的时间还是结束了。确定自己的状态无法再继续守夜后，乌迪贤便收起剑去叫醒下一个轮岗的孟德恩。孟德恩之后是塞兰西娅，然后，如果需要的话，就再次轮到阿奇里奥斯。三个男人本来更想由他们来轮流守夜，但塞兰西娅坚持表示自己的剑术完全不比他们差……她的亡父曾要求她学过一些。

乌迪贤朝弟弟的位置走去……却发现孟德恩不在那里。这并不算意外，毕竟人有三急。他知道弟弟应该不会去太久，便停下来等他回来。

可几分钟过去了，孟德恩还是不见人影。

乌迪贤努力说服自己只要再等一会儿，可又等了一会儿，孟德恩还是没有回来。乌迪贤扫了一眼地面，发现一串脚印。他还不想惊动其他人，于是拔出剑，开始沿着脚印的方向出发。

这条路并不好走，有好几次，他不得不砍断拦路的树枝。乌迪贤轻声喊了孟德恩两次，却都没有得到回应。

乌迪贤心跳加速，加快了脚步。孟德恩千万要走这条路啊。

路旁突然传来的轻微响动让他停下了脚步。当那声音再次响起时，他朝声音的方向转了过去。那可能是孟德恩发出的，不过也可能是某个更危险的东西。

或者……也可能是那个巨兽又来了。

乌迪贤不顾危险继续前行。孟德恩往这里走了，这才是最重要的。如果前面是那头巨兽，说不定那巨兽还能帮帮自己。这个想法听起来很荒唐，不过乌迪贤知道如果自己遇见了那家伙，他会向对方请求帮助。

另一个方向突然再次传来一阵动静。乌迪贤愣在原地。喘息间，又有响动声从第三个方向传来。

不管潜伏在这里的是什么家伙，都不止一个。

摩鲁的身影从他脑中一闪而过。乌迪贤考虑着撤回营地，可已经来不及了。他听到丛林里响起更多动静，所有声音都在冲他而来。

昏暗的身影一个接一个在树丛间穿梭。乌迪贤俯下身子偷偷接近最前面的家伙。尽管他失败过很多次，但他绝不会就这样傻站着等这些怪物杀死他和他的同伴。哪怕他只杀死一个,也算是略有小胜……这也是乌迪贤唯一能奢望的。

那个黑影转向他,主动送上门来。那个身影逐渐靠近,乌迪贤注意到对方头上并没有罩着属于三神教地狱爪牙的那种公羊颅盔。

那就是和平卫士了,或者甚至可能是那些审讯官。圣光大教堂一直没有动静,这很不寻常,乌迪贤确定他们依旧对自己大有兴趣。

眼前的家伙越来越近,乌迪贤都能听到对方急促的呼吸声。事实上,要不是乌迪贤对敌人有所了解,他甚至觉得对方有些紧张,甚至还有些害怕。

乌迪贤生起某种残酷的快感,他调整着自己的位置。对方再走几步,他就能发起攻击了。

黑影突然再次改变了方向,这一次对方径直向乌迪贤的藏身之处大步走来。

狄俄墨得斯之子不愿再等候时机,直接飞身扑向了黑影。

这本该致命的迅猛一击却彻底失败了,他的敌人不小心脚下一绊,躲开了他的攻击。两个人扭打在一起,他们的武器同时掉落。乌迪贤咒骂了一声,他知道失去武器对他来说后果更严重。他已经被敌人包围,唯一能令他放手一搏的武器现在也没有了。

他的反抗变得更加疯狂。他依靠蛮力把对方压在身下,然后伸手扼住了那人的喉咙。

不过不等乌迪贤如愿以偿,另一双手就把他从对手身上拉开。他的双手被架在身后。周围到处都是全副武装的身影。

有人拿来一支火把伸到他面前,这么做无疑是为了让某一教派的高阶祭司辨认他的身份。

"就是他!"一个尖厉的声音宣布道。

乌迪贤等着被戴上手铐……但恰恰相反,他的手臂被松开了。

围在他身边的身影都向后退去。

紧接着,除了举着火把的那个人,他们一个接一个跪倒在他面前。那个人盯着乌迪贤,同时将火把靠近了自己的脸。

"谢天谢地!我们终于找到你了,伟大的圣者!"罗姆斯脱口而出。

第二十一章

感觉到有人刚刚喊了自己的名字,孟德恩突然从睡梦中惊醒。起初他以为是哥哥在叫他,于是马上爬起来环顾四周。可发现那并不是乌迪贤后,他心中疑虑丛生。

接着,那个声音再次响起。

来这里……那个声音呼唤着他,来这里……

不知为何,他很清楚该往哪个方向走。孟德恩丝毫没有犹豫,他已经不再恐惧这种境况。如今他的心中只有痴迷。

在确认没人注意到自己之后,他闪进了丛林。奇怪的是,孟德恩感觉这里比塞拉姆村更像他的家。这里仿佛是乌迪贤的弟弟遗忘已久的眷恋之地。

孟德恩迈着平日里少有的轻盈步伐,直直走进了丛林深处。那个声音一直催促着他,告诉他该转向哪里。他无比信任地跟随着声音的指引。

蚊虫都跟他保持着距离,自从他和同伴们进入这片密林后就是如此。这些虫子很快就察觉到了他身上的变化,他的与众不同,而那时孟德恩才刚开始了解。

尽管周围一片漆黑,他的视线却完全不受影响。一切都笼罩在阴影之下,这一点毫无疑问,但他的视力却前所未有的锐利。其实在某些方面,孟德恩甚至能看得比白天还要清晰。周围的事物都变得更明确,更有特点。

转弯……再转弯……那声音命令道。孟德恩跟着走了几步,然后等待下一个指令。

但那声音没再给出更多指示。

他皱着眉头又迈了一步——

突然间,他面前出现了一座高大辉煌的尖碑,那尖碑仍在缓缓升高。

这座碑有孟德恩的两倍多高,似乎由黑曜石筑成。赛勒斯曾经从一个商人那里买到过这种黑色石头的样本,彼时,孟德恩对那样本大加赞叹,他觉得自己面前的高碑正是这种材质。

然而,最吸引他的不是棱角分明的黑曜石,而是石头的每一面雕刻的内容。

石碑上雕刻着更多的古老文字。

这些文字从碑顶排列到底部,在他的注视下,仿佛泛着微弱的光。孟德恩努力默念着每一个字,根据自己认识的部分大致猜测着其他文字的意思。

在默念的过程中,他对这些文字的理解越来越深。孟德恩沉浸在这些文字里,越来越兴奋,他一遍又一遍地重复着第一面上的内容。每读一遍,上面的信息就更加清晰。他露出孩童般的表情,为碑上的文字赞叹敬畏。

就这样,孟德恩继续读着……

* * *

乌迪贤难以置信地看着眼前的男人。罗姆斯,那个曾经的罪人;罗姆斯,这个改过自新的人。

"你们——你们在这里做什么?"乌迪贤警惕地问道。他的眼神迅速扫过周围的几张面孔。他认识他们中的大多数,他们全都来自帕萨镇。

"我们发现你不见的时候,伟大的圣者,我们担心过最糟的情况,尤其是在可怜的伊桑镇长和他的儿子刚刚遭到毒手后!尼科迪姆是个很棒的追踪者,还有其他几个人也是!我们马上就出来找你了!"罗姆斯咧开嘴笑了起来,"不过您没有出事!"

"你们不该来追我。"乌迪贤不悦地斥责道,"你们这是在冒险……那你们的家人怎么办?"

"我们都是自愿来的。"另一个人说道,"当然,我们的家人也都跟来了!我们不会丢下他们的!对吧?"

所有人异口同声地附和着。乌迪贤这才注意到,黑压压的人群后有一些瘦小的身影,还有几个相当矮小。他刚才根本没想到这些人竟然是妇女和儿童。

可他们为什么要拖家带口地进行这场不顾一切的追踪呢?

他忽然泛起一阵反胃的窒息感。"你们为什么要来这里呢,罗姆斯?"

"为什么,当然是为了跟您学习更多的东西,伟大的圣者!追随您的脚步,无论您今后会如何!"其他人纷纷附和着他的宣言。

"别那么称呼我!"乌迪贤冲动地说道,"永远不要!"

罗姆斯低下头致歉:"非常抱歉,乌迪贤大人!我刚才忘了,再也不会了!"

乌迪贤咬牙切齿地继续说道:"你们举家来追随我?你们都疯了吗?"

众人纷纷摇头。他盯着这些帕萨人，发觉他们几乎完全不为自己的怒火所动。他们彻底疯了，却毫不自知。

不过现在他已经没东西能教他们了，这些人肯定就会恢复理智……然后就该轮到他们对他发怒了。

乌迪贤还在担心着孟德恩的安危，不过他得先搞定这群人。"你们来了多少人，罗姆斯？"

"您面前的是足足四分之一的帕萨人，乌迪贤大人，其他人也在等着我们的消息呢，等我们成功后，他们就会加入！"

反胃的感觉顿时强烈了百倍。乌迪贤已经无法进行思考，他转向营地的方向说道："跟我来。"

"永远跟随您。"罗姆斯小声说道。

狄俄墨得斯之子对自己的用词后悔不已，怒气冲冲地向前走去。他身后是一大片混乱的脚步声和枝叶的翻动声。

乌迪贤快到营地边缘的时候，阿奇里奥斯——已经张弓搭箭准备随时射击——正一脸紧张地等在那里。看到朋友身后的情景时，他的整张脸都开始扭曲。

"你出去找什么了，一支军队吗？"

"是帕萨人……至少这是一大群帕萨人。"乌迪贤无奈地说道。

阿奇里奥斯逐个打量着这些新伙伴。"镇上还剩其他人吗？"

"没几个了。"乌迪贤看了看四周，"孟德恩在哪儿？"

"我以为他跟你在一起。"

"我之前注意到他起来了。"塞兰西娅在火堆旁高声说道。她也同样惊奇地注视着这些帕萨镇民。"不过我几乎马上就又睡着了。"

这不是乌迪贤想听到的答案。"他已经离开很久了，我得再出去找找他。"

阿奇里奥斯靠在他身边悄悄说道："那为什么不用这帮人呢？我

只能猜他们是来追随你的，而且从他们脸上崇拜的表情来看，如果你请求他们去找你弟弟，他们一定会愿意的！"

"然后他们一半人会被野兽吃掉，另一半则会死于各种意外或疾病！他们对丛林一无所知！"

"咱们也一样，可咱们还是义无反顾地来了。"

就在他们两个争执的时候，越来越多的人拥进了这块狭小的营地。妇女和孩子们走到离篝火最近的地方，此时他们的身影终于显露了出来。一些男人扛着木头走过来，为其他人搭起营火。

人数还在不断增加……

"你确定这只是帕萨镇的一部分人？"阿奇里奥斯问道。

"目前还是……"乌迪贤突然在人群中看到了伯莎太太和她的儿子。只见她微微一笑，然后弯下身对儿子示意着农夫的方向。男孩立刻开心地挥起手来。乌迪贤忍不住也向他挥了挥手，但心情却更加沉重。他们的信仰都基于谎言之上。

罗姆斯重新来到乌迪贤身边。与当初乌迪贤在帕萨广场上第一次远远看到他时不同，如今，这人脸上的不信任和厌恶已经完全消失了。

"乌迪贤大人，能否允许他们开始准备食物，扩充一下营地？"

"你们有食物？"乌迪贤暗自祈祷这些人不会莫名其妙地指望他用法术变出东西给他们用。

"啊，是的！我们知道可能要走远些才能追上您！还有几匹载着物资的马随后就到。"

果然，在拥挤的人群之外，至少二十匹载货的马进入了他的视线。乌迪贤简直无法相信自己的眼睛。如此庞大的一支队伍是如何在那么短的时间内整装出发，还如此精练地迅速追上他的？

而他们都期盼着你指引的那个世界，他忽然又想起了这些，他们都指望你引导他们变得比法师部族更强大……

人们对他的巨大期望——尤其是根据事实来看，这完全超出了他的能力——让乌迪贤深受打击，他一言不发地离开众人悄悄走进了丛林。他当然没有走远，只是想尽量找回一些平静。

至少，他是这么希望的。即使是独处的时候，乌迪贤也无法摆脱内心的挫败感和无尽的羞耻感。这些感觉以一种前所未有的方式疯狂地吞噬着他。在他的脑海中，那些声音无比虔诚地谈论着他，那些男女老少崇拜地看着他。伯莎的儿子突然闯入他的记忆，他们母子视他为治愈的神灵，而真正为那孩子带来新生的却是个女恶魔。

莉莉娅。她一定会嘲讽他如今的处境。事实上，她很可能正在某个地方看着一切，等着享受帕萨人发现这一切的真相后，他将遭受的折磨和纷争。莉莉娅曾说他一无是处，随着时间的流逝，他越来越明白女恶魔说的就是事实。

说不定那女恶魔甚至还悄悄怂恿了镇上的人投身于这场愚蠢的远行，在人们耳边蛊惑他们必须追来。这就能解释他们迅捷的行动和精准的路线了。除了亲自准备好每个环节，还能怎么确保他狠狠跌落神坛呢？他可能又一次低估了女恶魔为他准备的惩罚。

"你已经得到你想要的了！"乌迪贤绝望地朝着黑暗大喊，"现在放过我吧！"

当然，没有人回应他。他也没指望过。她希望他彻底被羞辱，可能甚至还希望他死去。如果乌迪贤被他狂怒的追随者撕成碎片，莉莉娅会随便再找个新傀儡。

你以为你能扳倒庇护之地的主宰者。你以为三神教和圣光大教堂会衰落，然后你就能摆脱让你痛苦的过去。

乌迪贤剧烈地颤抖着，他甚至觉得自己再次辜负了亡故的亲人。他们的名声将被他的惨痛下场玷污。当人们想起他家人的时候，随之而来的会是诅咒和恶毒的评价。

"我只是想帮忙,"狄俄墨得斯之子无助地自言自语,"只是想让事情不那么荒唐。"

他的思绪无比纷乱,丛林里的夜行动物发出的鸣叫在他听来仿佛刺耳的嘲笑。乌迪贤刚打算起身回营地,马上又想起来自己回去后会面对什么。他看着四周的暗影,想寻求某种解脱。

三神教一直都是个好选择。起初,这个想法吓了乌迪贤一跳,但他仔细考虑后,觉得这多少有些道理。没错,之前这是马利克的提议,不过现在乌迪贤开始考虑着自己主动去神庙投降的后果。他将再也不用逃亡。发现被他欺骗的帕萨人民刚开始会怒不可遏,但随后就会觉得他罪有应得。乌迪贤不在乎自己届时会是何种下场,只要不再牵连到其他人。

或许把帕萨人民也一起带去神庙更好。让他们在那里亲眼看清真相。

乌迪贤面容扭曲,他的表情在对他混乱的思绪表达不满。他刚才竟然会产生那样疯狂的念头,哪怕只是一瞬间。乌迪贤摇了摇头,试图甩掉那些念头。他自己选择去神庙是一回事,但他不会带着帕萨镇的人去面对更多骗局……而且他肯定不会带他们去神庙。

不过,如果乌迪贤打算跟他的追随者切断一切联系,一定要越快越好。可是一旦他回到营地,那些人就会如影随形地跟着他。还有更好的办法,乌迪贤觉得,自己不如干脆就不回去。

干脆不回去……也许这次能摆脱他们。

没等他把想法付诸行动,他的两只脚就开始动了起来。乌迪贤推开浓密的树丛,用最快的速度在丛林中穿行。虽然他知道自己突然的逃离甚至比此前离开帕萨镇那次还要疯狂,不过这也会让所有人意想不到。他们都不知道该找哪里,该往哪里追。乌迪贤不相信追踪者们——包括阿奇里奥斯——能在这片密林中跟上他的脚步。

不过当乌迪贤在夜色中艰难前行的时候,他开始怀疑自己不靠坐骑能走多远。马至少在丛林中会跑得更轻松些,而且在能加速奔跑的地方显然会留下更少的痕迹。要是他刚才能搞一匹马就好了。

不过现在已经不可能了。他现在别无他法,而且仿佛只有不停狂奔才有出路,于是他开始在丛林中盲目地拼命前行。他时刻等待着喊声响起,追兵到来……

一个巨大的身影突然从他前方的树丛里穿过。

乌迪贤想放慢脚步,但地面又软又湿,他脚下一滑,脸朝下摔倒在地。

他听到一声重重的响鼻,接着有什么动物的鼻子戳着他的肩膀。

乌迪贤擦掉眼睛里的泥土,映入眼帘的是一匹高大的白马。它粗壮的脖子上垂着松散的缰绳,背上也装有马鞍。乌迪贤觉得,它大概是帕萨人在丛林跋涉时弄丢的坐骑。

他抓着缰绳在马的耳边轻轻低语,让它明白自己没有威胁。这匹马似乎相当开心有他做伴,这片陌生的环境无疑令它非常不安。

乌迪贤一边感谢自己的好运气,一边准备上马——

"不要!离它远点儿!"

他被这个声音吓了一跳,脚从马鞍上滑了下来。白马重重地喷着响鼻,仿佛对这场意外相当愤怒。它忽然往喊声的反方向奔去,拖着仍然手握缰绳的乌迪贤一起离开。

"停下!停下!"乌迪贤把马逼停,然后回头去看说话的人。

这张脸如此苍白,即使在漆黑的丛林里也依稀可辨。那人向他大步走来,脚步虽然急促,却也稳健得如履平地。

"孟德恩?"不知为何,乌迪贤不太能确定自己真的看到了弟弟。这是孟德恩……可好像又不是。

"乌迪贤……"孟德恩的声音低沉而平稳，这让农夫再次怀疑自己看到的到底是真人还是幻象。"乌迪贤……离开那家伙，它不是你看到的那样……"

他们附近唯一的"家伙"就是这匹马，而乌迪贤的眼睛和手都昭示着它就是他看到的那样。可眼前向他走来的人，他就无法完全肯定了。他再次想起马利克犯下的恐怖罪行。

"别过来！"他对孟德恩命令道，"站在那里！"

"乌迪贤……是我啊。"

"这我可不知道……"他的脑子突突直跳。这不可能是他！这不可能是孟德恩！可能是头恶魔！让他靠近些。那把匕首……等他过来的时候用那把匕首……

"不要听他的。"这个可能是孟德恩的家伙平静地说道，"我不知道他跟你说了什么，但我知道那是恶毒的话。"

乌迪贤皱起眉头。脑中的搏动随着每一次心跳变得越发剧烈。"谁？你在说谁？"

"好吧，你看不到他真实的样子。他就靠在你的肩上，像爱人一样低声细语，却只带给你仇恨。我想他认识那个女人，乌迪贤，因为他们长得很像。"

她。对乌迪贤来说，这只可能意味着一个人。"莉莉娅？"

"那是你对她的叫法，没错。你还记得最后看到她时，她是什么样子吗？"

乌迪贤曾以为自己永远不会忘记莉莉娅的真面目，可是现在不管他如何拼命回忆，他都想不起来。"我……不……离我远点儿！"

"乌迪贤……真的是我。你的弟弟孟德恩。靠近点儿看，看我的眼睛。想想咱们一起经历的一切。想想那场带走咱们的父亲、母亲，还有兄弟姐妹的瘟疫，以及它留给咱们的痛苦和挣扎……"

眼前的人讲述的同时，他的语气也变了。虽然依旧保持着低沉平稳，但其中包含的沉痛跟乌迪贤埋藏在灵魂深处的痛苦是一样的。

这时他知道，这个人一定就是自己的弟弟，而不是某个披着孟德恩皮囊的恶魔。

这让他松开了手里的缰绳……确切来说，乌迪贤试图松开缰绳。他的手指无法伸直。事实正好相反，他的手指不听使唤地握得更紧了。

白马打了个响鼻，再次用力把他从孟德恩身边拖开。

他的弟弟口中念念有词地说着难以理解的话语。白马突然抬起后腿，发出完全不似凡间动物的尖叫。这个牲口以一种能折断脊椎的姿势扭动着，然而比起疼痛，它看起来却更像暴怒。

"现在放开手，乌迪贤！贴着缰绳，用你的全部意念拉开它！"

乌迪贤立刻照他说的做。他的一只手继续紧握着缰绳，即使暴怒的白马像柔软的面团般疯狂扭动着身体。它的眼睛闪耀着红光，瞳孔也消失不见，脖颈和肩部的鬃毛此时变成了尖利的刺。它不顾自己的腰身不便，用两条后腿站了起来，似乎更习惯于直立行走。

他的手指依旧不肯松开。乌迪贤用尽全力猛地一拉。

接着，他想起了孟德恩之前说的话。他的弟弟用的词是"意念"，而不是"力气"。孟德恩说得非常明确……

乌迪贤稍微放松手上的力量，集中意念冥想着希望松开缰绳。他把意念集中在手指上，试图控制它们。

握紧的手松动了。他马上弯动手指，他的手终于自由了。

就在这时，他身旁的野兽退去了马的外形。它重新变换着形状，体形缩小了一些。它身上恶魔的特征也在改变，那些利刺变成了头发，身体也有了人形。

现在站在他面前的是一个高大和蔼的男子，留着一头飘逸的灰发和修剪整齐的胡须。他向乌迪贤微笑的同时展开了双臂。

"你已经证明了自己的价值,我的孩子。过来接受我对你坚定努力的祝福吧。"

"你是什——你是谁?"

"怎么了,我是大祭司啊,当然。"他的笑容光彩照人。"不过你可以叫我路西昂。"

乌迪贤一脸震惊地喊道:"大祭司!路西昂!"

那人点了点头,承认道:"是的,路西昂……我也明白那个女恶魔莉莉丝传播了不少诬陷我的谣言。"

"莉莉丝?你是说莉莉娅?"

"莉莉丝是她的真名,一个比这世界存在的时间更久远的恶魔!她就是欺骗之母,背叛女魔!能在她的魔掌下幸存,你真的很强大,我的孩子。"

在乌迪贤的身后,孟德恩提醒道:"小心,哥哥。他有很多伪装,现在这个应该也是幻象。"

不等乌迪贤答话,大祭司就平静地做出回应。"这些话听起来真的像是你认识的那个孟德恩说的吗?你没发觉他最近的阴暗变化吗?这世上除了莉莉丝还有更多恶魔,我的孩子……其中一个就附在你弟弟身上。"

乌迪贤回头看去。"孟德恩?"

"我还是我。"

乌迪贤不知道这句话到底是什么意思。他细细想着自己见证的弟弟身上发生的所有事。孟德恩的确变了,可这到底是好是坏?

"我不知道你是谁,恶魔。"路西昂大声叫道,口气听起来就像个护着乌迪贤的长辈。"不过你的意图太明显了。你想对这个珍贵的灵魂下手,通过他最亲近的人钻进他的身体。我不允许这种事发生,他将由我来保护。"

"'保护'？"孟德恩反问道，"就像高阶祭司马利克用剥皮法术和嗜血摩鲁来保护他那样吗？"

"没错。那都是马利克的所作所为。我对他的行为感到非常遗憾，我完全不知道身边如此亲近的人竟然被恶魔诱惑了。我曾派他去邀请乌迪贤·乌·狄俄墨得到神庙来做客。只是为了得到敬仰，没别的。"他考虑了一会儿又说道，"那些摩鲁是圣光大教派的那些人搞出来的可怕东西，不是我们三神教。那个蛊惑了可怜的马利克的恶魔一定也来自那一派。"

大祭司话里的某种东西让乌迪贤不由自主地想去相信他。不过，他的很多话听起来都不像是真的。

"这里唯一的恶魔就站在我们面前，乌迪贤。"孟德恩走到哥哥和路西昂中间肯定地说道，"你必须相信我。"

三神教的大祭司摇了摇头。"他的话很有说服力，因为那些话被法术美化了。为了你好，恐怕我必须得除掉这个不洁之人。我为你的损失感到遗憾，亲爱的乌迪贤，但我别无选择。"

乌迪贤好一会儿才理解了大祭司说的话。他反应过来后，立即惊慌地伸手阻止。"不要！孟德恩——"

一个银色的光环在大祭司周围成形，然后瞬间向前迸发而去。它击中了孟德恩刚才站着的位置……下一秒，乌迪贤的弟弟就消失了踪迹。

乌迪贤和路西昂都注视着那块空地，接着，大祭司说道："小心你的弟弟，乌迪贤。那恶魔很强大。那家伙把他从这儿带走了。咱们最好一起联手对付他——"

"不！"乌迪贤还不确定孟德恩身上到底发生了什么，但他绝不相信弟弟变成了某个魔鬼的宿主。他也拒绝相信大祭司口中关于马利克的那些说法。那个高阶祭司提到主人的时候总是非常虔诚。马利克一直是大祭司的忠实追随者,而不是叛徒。"不!走开!"

"亲爱的乌迪贤兄弟——"

有什么东西在压迫着乌迪贤的大脑。他咬紧牙关从这个光彩照人的男子身边退开。"离我远点儿!我不想跟你或是圣光大教堂有任何关系!一点儿都不想!"

他在路西昂面前转过身来。乌迪贤也不确定自己朝着哪个方向,不过他就是知道自己要赶快离开。

他身后闪耀着一道光,让他想起了孟德恩离奇消失前的情景。乌迪贤逃跑的同时,准备好了接受相同的命运。

击中他的那股力量冷得出奇。他感觉自己的身体仿佛正扭曲着内外翻转。他的手脚都不听使唤,筋骨仿佛变成了肉冻。

乌迪贤撞到了一棵树上,然后倒在了丛林中。

"也许你真的是一无是处,就像我妹妹说的一样。"路西昂冷漠地评价道,"也许乌迪贤·乌·狄俄墨得没什么特别的。"

几乎神志不清的乌迪贤感到一阵刺痛。他忽然远离了地面。狄俄墨得斯之子模糊地意识到,自己正飘浮在离地面几米高的地方。

"我必须多检查几遍才能确定。让摩鲁也陪你玩玩吧。他们有助于激发求生欲,应该也能激发出奈非天之力……如果它真的存在于你体内的话。"

"我体内……什么都没有。"乌迪贤气喘吁吁地说道,"我根本……对你没有威胁……"

"你从来都不是威胁,凡人。我是路西昂,最伟大的魔神墨菲斯托之子!我们高贵的血液可能也流淌在你的身体里,可它已经被伊纳瑞斯一族那愚蠢的血统污染了!"

身体飘向大祭司的同时,乌迪贤眼中的画面转变了。路西昂的外貌依旧是大祭司,但乌迪贤非常确信,路西昂刚才变形时露出的恐怖外貌才更接近他的真实面目。

　　刚才路西昂是怎么说莉莉娅——莉莉丝的？说她是他的……妹妹？

　　"没错，多检查几遍就不会出错。"恶魔重复道。他微笑着，露出了尖利的牙齿和分叉的舌头。"如果你失败了……我就会把你喂给摩鲁……当然，活生生地喂。"

　　虽然路西昂还在继续微笑，但乌迪贤知道他绝不是在开玩笑。

第二十二章

阿奇里奥斯完全没阻止乌迪贤离开营地,他知道自己的朋友正面对着难以想象的压力。这么多帕萨人突然到来,就连猎人都感到心烦意乱。他为这些人的献身精神震惊不已,即使他们追随的是能让阿奇里奥斯自己也托付性命的人。

他的思绪突然被塞兰西娅打断了,只见她惊恐地吸了口气,然后转向了乌迪贤刚才离开的方向。几乎同一瞬间,他也感觉到那里出大事了。

乌迪贤和孟德恩都被卷入其中。

"留在这儿!"他对女孩喊了一声,便提着弓从受惊的人群中冲了出去。这丛林比家乡的树林要茂密得多,但他只求能干净利落地一箭命中。那就是他需要的。

当然,前提是他还来得及。

* * *

"我想在安静和私密的环境中进行,这样就不会被其他对奈非天有兴趣的家伙察觉了。"路西昂对着无助的俘虏陈述道，"没错，有很多家伙会感兴趣。而且除此之外，对任何能让我亲爱的妹妹感兴趣的事也要尽量小心。"

路西昂的眼睛已经不再是人类的样子，这让乌迪贤想起了莉莉丝的双眼。这双眼睛反复打量着农夫，在他身上寻找着乌迪贤自己都觉得不存在的东西。

"她很狡猾，而且她的头脑就像个迷宫。当我得知几个世纪前，那个天使把她驱逐到无尽虚空永不复返的时候，我并没有太难过。"恶魔笑道，"其实，'永远'对她来说只是相对的。伊纳瑞斯本该清楚这一点。他就该杀死她，可他们那一族总是太感情用事。"

一连串蓝色能量突然吞没了乌迪贤。他发出一声惨叫，但声音马上也被吞没。

路西昂并没有对刚才的测试发表任何看法，而是默默点了点头接着说道："现在就剩下你弟弟的问题没有解决，到底是什么控制了他。我刚才撒了很多谎，除了关于他的话。他的确被某种恶魔本性所支配……不过也可能是别的东西。也许我会把你们两个都研究一下。你觉得如何？"

"你这魔鬼！"

"谢谢，我本就是魔鬼。那我们走吧？"

路西昂的笑容更加张扬，而乌迪贤周围的世界开始变得昏暗虚无。在一片虚无中，某个宏伟建筑内部的模糊画面——乌迪贤惊讶地猜测应该是神庙——渐渐清晰了起来。

然后，就在眼前的场景被包围着乌迪贤的能量照亮时，一支羽箭直直击中了大祭司的喉部。

路西昂的头被这股力量击得向后仰去。鲜血从恐怖的伤口中飞溅而出。箭头插得如此之深，乌迪贤不禁好奇这支箭怎么没有直接射穿过去。

"乌迪贤!"阿奇里奥斯喊道,"试试自己挣脱!"

乌迪贤自从被抓后就没停止过尝试,结果每次都以失败告终。他也再次尝试过孟德恩的建议,不过也完全没用。他开始怀疑之前那次是否只是偶然,而且不管他拥有的和弟弟掌握的是什么力量,那力量现在已经消失了。莉莉丝的嘲笑重新回荡在他耳边。他一无是处……一无是处……

破空之声再次响起,另一支箭朝路西昂呼啸而来。乌迪贤深知阿奇里奥斯的箭术,相信这支箭也会直接命中猎人的目标。

可就在最后一秒,路西昂一把抓住了这支距胸口近在咫尺的箭。他随手把箭掰成两段,断箭落地的同时,他的手又伸向了插在喉咙里的那支。

伴随着恐怖的抽吸声,大祭司拔出了箭。他吸了口气,滴血的伤口随即渐渐缩小,最后完全愈合。

乌迪贤的左方传来了阿奇里奥斯的咒骂声,接着他咆哮起来:"又是这样!"

路西昂盯着箭头上残留的鲜血,然后伸出舌头舔舐着那鲜红的液体,直到箭头终于洁净如新。恶魔轻笑着把箭丢到一旁。

"竟然能在夜里射出如此完美的一击,还是用这种被施了偏移法术的弓!你会成为一个不错的摩鲁的。"他看着猎人说道,"想加入我们吗?"

大祭司做了个手势,阿奇里奥斯随即发出一声闷哼。乌迪贤听到了脚步移动的声音,他猜猎人正身不由己地被迫前行。

"我已经几个世纪没有像今天这样活动过了。"路西昂嘲弄道,"我已经忘了不靠那帮蠢摩鲁自己亲自动手有多美妙了……"

突然间,另一枚投射物飞向了他,直指刚才阿奇里奥斯的箭命中之处。这个直击而来的武器——一块石头——击中了路西昂周围的某种无形盾牌，弹了出去。

不过这并没能阻止更多石头如暴雨般砸来，其中还夹杂着木头和其他无法辨认的杂物。很多投掷物都严重偏离了目标，少数几块跟第一块石头一样被目标周围的隐盾弹开。

赛勒斯的女儿带着帕萨众人出现在丛林的四面八方，完全包围了僵持的三人。

"放他走！"塞兰西娅喝道，"放他们俩走！"

在罗姆斯的带领下，众人开始呐喊。他们挥舞着粗陋的长矛、斧头，还有茅草杈等寻常百姓能找到的各种武器。又有几块杂物被扔向了大祭司，结果同样徒劳无功。

恶魔脸上头一次露出了傲慢以外的表情。他饶有兴致地打量着周围的人群。

"真不错！"路西昂的声音在林中回荡着，"在第一块石头砸来之前，我都没感觉到他们过来！"他转向乌迪贤，眯起眼思考着。"难道是你……或者是你弟弟搞的鬼？不，我觉得应该还是跟你有关，我妹妹的小傀儡！我感觉到这里所有人之间都有着某种联系，但起源……是啊，这就对了……这一定是因为……"路西昂在沉思中陷入了沉默。

罗姆斯显然误以为恶魔在迟疑，他大吼一声带着几个人冲了上去。

路西昂望着向他冲来的袭击者，脸上还带着困惑。

他周围的土地开始崩裂。人群、树木、泥土——无一逃脱。方圆数米的丛林都被撕裂。惨叫声在空气中此起彼伏，夜晚顷刻间亮得刺眼。

乌迪贤并不担心自己的性命，他甚至情愿死于刚才的一瞬，可恶魔却把他保护了起来。不过，只有他远离了危险，想到那些因他而来的人们此刻的遭遇,他的心都在滴血。

这场灾难似乎永无休止,然而路西昂的咒语实际上只持续了短短一瞬间。咒语结束后,方圆二十步内寸草不生,漆黑的缝隙出现在地面,缝隙下闪耀着炙热的火光,整个世界的怒火仿佛都被恶魔唤醒。向来闷热潮湿的丛林,此刻却连空气都在燃烧。

"给你们见识一下这世界未来的样子,"路西昂扬声介绍着这人间炼狱,"当这个世界被我们改变后。"

痛苦的呻吟声此起彼伏。某种恐怖的气味涌入乌迪贤的鼻翼,这种气味自从他失去亲人后就没再闻到过。那是尸体烧焦后的恶臭。然而,他们不是为了防止疫情蔓延而被焚烧的患疫者尸体,他们是听信了乌迪贤幼稚的承诺而死于非命的无辜乡民。

他的内心一阵绞痛。他脑中充斥着混乱的情绪,几乎让他不堪重负。每一个错误,每一场灾难,都在他脑海中一一重现。乌迪贤发出一声沉痛的哀号,拼命挣扎着试图脱身。

拼命挣扎……再次失败。

"看来你跟我一样迫不及待地想返回神庙了。"路西昂笑着说道。高大的恶魔满意地巡视着自己制造的灾难。大地上炽热的裂缝照亮了他狰狞的面孔。"既然这里几乎没剩下什么有用的东西了,咱们不如就走吧,你觉得呢?"

他话音未落,另一支箭就射中了他的胸口。然而这支箭也被无形的力量弹开了。

乌迪贤的余光瞥到阿奇里奥斯迅速又搭上一支箭。金发猎人准备攻击的同时,视线一直紧锁恶魔。

路西昂啧啧叹道:"我说过你会是个出色的摩鲁,不过在那之前,你必须得死。"

阿奇里奥斯又射出一箭。

"那么，你就准备受死吧。"路西昂扬声道。

那支箭在半道突然转了个弯。阿奇里奥斯向后倒去，抬起一只手臂进行防御——

那支箭命中了阿奇里奥斯的咽喉，正是恶魔刚才被射中的位置……路西昂是恶魔，而猎人只是个凡人。

一声尖叫响彻满目疮痍的丛林。发出尖叫的不是猎人，而是塞兰西娅。阿奇里奥斯无力瘫倒的瞬间，赛勒斯的女儿飞身向他扑去，在猎人一头栽倒在断裂的树干上前，一把接住了他。

"不，阿奇里奥斯，不！不要！"

她怀中的男人沉默无言，两眼空洞无神。他中箭的瞬间就死了，路西昂可不会大发慈悲。

此时大祭司向塞兰西娅伸出一只手，说道："多么美妙的姑娘！跟我走吧，亲爱的。让我来安抚你的伤痛。"

她的身体在恶魔的控制下不由自主地开始移动，但她还是挣扎着没有放开阿奇里奥斯的尸体。路西昂的力量拖着她穿过雾气弥漫的岩浆口和千疮百孔的灼热地面。塞兰西娅最后终于松开双手，丢卜了猎人软绵绵的身体。

现在一切都要结束了。乌迪贤的耻辱无法洗刷，而他为此付出了朋友们和弟弟的性命——他猜测孟德恩已经遭遇不测，可怜的孟德恩如何能在这种情况下幸存呢？而塞莉，跟他一样，将成为另一种牺牲品。

如果乌迪贤的力量不是一场骗局，一切可能就会不一样。那样的话，他至少就能奋起反抗，也许还能避免朋友们跟他一起送死。然而事实是，他对路西昂没有威胁。他一无是处……一无是处……

他看看绝望的塞兰西娅，又看看阿奇里奥斯冰冷的尸体。他们曾不止一次为他浴血奋战，他们曾对他深信不疑，就像很多人一样……

突然间，一个帕萨人冲上来试图帮助赛勒斯的女儿。是罗姆斯，他的脸比以前更加惨不忍睹，他用焦枯的双手拉着女孩不让她继续前进。另一个人加入了他，接着又是一个。不断增加的力量拖慢了她的脚步，却无法让她停止前进。路西昂看着他们荒唐的挣扎，只觉得愚蠢可笑。

可就在路西昂嗤笑的同时，又有二十多个帕萨人开始向他发起攻击。这一次，他们的武器不再是那些斧头和茅草杈。

他们居然开始施放法术。

大祭司周围的空气中突然充满了狂暴的能量。无数石块凭空飞来。一根树枝飞向路西昂的英俊脸庞，但是又被弹了出去。

伯莎也在这群战士之中，她的眼中含着泪水，嘴唇坚定地抿在一起。乌迪贤惊诧地发现她的儿子并不在她身旁。他暗自祈祷男孩正毫发无伤地躲在后方。

"你们有些潜力。"路西昂点了点头，对他们徒劳的攻击表示了认可。"不过我还是更愿意只检测他一个人，然后再从头训练其他人。少些麻烦！"他阴沉地盯着那些帕萨人说出最后一句话。

丛林的地面突然在伯莎等人脚下崩裂开来，滚烫的岩浆瞬间吞噬了他们。惨叫声不绝于耳——

"不！"乌迪贤嘶声呐喊。他双眼紧闭，根本不敢去看，眼泪顺着他的脸颊滚落。他用拳头捶打着地面，痛苦地嘶吼着。"不！"

片刻间，乌迪贤发现周围再次陷入死寂。他担心眼下的情况会比方才路西昂制造的灾难更为惨烈。他睁开了双眼，泪水滚滚滑落。

让他吃惊的是，伯莎太太和其他人都安然无恙。方才融化的泥土汇成了一道墙，竖在他们周围，不过滚烫的熔岩显然已经完全冷却，只见其中一个人开始拳打脚踢地试图破壁。

乌迪贤对这奇迹满怀感激，紧接着又发现了让他更惊讶的事情。

一是塞兰西娅并未继续无助地走向路西昂，反而正在被罗姆斯等人抬着离开。

另一件——令他震惊不已的——是发生在他自己身上的奇迹。

乌迪贤不再飘浮在空中了。直到现在，他才发现自己竟然正跪在地上敲打着地面。

这是他自己做到的，不是路西昂大发慈悲的结果。

莉莉丝骗了乌迪贤……说实话他也不该对这事感到意外。他猜测，自己之所以无力反抗她，正是因为相信了她的话。她利用这一点一步一步摧毁了他的意志。

乌迪贤努力调整姿势，单膝跪地。他抬头看向路西昂，眼神变得异常可怕。路西昂和莉莉丝一再戏弄欺骗他，这让他的决心更加坚定。

"再也不会了……"曾经天真的农夫缓缓说道，终于站起身来。"再也别想骗我了。"

大祭司的笑容消失了，他如今的表情揭露了他暴虐狠戾的本性。"你最好不要激怒我，凡人。我温文尔雅的外表不过只是伪装的躯壳。你可不要惹怒我的真身……"

乌迪贤摇了摇头，回答道："你大错特错了，大祭司……路西昂……莉莉丝之兄。你才应该小心别激怒我，再也不要。"

他的话引得恶魔一阵狂笑，但乌迪贤几乎敢肯定自己听出了对方的心虚。路西昂没理由放开农夫，一定是乌迪贤自己摆脱了控制，而这就意味着他的天赋……不，与生俱来的力量，莉莉丝是这么叫的……确实在他的体内涌动，就如他曾经相信的那样。也许不像以前表现出的那样强大和无所不能，但显然莉莉丝之前说他离了她一无是处是在撒谎。

"滚。"乌迪贤毫不客气地说道，"马上滚开，否则你的生命就会终结在此。"

路西昂的笑声停下了。

大地再次开始崩裂，这次所有的力量都对准了乌迪贤。烧灼的灰烬崛地而起包围了他，炙热的泥土紧紧裹着他的全身。地面飞速坍塌，他开始陷落。

乌迪贤朝敌人迈出了坚实的一步，紧接着迈出第二步。他对扑面而来的灰烬和滚烫的地面不屑一顾……也正因如此，那些把戏完全没有伤害到他。

前进的同时，乌迪贤感觉到，在路西昂制造的灾难中幸存的人们也从他的重新振作中获得了力量。活着的人很多，他们的状况也很好，远超他的希望。而这也鼓舞着他更加坚定地迈出接下来的每一步。

走到一半时，他饶有兴趣地发现路西昂竟然下意识地后退了一步。

"你不打算赐予我祝福了吗，大祭司？就像你的仆从马利克给亲爱的伊桑镇长、镇子的儿子，还有其他人的那种祝福？"农夫脸上的揶揄消失了，化为无比的憎恶。"你似乎很喜欢那个……"

"我会赐予你祝福。"恶魔声音沙哑地说道，他的声音中再也没有半点温和，甚至听起来不再像是人类。"在那之后，我会咀嚼你的内脏，用你脆弱的头颅做成杯子，然后痛饮你的鲜血……"

他说话的同时，那人类的皮囊随之脱落。路西昂的真身令人胆寒，与莉莉丝十分相似的外形更是让乌迪贤不愿面对。路西昂要比那女恶魔高出一倍多，而且身形更宽大，覆满鳞片的后背上也披着如同马鬃一般的尖刺。不过，莉莉丝只有一条尾巴，而她该死的哥哥长了三条，而且每条尾巴上都长满了比乌迪贤的手掌还长的刀状利刺。

路西昂又朝农夫迈了一步，露出了跟他妹妹相同的蹄掌。而他的手不太一样，每只手上都有超过五根手指，与獾的爪子有些像，不过上面覆满了毒液。

两兄妹的脸庞只有眼睛是相似的。这个伪装成英俊文雅教士的路西昂，其实是个长着蟾蜍脑袋的怪兽。他的嘴巴比头顶还要宽大，一排排尖利的牙齿正龇向乌迪贤。莉莉丝的哥哥没有鼻子，甚至连鼻孔也没有，而他的下巴中间呈尖钩状，几乎可以当作某种武器。

"怎么样？"恶魔用尖厉的声音笑着问道，他的嘴完全咧到了耳朵旁……而他的耳朵又长又宽，与他极不协调，仿佛应该属于某种其他巨兽。"来吧，乌迪贤·乌·狄俄墨得……我要赐予你祝福了，毫无疑问……"

然而，尽管路西昂令人畏惧，但他却再也无法让面前的男人感到恐惧。乌迪贤的心中只有憎恶，他憎恶如此卑鄙的生物居然能盘踞在他的世界，甚至玷污这个世界。毫无疑问，放任路西昂在庇护之地横行就是个错误——没错，这就是他们这个世界的名字……

"那你来啊。"乌迪贤挑衅道，"给我祝福。"

话音未落，乌迪贤就感觉到胃里一阵翻江倒海，每个器官就像是要挣扎着弃他而去一般。他的肺也开始抗争，接着是他的心脏。他敢说如果自己放任不管，这些器官将摆脱他身体的束缚。

他突然有些好奇路西昂是否了解这道法术的威力。这恶魔也会如此痛苦吗？

仿佛他的意念产生了效果，路西昂突然抓住了自己的胸口。恶魔看上去困惑不已，眼神中满是不安与痛苦。

恶魔死死盯着眼前的人类。乌迪贤身上的痛苦消失了。路西昂也同时恢复了正常。

他带着怒气嘶哑地说道："可怜虫的小伎俩……"

乌迪贤不屑做出回应，再次大步向路西昂走去。农夫也不知道自己打算做什么，只知道他必须速战速决。

奇怪的是，随着他们之间的距离越来越近，路西昂在他眼里越来越不具威胁性。乌迪贤感觉有源源不断的强大力量正涌入自己的身体，而且他知道这些力量就来自帕萨人民和塞兰西娅。在经历了这一切后，他们依旧相信他，而且比任何时候都信任他的力量。

意识到这一点后，心怀感激的乌迪贤朝恐怖的敌人冲了过去。如今，他所做的一切完全不再是为了他自己，而是一心为了那些追随他的人。

他大胆的攻击让恶魔愣了一秒。他们撞在一起的同时，路西昂的尾巴像蝎尾般愤怒地甩动着，刺向乌迪贤的后背，尤其是脊椎附近，每一下都深埋入骨。然而恶魔的每次攻击都立刻被反弹回来，造成的伤口也在下一秒钟自愈。乌迪贤只是稍感不适，仅此而已。

农夫设法抓住了恶魔的一根尾巴，不顾利刺穿入手掌，生生将尾巴扯了下来。恶魔发出了一声惊天动地的惨叫，叫声中饱含痛苦和愤怒。乌迪贤轻蔑地将断尾丢到一边，接着去扯另一根。不过，路西昂已经把尾巴收了回来，无疑是害怕再失去一两根尾巴。

"我的妹妹怎么样？"当他们再次扭打在一起的时候，恶魔之主不怀好意地沉声问道，"她一定是你梦寐以求的女人吧？代表了你渴望的一切，对吗？你知道吗，所有生命都渴望莉莉丝。除你之外，她还有许多情人，但她只爱过一个……哦，不过不是你。"

乌迪贤没有阻止他说下去。对莉莉丝的错爱依旧深深刺痛着农夫，但还不足以动摇他此刻的决心。他现在一心只想打倒这个可怕的敌人。

"她只爱过一个，没错……他的名字是伊纳瑞斯！你想起来了？你跟她在床上的时候有听她念过吗？你最好臣服于我，凡人，总好过屈膝于他！他可不会这么和蔼可亲！不，完全不会……你对他一文不值，一无是处！"

一无是处。又是这种话。乌迪贤在这些家伙面前一无是处，正如所有凡人在他们面前一样。

再也不会了，他突然想到。我……我们……在这些家伙面前将不再一无是处！

"我——不会——屈服于任何人！"乌迪贤终于反驳道。他死死掐着恶魔的喉咙。不管他想做什么，他都必须现在动手。他们僵持得越久，路西昂就越有可能发现他的弱点并加以利用。"尤其不会屈服于对我来说一无是处的家伙！"莉莉丝的话突然涌上他的心头，而他现在已完全释怀了。他不是一无是处，她和她哥哥这样的家伙才是。"你才一无是处，路西昂，你只配如此！"

恶魔再次大笑起来，但那笑声却很快变成了可怕的哽咽。路西昂抓着掐着自己喉咙的手，不过并不是因为乌迪贤掐得太紧。事实上，这个人类虽然扼住了他，却也只是令他无法脱身而已。某种不可阻挡的渴望驱使着乌迪贤，一种希望所言成真的强烈渴望。

"一无是处，路西昂……一无是处！"

乌迪贤眨了眨眼。恶魔的身体开始变得苍白。他身上丑陋的颜色就像被漂白一般褪去了色彩。路西昂突然开始再次疯狂甩动尾巴攻击乌迪贤，但此刻它们却连对方的皮肤都没能刺破。事实上，它们的全力攻击也只让乌迪贤感觉仿佛有微风拂过……而且甚至还越来越弱。

这时，乌迪贤发现自己居然能够透过恶魔看到他身后的黑暗丛林。受到鼓舞的农夫向更远的地方看去，完全视路西昂的攻击为无物，事实上，此时恶魔的攻击对农夫来说，与细针的轻轻一刺没什么区别。

最后，恶魔终于哭喊道："小心吧，乌迪贤·乌·狄俄墨得！她还没有放过你!我妹妹从不会放过任何一个没受尽折磨的玩物!但我知道她的手段!我可以帮你!我可以做你的参谋!我会臣服于你,喊你'主人'!听我说——"

"除了丛林里的鸟鸣兽叫,我没听到别的声音。"乌迪贤摇了摇头道,"还有已经安静下来的细微风声。没别的了。"

路西昂张了张嘴,但此时已经发不出任何声音了。在乌迪贤的手中,他的鳞甲渐渐消失在空气中。恶魔正逐渐变得透明,他的脸因恐惧而扭曲,完全无法理解正在发生的一切。乌迪贤做的这些是任何一个人类都不可能做到的……不过奈非天就不同了。

最后,恶魔终于变得如乌迪贤所说般……一无是处。

狄俄墨得斯之子依然站在那里,他的手指保持着抓握的姿势。慢慢地,乌迪贤伸直了手指,他仔细观察着自己的手掌,仿佛在寻找某种真相。

他后知后觉地感觉到身后有人在小心翼翼地靠近他。乌迪贤知道对方是谁,慢慢转过身去。尽管如此,罗姆斯还是发出了一声短促的惊叫,接着后退了几步。

"请原谅我,乌迪贤大人!我悄然靠近您绝不是图谋不轨!只是……只是您站在那里太出神了……"

"没事的,罗姆斯。没关系。"

"结束了吗?"罗姆斯问道,"那恶魔死了吗?"

"没……他根本不会死亡。"

罗姆斯看起来更加困惑了。

狄俄墨得斯之子叹了口气说道:"恶魔永远离开了。咱们没事了。"

然而,尽管他嘴上说没事了,但乌迪贤知道事情远未结束。在他周围,地面那巨大的裂隙中依旧闪耀着火光,到处都是树木的残骸,还有更糟的——许许多多追随者的尸体。一些人显然已经回天乏术了，但另一些人仍有一线生机……

他不加思索地走过罗姆斯身旁，来到最近的一个伤者身前。乌迪贤觉得这个男人的脸有些熟悉，除此之外他只知道这是个帕萨人。不过这就够了，而一想到对方所遭受的痛苦，乌迪贤干涸的眼眶不禁又溢出了泪水。

他蹲下来帮伤者躺好，手掌中散发出柔和的光芒。

这个帕萨男子痛苦地喘息着，胸口高高肿起。乌迪贤刚要把手拿开，就注意到男子身上的擦伤和脸上的割伤都开始愈合了，折断的肩膀似乎也在渐渐好转。

乌迪贤的手一直悬在那里，直到那人的最后一处伤口也完好如初，呼吸渐渐恢复正常。当他站起身的时候，才突然发现其他帕萨人正站在周围，他们都一脸敬畏地望着他。

接着，他走到一个女子身边，重复刚才的方法进行治疗。一道可怖的伤口横贯女子的脸庞，血流不止。等他收回手后，这个女子也痊愈了。

乌迪贤一个接一个地治疗他勇敢的追随者，从围在他身边的人到倒在地上的人。他努力寻找并优先救助那些最需要他帮助的人。

直到清晨的第一缕阳光透过浓密的树叶落下时，他才意识到自己忙了多久。乌迪贤筋疲力尽，却也无比振奋。莉莉丝曾一再否定他，但他竭力救助了所有亟须帮助的人。救助他人带给乌迪贤的兴奋，甚至超过了战胜路西昂的时候。

但当他来到塞兰西娅身边的时候，那种兴奋消失得无影无踪。她依旧将阿奇里奥斯抱在怀中。昨晚，乌迪贤忙着救助幸存者时，曾想来找她，但愧疚感令他止步。他很清楚，猎人是为了救他而丧生的。更糟的是，他明白自己的力量无法救回阿奇里奥斯。

塞兰西娅的身旁还站着一个人，居然是乌迪贤以为也已经殒命的孟德恩。弟弟的脸色跟死去的猎人一样惨白,他正一脸阴郁地站在女孩身边。孟德恩看着走过来的乌迪贤,面色凝重地点了点头。

"你做到了。她的话是假的。"

"她的话是假的。"乌迪贤正想询问孟德恩在那生命攸关的时刻究竟发生了什么,但塞兰西娅却突然抬头望向他。

"乌迪贤……你还能不能……"

事实上,他当天夜里曾尝试让死去的猎人复生,却失败了。乌迪贤也不确定这是不是件坏事,即使这意味着他的朋友再无生还的希望。"对不起。我无能为力。"

她理解地点了点头,她的无助与悲痛令乌迪贤越发心痛欲绝。

孟德恩向哥哥身后望去,看到帕萨人正在搭设巨大的火堆。他们在按照帕萨的风俗准备对死者进行火葬。"他们应该选择土葬。"孟德恩再次看向女孩和死去的猎人时,他的眼神变得更加坚定了。"至少,咱们应该好好埋葬阿奇里奥斯,你们不反对吧?"

虽然乌迪贤对孟德恩坚定的神情感到有些不安,但最后还是点头同意。这是塞拉姆村的惯例,遇到瘟疫或是其他特殊情况的时候除外。

不过,这件事不该由乌迪贤来决定。他转头对赛勒斯的女儿说:"你来决定,塞莉——塞兰西娅。"

她毫不犹豫地回答道:"他应该更希望被好好埋葬,成为丛林的一部分,如果没有森林的话。"

孟德恩苦笑着说道:"我正好知道一个地方……"

兄弟俩抬起阿奇里奥斯,赛勒斯的女儿紧随其后。罗姆斯和其他一些人请求跟来,但乌迪贤拒绝了他们。这是他的私事。

孟德恩在前面带路。三人费尽艰辛,穿过一片低矮浓密的灌木丛后,乌迪贤的弟弟在一片林木茂盛的地方停了下来。这里能听到附近河流那湍急的水声，周围都是高大粗壮的树木。这是一片宁静之地，乌迪贤很赞同弟弟的选择，塞兰西娅也觉得这个地方再合适不过了。

塞兰西娅和孟德恩开始用从帕萨人那里借来的工具挖墓。乌迪贤想试着用自己的能力来做些什么，但接着又想到阿奇里奥斯值得他为之辛劳。这里的土地非常松软，而且意外地很容易挖动。他们很快就挖好了一个足够深的洞，能确保那些食腐动物不会掘出尸体。

轻轻地将猎人放入墓穴后，三个人静静地站在那里。他们没有说话，任何话语在这种时候都显得苍白无力，至少对他们来说是这样。他们在用灵魂对逝去的朋友交谈，每个人都在用自己的方式向朋友告别。

最后，打破这片沉寂的是塞兰西娅，黑发女子突然扑到乌迪贤的怀中放声哭泣。农夫轻轻抱着她，如同多年前，抱着弥留的小妹妹那般。孟德恩出于尊重转开了脸，同时轻声低语，对阿奇里奥斯说着最后的嘱咐。

然后……一切都结束了。

第二十三章

　　这天剩下的时间里,帕萨镇的人们都在处理遇害的同伴的后事。乌迪贤他们自然也一起帮忙。每一个亡故的人都让他心痛不已,但最让他难过的是那些熟悉的面孔。

　　尽管乌迪贤很想努力救回伯莎,但最后还是无力回天。失去爱子时,她便已心碎了,丧失了活下去的希望。当他们找到她的时候,这个母亲已经停止了呼吸,孩子就被她抱在怀里。他们的表情很是安详,人们都能感受到这对母子之间的感情。伯莎和她的孩子被安放在一起进行火化,从此永远不再分开。

　　随着他们的遗体在火焰中烟消云散,乌迪贤内心的伤痛再次变成了愤恨。他恨莉莉丝,恨路西昂,恨三神教和圣光教派的那些家伙,那些家伙眼里只有权力,甚至为此无所不用其极。

　　乌迪贤努力控制自己的情绪,却无法压制心中的愤怒。等到最后一具遗体被安葬,天色也再次暗下来后,他意识到自己还有一件事要做,而且目标只有一个。

　　"三神教必须被摧毁,孟德恩。"当他们两个独处的时候,乌迪贤对弟弟说,"我这么想可能是疯了,但我打算尽我所能去毁掉神庙。他们已经让咱们失去了太多太多。"

他以为弟弟会劝阻自己，但相反，孟德恩只说道："如果这是你希望的。我会永远在你身旁，乌迪贤。"

乌迪贤很感动，但他不能让谈话就此终结。"孟德恩……孟德恩……你最近都发生了什么？"

农夫第一次在弟弟的脸上发现了不安。孟德恩迅速收起情绪，回答道："我不知道。我只能告诉你，我已经不再害怕自己的力量了……还有就是，只要我能做到，我会倾尽所有力量去帮你。"

乌迪贤盯着弟弟的眼睛，那里没有欺骗，只有真诚。他很想再多问一些，但也明白过于心急没有任何好处。最后他只是拍了拍孟德恩的肩膀。孟德恩满怀感激地松了口气。

"我就问这么多，"农夫说道，"这就够了。"

农夫以为塞兰西娅会指责他竟然想出了这种疯狂的计划——阿奇里奥斯已经为此付出了生命代价，但猎人的死反而激励了她。当乌迪贤告诉她自己的打算后，女孩毫不犹豫地同意了。

"我父亲就是因他们而死。阿奇里奥斯，那个傻傻地爱着我，我还来不及好好爱的男人也因他们而死。你想打倒三神教……还有圣光大教堂……我也会一起去的，乌迪贤！我只求你能帮我激发更多能力，那样我就能冲到最前面，让他们血债血还！"

她激烈的反应让乌迪贤有些担心，他不希望塞兰西娅为了跟心爱的人团聚而身涉险地。他本想再说点儿什么，可塞兰西娅却突然转身对着帕萨的幸存者们喊道："乌迪贤说了，三神教必须为他们的所有恶行付出代价！我们要去毁掉神庙！有谁要一起？"

片刻沉默后，罗姆斯和其他人理解了她的话……接着人群中爆发出了热烈的欢呼声。"毁掉神庙！""消灭三神教！"喊叫声响彻丛林。

"必须有人去召集其他镇民!"这个曾经的窃贼叫道,"他们一定希望能加入咱们!"

众人的情绪愈加高昂,乌迪贤脑海中那苦涩的想法逐渐演变成一场起义。他注视着这场由自己引发的反抗,惊讶地发现自己并未因众人的狂热而不安。在乌迪贤心里,他们不再是他的追随者,而是他的伙伴和战友。这些历经苦难的人跟他有同样的权利去讨回公道……哪怕对方是恶魔和其他势力。

"这个世界是我们的。"他轻声说着。群情激昂的人们注意到他的话,纷纷安静下来,想听得更清楚些。"我们都是这个世界的孩子!我们跟它是相互依存的!"他犹豫了一下继续说道,"而且,最重要的是,我们是自己的主人!我们的生命要由自己主宰,而不是别人!这是我们与生俱来的权利,跟我们身体内不断强大的力量一样!上天赋予我们的天命之力!"

他的话引来了更热烈的欢呼。乌迪贤让欢呼持续了一阵,然后举起双手示意众人安静。

"罗姆斯!"他叫道,"你们中还有优秀的寻路者吗?"

"是,乌迪贤大人……而且如果他们都不行的话,我没问题!"

"咱们天一亮就出发,托拉然城就是咱们的目标!孟德恩,那座城很大吗?"

孟德恩思考了片刻,答道:"不如凯基安城大,不过没有城市能比凯基安城大。是的,那里作为第一个目的地很合适。"

他知道乌迪贤的考虑。如果要面对三神教,很可能还有圣光教派和法师部族,他们需要更多人。乌迪贤坚信托拉然城里一定会有人愿意接受他的教导与馈赠。

不过那里也会有反对他的人……因此,托拉然城很可能成为他们的另一个起义根据地……或是葬身之地。

"那么我们就去托拉然城。"他对大家说道,"骑手们赶回去告诉每一个等消息的帕萨人,咱们欢迎他们的加入!告诉他们向那里出发!"

"我会亲自去送信,乌迪贤大人!"罗姆斯更加坚定地回应道。另外三个男人也用同样的热情大喊。

"那么就交给你们了,你们四个。剩下的人都记好了!天一亮就出发!"

人群再次欢呼起来,众人想象着起义队伍横扫整个世界,并召集热情的新伙伴加入后的壮观场面。乌迪贤没有打断他们的庆祝,虽然他知道现实很可能截然不同。

他们很可能还没走到托拉然城的大门,就被杀害了。

"他们愿意追随你去任何地方。"孟德恩看着狂热的人群说道。

"就算是去烈焰地狱和高阶天堂?"农夫忽然想起莉莉丝曾提过的神话之地,于是回问道。他几乎无法想象那场席卷天界万世之久的永恒之战会是什么情形,不过他更无法想象他和族人被最终获胜的那方奴役的情景。

孟德恩点点头。"就算是去那里……如果有必要。"

他吃惊地看了一眼弟弟,不确定孟德恩是不是在说笑。当然,他弟弟看上去不像是那种爱开玩笑的人,至少再也不是了。

他们任由帕萨镇的人们继续欢呼。就算不去烈焰地狱和高阶天堂,庇护之地也有恶魔和更多可怕的家伙……以莉莉丝为首。路西昂说对了一件事,而且乌迪贤也确信,那就是莉莉丝会想办法重新回来找他……然后再次尝试控制他,或是杀死他。

无论她想怎样,乌迪贤都不再羞于面对她。她会发现农夫要远比她想的更强大。虽然乌迪贤不是她的对手,不过他已经准备好了。

"我的天赐之力。"他轻轻说着。然后,想到在场的所有人,乌迪贤又更正道:"我们的天赐之力。我们的世界。"一想到无辜死去的阿奇里奥斯和其他人,乌迪贤的决心就更加坚定。"我们的命运。"

"没错。"孟德恩听到了乌迪贤的自语,回答道,"都是我们的。还有更多,还有太多。"

想到他们被剥夺的一切,乌迪贤知道自己的决定没有错。

* * *

一股不安的气氛弥漫在整个神庙中。没几个人明白原因,但所有人都感觉到了。高阶祭司们表现得一如往常,不过只要仔细观察,就能看到他们的眼中也有一丝担忧。

在大祭司的私室里,恶魔垂悬在上方的一角,他的身体完全笼罩在阴影中,不会被任何突然走进房间的人发现。几只八腿小蜘蛛在他身边窜来窜去,跟它们不同的是,他并没有把焦虑表现出来。

但阿斯特洛伽心中却越来越不安。路西昂还没有回来,他早就该回来了。墨菲斯托之子曾提到过自己要去的地方,可阿斯特洛伽完全没当回事。这个恶魔知道路西昂在那个凡人身上看到了特别之处,其能力或许能超过摩鲁之辈和依附于三神教的其他势力。路西昂自己的力量几乎已经难以想象……也许他认为奈非天之力能让他更进一步,甚至超越他的父亲和其他魔神。

然而,路西昂到现在还没有回来,而阿斯特洛伽则开始盘算,这或许对他自己是有利的。或许他该接手大祭司的位置,该由他来统治整个三神教的力量。

没错,毕竟这种事肯定轮不到古拉格那种蠢货。古拉格就是个头脑简单四肢发达的家伙,根本没有统治才能。

突然间,这蜘蛛感觉到有另一个家伙出现在密室里。他紧张起来，准备一确认对方是入侵者就直扑而下。虽然最近进过餐，但他对鲜血总有胃口。

不过令他惊讶的是，眼前出现的正是那个他绝没想到的人。

"路西昂回来了。"阿斯特洛伽说道，"那么路西昂达成心愿了吗？"

"某些方面，是的，某些方面又不是。"大祭司含糊其词地答道，"阿斯特洛伽？"

路西昂的口气听起来简直就像是不确定在跟谁说话，但这是不可能的。不过蜘蛛没再继续追问。"那里有她的踪迹吗？莉莉丝的？"

大祭司沉默了片刻，然后点了点头道："有一些，不过我觉得咱们暂时不会见到她。"

"很好，很好……"

路西昂把手放在高高的王座上，他平时接见教徒时就坐在这里。高大的男人在阿斯特洛伽的注视下坐到椅子里，然后抬头看向藏在阴影里的蜘蛛。

"我需要独处，阿斯特洛伽。"

"需要多长时间？"墨菲斯托之子以前也提过几次这样的要求。通常情况下，蜘蛛会退到其他的高塔上去，直到路西昂忙完他手头的事。路西昂的领袖地位带给他的好处常常让阿斯特洛伽嫉妒不已。

"从现在开始。"路西昂表情僵硬地回答道，"自己找个地方重织一张网吧。可以去那些塔楼。我要是有需要就会召唤你。"

他被永远驱逐出密室了？阿斯特洛伽刚要提出抗议，却又考虑到路西昂毕竟是墨菲斯托之子，而他只是恐惧之王的爱宠。迪亚波罗不会为了他跟路西昂过不去。

"如你所愿，"阴影中的蜘蛛嘟囔道，"如你所愿。"

他招来自己的孩子，接着对着蛛网吹了口气将之融化。然后，阿斯特洛伽神色愤懑地消失了。

* * *

王座上的身影用法术检查了整个房间。没人在场，连阿斯特洛伽的那些多管闲事的小跟班也不在。整个房间被法术完全封闭。

大祭司发出了一声轻笑……听起来就像是女人的笑声。

"来吧，亲爱的。"路西昂用妹妹的声音说道，"我已经等不及了……"

* * *

与此同时，在圣光大教堂中，先知点了点头。

一切都正如他所料。

关于作者

理查德·A.纳克是《纽约时报》评选出的奇幻文学畅销作家，也是参与《魔兽世界》系列小说创作的著名作家之一。迄今为止，他已创作了超过五十部长篇小说和众多短篇小说，其中最具影响力的作品是被魔兽玩家奉为经典的《上古之战》三部曲。

除创作《魔兽世界》系列小说外，理查德·A.纳克还参与撰写了多部游戏背景小说，其中不乏《龙枪》系列的《修玛传奇》，《暗黑破坏神》系列的《血之遗产》等广受赞誉的作品。时至今日，上述作品已被翻译成多种语言版本，广泛流传于世界各地，并深受玩家喜爱。

© 2020 Blizzard Entertainment, Inc. The Sin War : Birthright. All rights reserved.
Diablo and Blizzard Entertainment are trademarks or registered trademarks of Blizzard
Entertainment Inc. in the U.S. and/or other countries. No portion of this book maybe
reproduced or transmitted in any form or by any means without written permission
from the copyright holders.Original English language edition published by Pocket
Books,Inc. (2004)
Simplified Chinese edition published in 2020
本书简体中文版权归属于北京红阅科技有限公司

图书在版编目（CIP）数据

原罪之战：天命之力 ／（美）理查德・A. 纳克著；
千之贺译．—— 北京：新星出版社，2020.1
ISBN 978−7−5133−3798−4

Ⅰ．①原… Ⅱ．①理… ②千… Ⅲ．①幻想小说－美国－现代 Ⅳ．① I712.45

中国版本图书馆 CIP 数据核字（2019）第 275185 号

原罪之战：天命之力

[美] 理查德・A. 纳克 著　千之贺 译

出版统筹：	贾　骥
	宋　凯
出版监制：	张泰亚
特约编辑：	陈雅君
美术编辑：	张　慧

责任编辑：汪　欣
责任印制：李珊珊

出版发行：新星出版社
出　版　人：马汝军
社　　　址：北京市西城区车公庄大街丙3号楼　　100044
网　　　址：www.newstarpress.com
电　　　话：010-88310888
传　　　真：010-65270499
法律顾问：北京市岳成律师事务所

读者服务：010-88310811　　service@newstarpress.com
邮购地址：北京市西城区车公庄大街丙3号楼　　100044

印　　刷：三河市文通印刷包装有限公司
开　　本：910mm×1230mm　　1/32
印　　张：10.5
字　　数：254千字
版　　次：2020年1月第一版　2020年1月第一次印刷
书　　号：ISBN 978−7−5133−3798−4
定　　价：49.00元

版权专有，侵权必究；如有质量问题，请与印刷厂联系调换。